CHAMPAGNE POUR TOUT LE MONDE

DU MÊME AUTEUR

Depuis 2003, les San-Antonio sont numérotés par ordre chronologique d'écriture de Frédéric Dard, qui est aussi l'ordre originel des parutions.
Cette décision entraîne un changement de numérotation des S-A nº 1 à 107. Par contre, la numérotation des S-A nº 108 à 175 reste inchangée. (Voir à la fin de ce volume le tableau de correspondance entre l'ancienne numérotation et celle indiquée ci-dessous.)

1 *Réglez-lui son compte !*
2 *Laissez tomber la fille*
3 *Les souris ont la peau tendre*
4 *Mes hommages à la donzelle*
5 *Du plomb dans les tripes*
6 *Des dragées sans baptême*
7 *Des clientes pour la morgue*
8 *Descendez-le à la prochaine*
9 *Passez-moi la Joconde*
10 *Sérénade pour une souris défunte*
11 *Rue des Macchabées*
12 *Bas les pattes !*
13 *Deuil express*
14 *J'ai bien l'honneur de vous buter*
15 *C'est mort et ça ne sait pas !*
16 *Messieurs les hommes*
17 *Du mouron à se faire*
18 *Le fil à couper le beurre*
19 *Fais gaffe à tes os*
20 *A tue... et à toi*
21 *Ça tourne au vinaigre*
22 *Les doigts dans le nez*
23 *Au suivant de ces messieurs*
24 *Des gueules d'enterrement*
25 *Les anges se font plumer*
26 *La tombola des voyous*
27 *J'ai peur des mouches*
28 *Le secret de polichinelle*
29 *Du poulet au menu*
30 *Tu vas trinquer, San-Antonio*
31 *En long, en large et en travers*
32 *La vérité en salade*
33 *Prenez-en de la graine*
34 *On t'enverra du monde*
35 *San-Antonio met le paquet*
36 *Entre la vie et la morgue*
37 *Tout le plaisir est pour moi*
38 *Du sirop pour les guêpes*
39 *Du brut pour les brutes*
40 *J'suis comme ça*
41 *San-Antonio renvoie la balle*
42 *Berceuse pour Bérurier*
43 *Ne mangez pas la consigne*
44 *La fin des haricots*
45 *Y a bon, San-Antonio*
46 *De « A » jusqu'à « Z »*
47 *San-Antonio chez les Mac*
48 *Fleur de nave vinaigrette*
49 *Ménage tes méninges*
50 *Le loup habillé en grand-mère*
51 *San-Antonio chez les « gones »*
52 *San-Antonio polka*
53 *En peignant la girafe*
54 *Le coup du père François*
55 *Le gala des emplumés*
56 *Votez Bérurier*
57 *Bérurier au sérail*
58 *La rate au court-bouillon*
59 *Vas-y Béru !*
60 *Tango chinetoque*
61 *Salut, mon pope !*
62 *Mange et tais-toi*
63 *Faut être logique*
64 *Y a de l'action !*
65 *Béru contre San-Antonio*
66 *L'archipel des Malotrus*
67 *Zéro pour la question*
68 *Bravo, docteur Béru*
69 *Viva Bertaga*
70 *Un éléphant, ça trompe*
71 *Faut-il vous l'envelopper ?*
72 *En avant la moujik*
73 *Ma langue au chah*
74 *Ça mange pas de pain*

75 *N'en jetez plus !*
76 *Moi, vous me connaissez ?*
77 *Emballage cadeau*
78 *Appelez-moi chérie*
79 *T'es beau, tu sais !*
80 *Ça ne s'invente pas*
81 *J'ai essayé : on peut !*
82 *Un os dans la noce*
83 *Les prédictions de Nostrabérus*
84 *Mets ton doigt où j'ai mon doigt*
85 *Si, signore*
86 *Maman, les petits bateaux*
87 *La vie privée de Walter Klozett*
88 *Dis bonjour à la dame*
89 *Certaines l'aiment chauve*
90 *Concerto pour porte-jarretelles*
91 *Sucette boulevard*
92 *Remets ton slip, gondolier*
93 *Chérie, passe-moi tes microbes !*
94 *Une banane dans l'oreille*
95 *Hue, dada !*
96 *Vol au-dessus d'un lit de cocu*
97 *Si ma tante en avait*
98 *Fais-moi des choses*
99 *Viens avec ton cierge*
100 *Mon culte sur la commode*
101 *Tire-m'en deux, c'est pour offrir*
102 *A prendre ou à lécher*
103 *Baise-ball à La Baule*
104 *Meurs pas, on a du monde*
105 *Tarte à la crème story*
106 *On liquide et on s'en va*
107 *Champagne pour tout le monde !*
108 *La pute enchantée*
109 *Bouge ton pied que je voie la mer*
110 *L'année de la moule*
111 *Du bois dont on fait les pipes*
112 *Va donc m'attendre chez Plumeau*
113 *Morpions circus*
114 *Remouille-moi la compresse*
115 *Si maman me voyait !*
116 *Des gonzesses comme s'il en pleuvait*
117 *Les deux oreilles et la queue*
118 *Pleins feux sur le tutu*
119 *Laissez pousser les asperges*
120 *Poison d'avril ou la vie sexuelle de Lili Pute*
121 *Bacchanale chez la mère Tatzi*
122 *Dégustez, gourmandes !*
123 *Plein les moustaches*
124 *Après vous s'il en reste, monsieur le Président*
125 *Chauds, les lapins !*
126 *Alice au pays des merguez*
127 *Fais pas dans le porno*
128 *La fête des paires*
129 *Le casse de l'oncle Tom*
130 *Bons baisers où tu sais*
131 *Le trouillomètre à zéro*
132 *Circulez ! y a rien à voir*
133 *Galantine de volaille pour dames frivoles*
134 *Les morues se dessalent*
135 *Ça baigne dans le béton*
136 *Baisse la pression, tu me les gonfles !*
137 *Renifle, c'est de la vraie*
138 *Le cri du morpion*
139 *Papa, achète-moi une pute*
140 *Ma cavale au Canada*
141 *Valsez, pouffiasses*
142 *Tarte aux poils sur commande*
143 *Cocottes-minute*
144 *Princesse patte-en-l'air*
145 *Au bal des rombières*
146 *Buffalo Bide*
147 *Bosphore et fais reluire*
148 *Les cochons sont lâchés*
149 *Le hareng perd ses plumes*
150 *Têtes et sacs de nœuds*
151 *Le silence des homards*
152 *Y en avait dans les pâtes*
153 *Al capote*
154 *Faites chauffer la colle*
155 *La matrone des sleepinges*
156 *Foiridon à Morbac City*
157 *Allez donc faire ça plus loin*
158 *Aux frais de la princesse*
159 *Sauce tomate sur canapé*

160 *Mesdames, vous aimez ça*
161 *Maman, la dame fait rien qu'à me faire des choses*
162 *Les huîtres me font bâiller*
163 *Turlute gratos les jours fériés*
164 *Les eunuques ne sont jamais chauves*
165 *Le pétomane ne répond plus*
166 *T'assieds pas sur le compte-gouttes*
167 *De l'antigel dans le calbute*
168 *La queue en trompette*
169 *Grimpe-la en danseuse*
170 *Ne soldez pas grand-mère, elle brosse encore*
171 *Du sable dans la vaseline*
172 *Ceci est bien une pipe*
173 *Trempe ton pain dans la soupe*
174 *Lâche-le, il tiendra tout seul*
175 *Céréales killer*

Hors série :

Histoire de France.
Le standinge.
Béru et ces dames.
Les vacances de Bérurier.
Béru-Béru.
La sexualité.
Les Con.
Les mots en épingle de Françoise Dard.
Queue-d'âne.
Les confessions de l'Ange noir.
Y a-t-il un Français dans la salle ?
Les clés du pouvoir sont dans la boîte à gants.
Les aventures galantes de Bérurier.
Faut-il tuer les petits garçons qui ont les mains sur les hanches ?
La vieille qui marchait dans la mer.
San-Antoniaiseries.
Le mari de Léon.
Les soupers du prince.
Dictionnaire San-Antonio.
Ces dames du Palais Rizzi.
La nurse anglaise.
Le dragon de Cracovie.
Napoléon Pommier.

Œuvres complètes :

Vingt-neuf tomes parus.

Morceaux choisis :

1. *Réflexions énamourées sur les femmes*
2. *Réflexions pointées sur le sexe*
3. *Réflexions poivrées sur la jactance*
4. *Réflexions appuyées sur la connerie*
5. *Réflexions sur les gens de chez nous et d'ailleurs*
6. *Réflexions passionnées sur l'amour*
7. *Réflexions branlantes sur la philosophie*
8. *Réflexions croustillantes sur nos semblables*
9. *Réflexions définitives sur l'au-delà*
10. *Réflexions jubilatoires sur l'existence*

Mes délirades

SAN-ANTONIO

CHAMPAGNE POUR TOUT LE MONDE

Roman un peu con, mais néanmoins très beau.

Fleuve Noir

Le papier de cet ouvrage est composé de fibres naturelles, renouvelables, recyclables et fabriquées à partir de bois provenant de forêts plantées et cultivées durablement pour la fabrication du papier.

ISBN 978-2-265-09323-2
ISSN 0768-1658

À Jean Dutourd,

Cette littérature assez peu académique, mais que j'espère marrante tout de même.

San-A.

« Nul ne fut jamais grand sans
un souffle de l'inspiration divine »
Cicéron

CHAPITRE PREMIER

La bagnole possédait une carrosserie italienne. La fille aussi, probablement.

L'une, comme l'autre, mobilisait les regards, mais les deux réunies t'énucléaient littéralement.

La seconde avait quelque peine à ouvrir la première.

Je me précipitai, en regrettant que ce ne fût pas la deuxième qui fût à ouvrir.

Mais qui savait…

La fille s'obstinait à vouloir faire pénétrer dans un trou de serrure une clé qui n'avait jamais été conçue à cette intention.

Elle rageait entre ses dents, et dans la langue du Dante, ce qui équivaut à rager doublement.

Le moment étant venu pour moi d'intervenir, j'intervenis.

— Des problèmes, mademoiselle ? demandai-je en italien de fortune (de bonne fortune, espérais-je).

Elle se retourna, me vit, ne parut pas contrariée d'avoir à me regarder, me sourit même, et murmura :

— Les problèmes qu'une idiote peut avoir quand elle confond les clés de son bureau avec celles de sa voiture.

Je lui fis alors discrètement remarquer qu'elle n'avait qu'à remonter à son domicile pour rectifier l'erreur. Elle rit de plus rechef, à belles dents éclatantes, à belles lèvres rouges et charnues, à mutines fossettes et m'expliqua qu'elle demeurait au diable vauvert, ce qui n'est pas la porte d'à côté, et qu'elle avait frété un taxi pour venir récupérer sa bagnole, laissée en ce quartier résidentiel de Rome à l'issue d'une soirée que je devinais tumultueuse (des amis l'avaient déposée chez elle au petit jour, me dit-elle).

Je lui proposai alors de la ramener à son *home.* Elle parut hésiter, mais, ayant consulté sa montre, murmura :

— Je suis tellement pressée… Il n'existe donc aucun moyen de mettre une voiture en marche quand on n'en possède pas les clés ? Comment font les voleurs, alors ?

Moi, gros bras tout plein, matamore, haleine fraîche, de lui virguler le sourire Émail Diamant des magistrales occases.

— Ils font comme ceci, jolie demoiselle.

J'extirpe mon sésame. Cric-croc-crac… La portière est délourdée. Ensuite je m'attaque au plus duraille : le contact. La chignole, pourvue d'un antivol, récalcitre. J'obstine. Ah ! ma vache, tu ne vas pas faire perdre la frite au beau Sana quand il en installe devant l'une des plus ravissantes personnes d'Italie, merde ! Où ça va, ça !

À force de trifouiller, de bricoler, d'actionner ceci, cela, le reste, vron vron vraoum ! le moulin cède et tourne.

La gonzesse me déclare que je suis le gars superman en chair et noces, atterri opportunément dans son univers. Elle m'écarte pour s'installer au volant. Ce faisant, elle pose ses escarpins et retrousse sa jupe ! Vingt gu ! De quoi guérir de la cataracte tout l'hosto des Quinze-Vingts !

J'en goinfre mes rétines avides.

— Quand t'est-ce qu'on se revoit, *signorina* ? bredouille une voix conne qui doit être la mienne, tant elle est parfaitement imitée.

— Bientôt, répond négligemment la trop belle en démarrant.

Je regarde foncer la bagnole : une Daimler 12 cylindres blanche.

Qu'à ce moment des gonziers surviennent en hurlant au voleur, me ceinturent, me grêlent de coups, m'emportent chez des messieurs carabiniers beaux comme des bites peintes avec leurs cartouchières en toile cirée, leurs futals à bandes rouges bien repassés et leurs moustaches gominées impec.

*
* *

Le lendemain, dans tous les baveux romains, c'est écrit à la une, la deux, voire la trois à l'extrême rigueur, qu'un commissaire français en tourisme s'est rendu coupable de complicité de vol. Les journalistes italoches gorgechaudent à s'en fouler le poignet (ce qui n'est pas un luxe, mais une luxation).

Me reste plus qu'à plier bagage.

D'autant qu'on a foutu une photo de ma pomme plein écran, l'air anthropométrique en diable, avec un regard fixe et angoissé de chat en train de déféquer.

CHAPITRE II

— Qu'est-ce qui ne va pas, mon grand ? s'inquiète Félicie, en me voyant rêvasser au-dessus de mon bol de café fumant.

Je refais surface, le visage emperlé de buée refroidie.

— Tout va bien, m'man, quelle idée !

— N'écoutez pas, madame ! sachaguitryse une voix bien connue, trop connue.

Et un diable chauve surgit dans notre salon, tragique comme un reptile du secondaire, hideux de trop de courroux condensé dans ses prunelles. Le Vieux, puisqu'il faut l'appeler par son nom ! Le Vieux, en noir, la frime blême, spectrale, moi je dis, vilain en plein, les veines emplies de vinaigre et la bouche de fiel.

— La porte était ouverte, j'ai frappé néanmoins, dit le survenant. Personne ne m'ayant répondu, je me suis permis…

Félicie bégaye que bonjour-monsieur-le-directeur-vous-avez-bien-fait-ravie-de-vous-voir. Après quoi, elle se tait, anéantie par l'expression de damné peinte en blanc sur la tronche blanche du Dabe.

Celui-ci arrive à la perpendiculaire de mes pinceaux posés paresseusement sur un siège.

— Non, madame, rien ne va bien, entonne-t-il. Tout va très mal, au contraire. Vous allez me tirer les oreilles de ce garnement, le priver de dessert, lui faire copier des verbes, car sa conduite est inqualifiable ! Jusque-là, nous n'avions eu à déplorer que de petites incartades sans gravité. Une admonestation et l'ordre revenait. Nous le comptions parmi les bons éléments de sa classe. Il nous est même arrivé de l'inscrire au tableau d'honneur. À plusieurs reprises, j'ai lu ses rapports à ses camarades, pour l'exemple, et il les surveillait, parfois, en mon absence. Mais son inconduite récente m'oblige de prendre des sanctions. D'où l'objet de ma visite. Ne me regardez pas avec ces yeux de poisson mort, San-Antonio, ça ne changera rien à rien. Votre maman doit être mise au courant et elle le sera. Madame, regardez cela. Oui : ce journal. Lisez-vous l'italien ? Non ? C'est pourtant facile, on voit que ces gens-là ont pillé notre vocabulaire, nos racines, tout le fourbi. Vous reconnaissez la photo de votre rejeton, du moins, bien qu'elle eût été prise par un photographe transalpin ? Je vous traduis le titre : « La police française au secours des voleurs de voitures romains. » Textuel ! L'article raconte comment ce grand foutraque s'est empressé d'aider une voleuse d'automobiles. Elle s'est carapatée avec la voiture, mais lui, le niais, a été appréhendé par le propriétaire furieux et ses gens. Et attendez : quelqu'un de bien, le propriétaire. Du tout beau linge ! Professeur Corvonero. Vous allez m'objecter que les Italiens se font tous appeler *dottore* à compter du certificat d'études primaires, mais lui c'est un vrai professeur. Il ne professe pas, mais il pourrait. Grand patron des laboratoires Acquapotabile de Rome.

« Des relations internationales, élevé au Rosay, c'est vous dire ; ça te vous tutoie les derniers rois comme des portiers d'hôtel. Et alors, cet article, écoutez-moi : repris dans *Minute*, demain, *Le Canard*, *L'Humanité* ; quand il s'agit de gloser sur la police, tous d'accord, n'importe leurs opinions. Politique du papier vendu, voilà la vérité. Pas de sens moral, mais des tirages. Et alors, ma bonne chère dame, je deviens quoi, moi, dans tout cela..., hmmm ? Moi, le directeur ! Je couvre ? Je châtie ? Je désavoue ? Je sanctionne ? Je donne un avertissement ? Oui, n'est-ce pas ? À cause de vous, alors ! Pour ne pas briser votre cœur de mère ! Éviter que le rouge de la honte ne vous monte au front. Bon, un avertissement, soit ! Le dernier, l'ultime ! On se tient à carreau, mon garçon, dorénavant. Et on me fait de bonnes compositions en fin de trimestre, promis ? Vous m'en donnez l'assurance, n'est-ce pas ? Alors, bon, très bien, je passe l'éponge. On brûle ces monstrueux journaux qui nous font tant de mal, à nous, verseurs de sang professionnels dont on oublie la mort héroïque pour ne célébrer que les bavures ! J'ai personnellement appelé le professeur Corvonero, pour vous excuser, m'excuser, excuser la France. Heureusement, on a retrouvé sa voiture le lendemain du vol, en bon état, dans un parking. Tout est bien qui finit bien. Mais soyez plus perspicace à l'avenir, San-Antonio. Ne mordez pas à n'importe quel hameçon sous prétexte qu'il vous est proposé par une donzelle riche en tétons, polisson ! Que dites-vous, chère madame ? Oui, je prendrais volontiers une tasse de café. »

M'man s'esbigne jusqu'en sa cuisine.

Le Vieux se laisse quimper dans un fauteuil. Il a un drôle d'air, tout à coup, après son numéro de pion grincheux. L'air d'en avoir au moins deux, tu vois ? Il me frime à la dérobée, l'œil bleuâtre. Son regard est hypnotique car chacune de ses prunelles décrit des cercles concentriques, comme une pierre jetée dans l'eau calme.

— San-Antonio, finit-il par murmurer, si je vous disais que cette affaire me turlupine ?

Je secoue mes robustes épaules pour lui signifier tout ensemble ma contrition, mon fatalisme ainsi que mon gougnafiage ancestral.

Le Vénérable tapote les ailes de son nez délicat. Il a des gestes très Grand Siècle. Je me suis toujours demandé pourquoi il ne prisait pas, Pépère. Il a un pif fait pour les tabatières ouvragées.

— Non, ce n'est pas ce que vous croyez, ajoute-t-il après un temps mort réclamé par l'arbitre pour changement de pensée. Ce qui me préoccupe, mon petit, ce n'est pas tellement qu'on se soit gaussé de vous, mais l'incident en soi.

Pour lors, je dresse le bout de la bibite.

Qu'est-ce à dire ? Vieux daim, le Boss, mais avec du métier, des instincts stars. Là, Béru et lui se rejoignent par des voies opposées. L'un et l'autre savent ce boulot à l'extrême. Le Vieux le capte par ondes courtes, le Gros l'éprouve dans sa viande comme on ressent des rhumatismes.

— Laissez-moi m'expliquer, poursuit le Daron ; je trouve cette histoire peu claire. Écoutez, Antoine, en Italie, voler une bagnole est l'affaire de spécialistes qui n'ont pas besoin de concours extérieurs. D'autre part, on ne retrouve généralement plus les autos volées, du moins ne les retrouve-t-on pas « intactes ». Cette jolie fille qui n'arrivait pas à s'emparer d'une voiture que l'on récupère soigneusement garée dans un parking public, le lendemain, me trouble. Vous ne sentez pas que ça cloche, vous ?

J'acquiesce (d'épargne). Comment n'ai-je pas éprouvé ce sentiment bizarre qu'il y a autre chose derrière les choses ? Je me trouvais trop contre l'événement pour le concevoir dans son entier ? Tu crois, chérie ?

Je revois la fille, frénétique et gauche. Si belle mais si inexpérimentée. Des idées mafflues m'affluent.

— Vous pensez qu'elle n'a embarqué la voiture que pour y prendre quelque chose qui s'y trouvait ?

Il caresse sa belle calvitie, briquée à l'encaustique, voire à la cire d'abeille.

— On peut tout supposer…

Les effluves du caoua à Félicie viennent nous titiller les trous de nez.

— Vous devriez me parler franchement, monsieur le directeur.

Achille tressaille.

— Pardon ?

— Écoutez, je vous connais bien. Si vous vous êtes donné la peine de venir jusque chez moi, ce n'est pas pour me laver la tête et boire une tasse de café. Quelque chose vous tracasse, que vous hésitez à me dire…

Il a un beau sourire riche de trois dents en or. Les hommes comme lui aiment à être violés, parfois.

— C'est tellement ténu, fait le Vioque, tellement indéfinissable… Figurez-vous que j'ai été appelé au téléphone par un homme politique italien de tout premier plan. Ce dignitaire sollicitait confidentiellement des renseignements sur vous. Il voulait savoir si vous étiez un type vraiment blanc-bleu et si je me portais garant de vous. Donc, le propriétaire de l'auto, le professeur Corvonero, s'est demandé si, par votre canal il ne pourrait pas remonter à la fille, pensant que peut-être vous étiez son complice nonobstant votre qualité de flic. Pourquoi cette agitation puisque l'auto a été retrouvée ? C'est à la suite de cette intervention que j'ai pris sur moi d'appeler le bonhomme pour lui adresser des excuses et lui donner, ce faisant, tout apaisement à votre endroit.

Il reprend souffle.

Il peut.

Le doit après une phrase pareille que, merde, ça me ferait mal aux seins d'exprimer de la sorte, façon Proust sous-développé. Qu'à la fin du paragraphe tu te rappelles plus de quoi il retourne.

Je vois d'ici la trajectoire de ses déductions.

Le professeur dirige un labo, alors, formule secrète laissée dans la Daimler, comme on voit dans les bandes des six nez. Une gonzesse appartenant à une organisation secrète veut s'emparer de la formule. Elle cherchait seulement à délourder la guinde lorsque je suis survenu. Lui ayant mis la chignole en marche, et vu que le temps urgeait, elle s'est enfuie avec le total et, une fois hors d'atteinte, a récupéré ce qui l'intéressait. Je marne au canevas. Facile. Classique. Tout cuit. Film « B ». Que dis-je ? Petit « c ». L'action pépère, qui s'emboîte maison, sans vaseline.

— Pourquoi souriez-vous, San-Antonio ?

— Je souris à vos pensées, monsieur le directeur. En conclusion cette histoire idiote vous tracasse et vous désirez que je retourne à Rome pour essayer de retrouver la fille, puisque moi seul la connais ?

Il réprime un sourire.

Là-dessus, Félicie radine avec un plateau.

Le Déboisé lui dit, mutin :

— Votre grand polisson a besoin qu'on lui secoue les plumes de temps en temps, mais quand il veut s'en donner la peine, il mérite le Prix d'Excellence.

CHAPITRE III

— Qu'est-ce que tu veux offrir à un marxiste qui ne fume pas ? répète Colombine.

J'évoque ses justes paroles en regardant déferler une manif banderolée de rouge, avec faucilles, marteaux piqueurs, étoiles dorées, slogans vengeurs (mais écrit en italien ça n'émeut pas trop).

Les manifeurs égosillent comme quoi il leur faut du boulot et la liberté, avec, en prime, l'enculage à sec de leurs édiles par des ânes. Bon, bravo, j'ai rien contre. Va bien falloir que ça craque une bonne toute belle fois, à force de branler au manche, bordel ! Qu'on est là, tous, à se cramponner à des notions, lois, traditions, mes fesses ! Et chose, à la fin ! Tant qu'à plonger un jour, quand on n'y sera plus, plongeons tout de suite, qu'on voye à quoi ça peut ressembler le paradis sur terre ; goulag après goulasch, pas trop tôt. Tellement fascinant. Ils vont déclarer comme quoi l'Antonio fait dans l'anti-ceci-cela primaire. Toujours, ils ajoutent : « primaire ». Droite ou gauche, ils ne sont pas trop certains, mais « primaire », là, oui, unanimes. Tu peux y compter qu'il l'est, primaire, le gars Mézigue ! Et pas mécontent de l'être après tout. C'est quoi, primaire ? Dire clairement des évidences, non ? Les autres, les secondaires, ils trémoussent du style. Ils frisottent la langue, emberlifent les pensées, qu'on ait quelque mal à s'y retrouver. Moi, rien de tel : ça c'est noir, ça c'est con, ça je veux bien, ça je veux pas ! Un môme de trois piges me comprend de la tête aux pieds. On est tous dans ce cas, les primaires, ça nous permet de voir venir et de gagner du temps.

Mais bon. Donc, Roma.

Ville ouverte ! Ma mission : retrouver une nana qui m'a pris pour une crêpe.

Bérurier m'escorte en gémissant comme un attelage de chiens de traîneaux qui viennent de se farcir le Grand Nord.

— J'ai les crocs, merde ! T'as vu la gam'zoule de l'avion, cette misère ? Sandevouiche biafrais, pomme ridée que t'aurais cru le cul de ma voisine du dessous, la mère Taponite, que j'ai embroquée à la sauvage, un soir qu'ell' rentrait du cinoche, toute pâmoisée d'avoir visionné Delon en large. Tu sais c'qui s'rait intelligent, mec ? C'est qu' nous bouffassions une ventrée de pâtes chez Alfredo l'Original, là qu'tu m'avais amené une fois.

Je lui accorde cette faveur et j'alerte un bahut maraudeur (Fiat 138 je crois), vert et cabossé, piloté par un gusman qui ressemble à Louis XIV avec ses tifs en pluie sur les épaules.

On grimpe, je compose le programme de la croisière et il file mollo, pas nerveux pour deux lires, l'aminche. Le Roi-Sommeil ! Il en écrase à son volant comme son sosie après que la Montespan lui ait bricolé un gouzygouzou fripon. Aux feux rouges il se met à ronfler et ce sont les klaxons des tomobilistes suiveurs qui le réveillent quand ça passe au vert.

Pourquoi ai-je amené Bérurier-le-Grand ? Tu le vas savoir d'ici un peu moins de pas longtemps.

On est à rouler via Ladromio, chacun le nez à sa vitre, moi matant les filles et Bérurier les épiceries, lorsque notre léthargique *driver* pousse un bout d'exclamation dont je cherche la motivation. J'aperçois alors un type à Vespa immobilisé devant le capot du taxi. Il paraît en panne. Mais, mon œil ! Qu'à peine j'ai enregistré le fait, un deuxième julot se présente au niveau de la vitre avant droite et la pulvérise à l'aide d'une masse à manche court qu'il tient d'une main gantée de cuir fourré. Rapidos, il se saisit de ma mallette Vuitton que j'ai déposée sur le siège près du conducteur.

Travail précis, rapide, efficace. Malheureusement pour sa pomme, depuis Gary Cooper, y a pas un gars susceptible de dégainer aussi vite que moi. Juste comme il arrache mon bagage du siège, j'ai déjà le Tu-Tues braqué sur sa poitrine.

— Stop ! gueulé-je.

Il marque un temps en apercevant mon feu, se demandant si je suis le genre d'homme à en flasher un autre pour une valtouze, fût-elle de luxe. Cette hésitation lui est fatale car Béru s'est déjà saisi de son poignet et le cramponne fermement. Je descends alors du carrosse tandis que cent trente conducteurs coagulés derrière nous invectivent en romain moderne.

Le compère à la Vespa oublie tout de suite son pote et se perd en un clin d'œil dans la circulanche. Je contourne le bahut, alpague l'homme au collet, comme il est dit de faire dans les traités de gendarmerie du siècle dernier, et enjoins au Gros d'avoir à le lâcher et de m'ouvrir sa lourde.

Si bien que vingt secondes plus tard, nous sommes trois à l'arrière du véhicule. Le chauffeur clame qu'il va droit à la police. Je lui rétorque que la police c'est moi et qu'il nous pilote chez Alfredo, ajoutant que je lui carmerai la vitre brisée. Cette dernière partie de ma phrase a raison de ses sentiments vertueux.

Un qui pige que pouic à ce cinoche, c'est mon roulottier. Il se demande si je vais aller lui praliner la coiffe derrière une palissade ou l'empétarder dans un coin tranquille. C'est un type jeune, beau, avec de longs favoris noirs, un regard de braise, vêtu d'un jean et d'une limouille sans manches. Au cou une médaille de la Madonna, bleu céleste, fixée à une chaînette d'argent. Le bon garçon a quelque mal à avaler sa salive. Je ne moufte pas, préférant qu'il marine ! Le Gros est lourd des questions que lui inspire mon attitude, mais, sachant qu'il ne faut pas contrarier mes lubies, il s'abstient et gonfle en silence.

Parvenus à destination, je demande au voleur de porter ma valoche et de nous accompagner. Mon calme l'impressionne jusqu'au creux des os, là que tu peux souffler dedans pour en faire des sifflets.

Il est devenu tout gauche, ce petit fripon, pantelant, égaré ; je délourde la porte d'Alfredo et lui fais signe d'entrer. L'endroit est plein, mais le maître d'hôtel, à qui je décoche la poignée de main garnie qui convient, nous assure qu'il va nous trouver une table.

On s'y installe, sous les photos des illustres de la Terre venus se spaghetter la panse en ce haut lieu de la nouille toutes catégories.

Petit cérémonial des menus. Le voleur s'en laisse fourrer un dans les paluches. Béru réclame des traductions qui lui survoltent les salivaires.

On s'empâte à tout-va. Chianti surchoix. M. Alfredo l'Original, fils d'Alfredo l'Original, et petit-fils du même dit, nous opère son numéro de malaxage spaghettien à l'aide de son fameux couvert en or massif, qu'on se demande comment il peut le posséder encore dans un pays où le vol s'inscrit directement après l'industrie automobile dans l'échelle de l'économie nationale.

Le voleur bouffe allégrement. Ses craintes s'estompent, au fil des gorgeons de rouge, sa curiosité s'aplanit. Il nous raconte comme quoi il s'appelle Giorgio, treizième enfant d'une famille de quinze; mère malade, père ivrogne, chômage pour tout le monde, allez, roulez ! C'est la vie... Il opère en compagnie d'un pote du quartier : la Vespa barreuse de rue, le coup de masse dans la vitre. Hop ! Et en route. Ça ne rapporte pas des mille ni des cents : juste de quoi bouffer et foutre du mélange dans le réservoir de la moto. Il est voleur, mais correct. Ainsi il ne conserve jamais les papiers d'identité de ses victimes, sachant trop combien il est fastidieux de s'en faire réétablir. Lui, il se contente de les jeter sur le trottoir où des gens de bonne volonté les recueillent pour les porter à la police. Le fonds est bon. Comme pour les artichauts : sous des poils piquants se trouve un cœur tendre. On devient aminches. On se bidonne. En dégustant la grappa offerte par le patron je lui expose mon projet. Pour cent mille lires il est d'accord.

Alors, tu vas voir, ma poulette, cette fois, tout va se mettre à commencer.

CHAPITRE IV

L'hôtel *Naples et Venise* se situe parmi les palaces fatigués, promis à brève déchéance aux pics des marchands de clapiers. Chaque étage pourrait en contenir deux. Les fastes anciens partent en couille (ou en quenouille, pour les fileuses) et l'on y découvre, dans les bergères Luigi-le-Quindicesimo, des vieillards momifiés par le temps, à peau jaune, à fausses dents fausses, fringués comme dans les planches en couleur du Larousse réservées au costume à travers les âges.

Nous y occupons une suite princière : deux chambres, un salon, deux salles de bains (dont les appareillages ont été retenus par différents musées d'Europe et des États-Unis) et une entrée ornée d'un lustre de Murano dans lequel j'aimerais vider un chargeur pour m'assurer que mon flingue ne s'enraye pas. Au mur des gravures aimables, style « Mam'selle se branle avec un seul doigt » : balancelle, robe à panier pour y mettre la main de l'homme, chien-chien frisotté, *very grazioso*. Béru en loufe d'émotion admirative.

— Les féculents, s'excuse-t-il, très mondain, contrairement à son habitude, parce que contaminé par l'ambiance.

Puis il confirme d'un rot mémorable qui décoiffe le gars de la réception chargé de nous faire les honneurs.

— V'z-auriez pas du bicarbonate de soude ? lui demande abruptement l'Hénorme.

L'autre qui n'a pas compris répond que non.

— Ça ne fait rien, rassure Alexandre-Benito, faites-moi monter du champagne, ça r'vient au même. Un magnum, hein ?

Là-dessus il se dépose dans un fauteuil qui n'attendait que ça pour baisser les bras.

Dans le milieu de l'aprème, Giorgio me téléphone, selon nos conventions. Mission remplie. Quand pourra-t-il enfouiller l'autre moitié de la liasse ? Dès que j'aurai la preuve qu'il a fait ce qu'il dit. Il n'aura qu'à me rappeler *domani*.

Le Mastard qui s'est fait grimper un second magnum de roteux convie le serveur à le goûter. Sa Majesté explique en trinquant que c'est ça le communisme selon Jésus : partager son Dom Pérignon. C'est beau, non ? Le loufiat en pleure d'émotion. Le Gros lui demande alors s'il ne serait pas possible de s'assurer la compagnie de deux jeunes filles très comme il faut et sachant sucer, manière de passer le temps. L'employé déclare qu'il va en parler au concierge et nous les voulons comment ? Brunes ou blondes ? Béru est partisan de toujours savourer les produits du terroir : qu'il s'agisse de vins, de fromages ou de gonzesses, alors il en veut une brune ; très italienne. Pour ma part je décline, alléguant que j'ai le dernier bouquin de Jean Dutourd à lire.

Bon, je gaze, pas te faire tarter avec de la barbe à papa, comme j'en sais des certains qui n'écrivent que pour causer ; quand je pense qu'on abat des arbres pour recueillir leurs incohérences, merde ! On ferait mieux de les y suspendre par le cou.

Je t'indique toutefois pour mémoire l'arrivée d'une fort belle créature, à fourrer vivante et toute crue. Je laisse discrètement Bérurier à ses ébats après avoir seulement participé aux tractations, car je dois inclure leur résultat dans notre note de frais à la rubrique « divers ». Le cher homme, ravi de cette existence de pacha, se prend pour un prince pétrolifère.

Un incident technique l'oppose à sa partenaire, concernant des ablutions qu'elle exige de lui préalablement, à quoi le Furax rétorque que l'amour pasteurisé, lui, merci bien : il raffole des venaisons. Et est-ce qu'il lui demande de se détartrer la babasse à Mlle la *signorina* ? Non, mon petit : il est prêt à lui groumer la case départ sans vérification aucune, parce que selon lui, l'amour c'est un grand élan bestial et généreux. Alors, si elle chipote et fait la fine bouche, qu'elle lui redonne le carbure et aille baiser chez les Suisses qui eux se lavent pis que les Yougos, ajoute-t-il pour ne pas rater un calembour. En voilà-t-il pas des façons ! Non, mais pour qui ça se prend ? C'est né dans des faubourgs cradingues et ça joue les Miss Savonnettes.

Au plus fort de ses protestances, son biniou grelotte. Calmé par la sonnerie, le Mastard dégoupille l'écouteur :

— Mouais, j'esgourde ? C'est d'la part de qui est-ce ?

On le lui révèle, il murmure :

— Le professeur Corvonero ? Jockey ! Passez-m'le.

Pour lors j'interviens et pénètre en trombe (d'Eustache) dans sa turne où la gonzesse boudeuse, en manteau de fausse panthère synthétique, très réussi, allume la cigarette de l'écœurement.

Je colle ma tempe contre la sienne, juste comme une voix de contrebasse à cordes désaccordées demande en italien s'il est bien le *signor* Bérourièré.

— Y a d'ça, convient le Gros, mais si vous caus'rez pas français, on risque d's'en dire moins long qu'à l'Onu, mon pauv' *signor*.

Pas contrariant, le professeur Corvonero entame la converse dans notre misérable dialecte qui a tant fait pour propulser le cerveau voilé de notre culture.

— Jé souhaiterais avoir ouna conversazione avec vous, *signor* Bérourièré, déclare le téléphoneur.

Le Mastard, à qui j'ai fait répéter son rôle dans l'hypothèse de cet appel, chique au tortueux.

— Une converse à propos de ce serait quoi donc, *signor* Machinechouetto ? il demande.

— À propos de ce qu'une jeune femme a oublié de laisser en place dans mon automobile, euphémise délicieusement le prof.

— J'ne voye pas ce que vous disez, Mister Ringardo. Si c'est pour du charabia, vous vous gourez de lourde, ici on n'cause qu'le françouzen mais on l'cause impec, et quand on appelle un matou un greffier, c'est qu'c'est bien un chat ; faut-il que je vais mettre un point final ou seul'ment une virgule à c't'entretien ?

Un temps.

Puis la voix, avec de la lassitude et de l'irritation sous-jacentes :

— Je pense qu'il serait bon que nous nous rencontrions, *signor* Bérourièré ; vous n'êtes pas ennemi de vos intérêts ?

— J'ai pas d'ennemis, se retranche prudemment l'Artiste.

— En ce cas je viens vous voir ; d'accord ?

Le Mammouth toussote :

— Souate, puisqu'vous y t'nez, mais laissez-moi une p'tite plombe pour qu'j'termine un lot à réclamer dont avec qui j'ai des problèmes d'urbanisse. Allez, tchao, milord.

Là-dessus il raccroche.

— Dis donc, mec, les rivières d'eau troub' sont poissonneuses dans c'patelin, jubile Son Éminence, à peine que tu trempes ta ligne, ça mord !

*
* *

Moi, impudent comme tu me sais, je ne me gêne pas pour percer un trou dans la cloison pendant que Bérurier lime sa conquête tarifée après avoir consenti à une savonneuse express, à l'eau tiède, donc propitiatoire. Mon orifice débouche, d'après mon estimation, au milieu d'un motif représentant une corbeille de *flowers*, en plein dans un coquelicot, ce qui ne se remarque point. Ayant interjeté la bite malpropre, la *signorina* renâcle ensuite quant à ses dimensions, mais, vaseline pas morte, hein ? Elle, c'est pas le genre de Chaperon rouge à s'embarquer sans galette et petit pot de beurre. Je te communique ces détails domestiques par pure probité professionnelle, soucieux qu'*I am* de ne rien celer (sinon à la cire) à une lectrice comme te voilà, mignonnette, avec tes yeux de velours et ta chattoune à poils longs[1]. L'écrivain courageux se doit de tout dire. Je ne suis pas tellement écrivain, mais je suis courageux. Alors je dis tout ! Et s'il y a des pisseuses froides à l'horizon, qu'elles changent de slip et de trottoir !

Ses ébats amoureux accomplis, au grand dam d'une lampe de chevet, d'un pied de lit et d'une gravure au cadre vermoulé, le Gros congédie sa conquête fourbue,

1. *Une lectrice passionnée faisait remarquer récemment à San-A qu'il s'adressait toujours à un homme dans ses digressions. Frappé par cette vérité, et ne voulant plus être taxé de racisme, l'illustre romancier a décidé de prendre également une lectrice à témoin. Toi, en l'eau cul rance. Tu peux être fière, petite salope !*
Le Directeur Littéraire

l'embrasse entre deux rots consécutifs au champagne, remonte son pantalon, boucle sa ceinture achetée chez un bourrelier de village, ramasse les débris de la lampe, cale le plumard avec l'annuaire des téléphones, pète en grand, s'évente le dargif avec un *Parisien* que je n'ose qualifier de *Libéré* et attend le professeur Corvonero dont la politesse est l'exactitude des rois et qui, de ce fait, ramène sa fraise.

Je l'ai déjà vu, et tu sais en quelle circonstance, alors qu'il trépignait de courroux. Au repos, détendu, je dois admettre qu'il a meilleure allure. C'est un petit homme plutôt épais, plutôt chauve, avec un teint d'hépatique, une moustache fine de danseur de tango professionnel, et une paupière plus lourde que l'autre, détail dont je raffole dans mes descriptions, car j'ai connu des gens dont un store pendouillait, et ils m'ont beaucoup marqué.

Il porte un beau costume gris, une belle chemise bleue, une belle cravetouse marine dans laquelle est piquée une perle grosse comme un œuf de pigeonne pas feignante du petit guichet.

Mon pote l'accueille avec une grande dignité en comparaison de laquelle Louis le Quatorzième aurait l'air d'un des participants aux Jeux de Vingt Heures.

— Treize Honoré de Balzac, clapote l'Enfoiré, en pressant dans ses deux tas de viande la main intellectuelle du professeur.

Puis, désignant un fauteuil :

— Si vous voudrez bien l'poser là, qu'on pusse causer d'vive voix…

L'œil rivé à mon judas de fortune, je n'en perds pas une miette. Certes, je préférerais jouer la scène moi-même, mais la chose est impossible puisque le prof me connaît. Ne me reste plus qu'à prier silencieusement pour que le Dodu se tire tout seul d'affaire :

Il décarre sans jambages, comme je dis volontiers :

— M'sieur l'professeur, permettassiez-moi d'vous dire que j'entrave que pouic à vos giries, y aurait-il maldonne ou quoi-ce dans c'bidule ?

Cette longue mais lumineuse interrogation laisse le professeur Corvonero perplexe. Il est dérouté par la personnalité de Béru.

Et puis sa nature chaudement latine prend le dessus et ne le lâche plus. Son cou se met à enfler, à l'instar (d'Hollywood) de la grenouille qui suivait le bœuf.

— Écoutez, *signor* Bérourièré, écoutez-moi bien. Je sais que vous êtes l'instigateur du coup ; l'homme que vous aviez initialement contacté pour le réaliser m'a parlé : pour pas cher. Il préfère toucher peu en dénonçant que beaucoup en accomplissant ; il existe une foule de gens comme lui. Moi, je veux récupérer mon bien. Je suis disposé à y mettre le prix. Alors dites une somme plutôt que de finasser en jouant les abrutis, admirablement d'ailleurs.

Sa Majesté laisse passer l'orage sans se donner la peine d'essuyer les postillons consécutifs. Les hommes en colère ne l'ont jamais impressionné ; au contraire, ils l'excitent. Je lis sa jubilation intérieure dans ses prunelles d'éléphant en gésine.

— Hé ! mollo ! Où ça va, ça, mister signor ? dit-il sévèrement. On n'a pas élevé les cochons z-ensemble que je suce, si ? Faudrait voir à voir qu'on voye. Au lieu d'monter sur vos grands écheveaux, vaudrait mieux m'dire ce dont vous cherchez.

— Comme si vous n'l'saviez pas !

Tournant du match. Je frémis d'impatience. Mon massacreur risque de passer à côté de la gagne, avec ses manières tempêtueuses.

Et puis voilà que son vingt-cinquième sens l'avertit de

mon angoisse. Alors il traîne un second fauteuil face à celui qu'occupe Corvonero, s'installe devant le bonhomme, leurs genoux se touchant, et se met à chuchoter :

— C'est quoi, vot'prénom, déjà ?

Saisi, l'autre bredouille :

— Guglielmo.

— Trop dif'pour moi, j'vas vous dire Momo tout court, avertit le Plantureux. Alors, ouvrez grand vos vasistas à conneries, Momo. Si vous v'lez avoir une chance qu'on va s'entendre, faut pas jouer les poulains sauvages. Je demande, vous répondez, et ensute on cause, corréque ?

De plus en plus subjugué, le terlocuteur du Gros acquiesce (d'allocations familiales).

— Momo, une gonzesse a piqué votre chignole pour prendre c'que vous savez, exaguete ?

Signe affirmatif.

— C'tait quoi t'est-ce, le « ce qu'vous savez », Momo ? Disez-le-moi bien franchement sans vous prendre la menteuse dans l'pédalier, mon grand.

— Mais, vous…

— On dit qu'on joue franco, Momo ! Attention d'pas déraper su'l'parquet ciré des finasseries, j'vous prille, qu'autr'ment sinon, nous deux, not' belle histoire d'amour risque de mal finir.

Le professeur lève le pouce.

— Quoi ? aboie Alexandre-Benoît.

— Enfin, *signor* Bérourièré, soyez logique, vous me demandez ce qu'est la chose que vous m'avez fait voler !

Instant tangent et farineux à souhait. L'Exemplaire ne se laisse pas démonter, c'est pas un *légo* que cet homme-là.

— Supposez, Momo, qu'on m'ait chargé d'organiser ce petit coup d'arnaque, mais que, le coup fait, j'm'ai laissé viander comme un cavedu ? Hmmm ? Hein, je vous pose la question : hmm ?

— Je n'ose pas comprendre…

— Soyez pas timide, j'sus pas une rosière.

— Vous voulez dire…

— Moi, j'dis rien, mais j'veux qu'vous disez, vous, l'abbé ! Vous avez tout perdu, donc il vous reste tout à gagner, logicisme mon Indéfectible. J'sus vot' dernière chance. Si vous la saisiriez pas par la tignasse, y n'vous reste plus qu'à sortir vot' mouchoir pour aller chialer sous la porcherie d'une église.

Mais l'autre ne se laisse pas réduire aisément. Intelligent comme la plupart des Latins, il subodore des choses derrière les choses. Duraille de lui brader de la chicorée pas fraîche au professor Corvonero.

— Votre comportement me laisse perplexe, finit-il par déclarer.

— Eh ben, mon père Plexe, allez vous faire mettre *very profoundly* par les Grecs, conclut Bérurier. L'audience est râpée, Momo. Vous pouvez aller vacher à vos occupances, tandis que moi j'irai z-aux miennes.

Il se lève, propose sa grappe de saucisses au visiteur.

— Sans rancune. Si ça vous chante d'vous baguenauder av'c la bite sous le bras, libre à vous.

Il ajoute, après avoir déposé sa phénoménale paluche sur l'épaule de Corvonero :

— Vous voudrez qu'j'vous dise, ce qui carbonise les hommes ? Y crèvent d'leur méfiance, prof. S'enfument dans leurs cachotteries comm'des renards dans leur terrier. Y s'font ouvrir l'bide par n'importe quel margoulin qui s'dit chirugien, aboulent leur auber à n'importe quel prometteur immeublier, épousent la première radasse qui leur joue conv'nab'ment d'la flûte baveuse, seul'ment quand y s'agit d'ouvrir leur cœur, c'est malgache bonnot. Bouclarès pour cause de pétoche. Bouche cousue : motus vivaldi. Verdun : on n'passe pas ! Alors, moi, j'réponds :

courez vous faire fourrer en l'vrette, les gars ! Plein l'ognasse, jusque z-à la polyglotte, c'est tout c'que vous méritez.

Là-dessus, il pète sonore. Trompette d'*Aïda*. Exécute un doublé avec appui sur une seule jambe pour faciliter les choses, que ça tonne et détonne extrêmement fort. Son cocorico à lui, le Gros. Les voix du silence. Vroum ! Plaoff ! Il est net, puissant, affirmatif au-delà du possible.

Le délicat Rital devrait s'offusquer, au lieu de, il se lève, glisse ses paluches potelées dans les poches de son veston et déclare :

— Je sais !

— Vous savez quoi-ce ?

— Ce qui déconcerte, chez vous, *signor* Bérourièré.

— Disez, ça m'intéresse.

— Vous m'avez l'air d'un brave homme. Pas du tout le genre de type à fomenter une opération douteuse. Vous prétendez être ce que vous n'êtes pas. Ce visage débonnaire, cette voix chaleureuse, ces pets plantureux, non, non, jamais vous ne fûtes chef de bande. Jamais vous ne le serez. Mais alors, mais alors, qui donc êtes-vous en vérité ?

Ainsi agressé, car ces compliments constituent une espèce d'agression, moi je trouve, mon Éperdu marque le pas.

Il hoche la hure, essuie son nez emperlé. Je brûle d'intervenir et dois prendre sur moi, comme on dit (on ne prend jamais sur les autres, et c'est rudement dommage) pour m'en abstenir. Mais je dois laisser Bérurier poursuivre sa route, quand bien même elle déboucherait sur un cul-de-sac.

Le Gros, faut lui reconnaître, y a pas que le ventre en lui. Il existe également un cœur, et un cœur à son échelle, comme disent les pompiers.

Il croise ses bras, plante son regard couleur de rubis dans celui de Corvonero et, un rien hugolien, déclame :

— Qui est-ce je suis, Momo ? Tu veux savoir qui est-ce je suis ? Alors, je te le vas dire. J'sus un homme qu'tu peux lu faire confiance, pointe à la ligne. T'as du pif, Momo, pisque tu viens d'me causer comme tu m'as. Alors si t'en as, aye-z-en jusque-z-au bout et affale-toi, mon mec. Je t'donne ma parole de fl… d'homme qu'j'te nuirerai pas.

Et il lance à la cantonade, à mon intention exclusive :

— T'entends : j'donne ma parole ! J'veux pas qu'on lu carbonise la cabane, c'est pas l'mauvais bourrin, ce gus.

Ému, le professeur Corvonero laisse aller des larmes bienfaisantes et s'abat contre le burlingue de l'Irremplaçable en hoquetant.

— J'ai gâché ma vie pour une femme, Bérourièré. Mais je l'ai dans la peau et je ne peux plus me passer d'elle. Une Française, figure-toi. Elle m'a par les sens. La fellation contrôlée ! Ses caresses, comme les cigares de Davidoff, sont cataloguées par Châteaux. Du Château Lapipe, au Château de l'Œil de Bronze, elle sait et pratique toute la gamme. Une déesse de l'amour. J'en suis fou ! Elle fait de moi ce qu'elle veut. À cause d'elle je me suis lancé dans les entreprises les plus folles, les plus imprudentes ; oui, pour gagner les fortunes qu'elle dépense. Elle passe son temps dans les ventes de Christy's afin d'y acheter les bijoux les plus fabuleux. Petit à petit, je suis devenu une crapule, Bérourièré. J'ai aménagé une partie de mes laboratoires pour le traitement de la drogue, tu m'entends, *amico mio* ? Moi, dont un frère est évêque, moi, qui suis le fils d'un ancien ministre du Duce !

Il sanglote, sans glotte. Ah ! comme est douce la

confession ! Comme elle libère l'individu. Le professeur pleure à chaude Pise. La toute belle crise. Béru lui masse les endosses, fraternellement. Et, tout policier qu'il soit, prodigue des paroles apaisantes :

— Allons, allons, Momo, t'caille pas la laitance, mon p'tit bonhomme. Bon, d'la came, t'es pas l'seul. C'est dans les nurses d'aujord'hui. T'as pas tué père et mère. Et pis c'est pas ta pomme qui va la fourguer dans les groupes escolaires. Tu laborates juste. Comme tu fabriquerais d'l'aspirine, somme toute, non ? Essuye-moi ces grosses larmes, mon vieux macar. Ainsi, c'est d'la blanche que la souris t'a s'couée dans la guinde ?

Momo dénégate, il goupillonne avec ses larmes en agitant sa boule ronde. Non, non, pas d'la blanche : autre chose. Bien pire. De la came, fauchée, c'eût été uniquement une perte de fric. Là, c'est sa vie qui est en jeu. Tout peut s'écrouler. Car sa bagnole lui servait de coffre-fort. Se méfiant de tous et de chacun, comme dit Jean-François Revel dans son traité de tous les noms, il considérait sa Daimler comme son boudoir privé. Son coin vraiment à lui. Dès lors, il avait fait aménager une cache sous le siège arrière, planque fort astucieuse, en laquelle il serrait les documents relatifs à ses activités illicites. Et puis voilà qu'on les lui a pris. Les pires calamités vont surgir. Il est foutu.

Si ses associés sont démasqués, à cause de ce vol, ils sauront d'où vient le pébroque et leur vengeance sera terrible. On ne plaisante pas dans ce milieu-là. Il a peur. Il regrette. Il déplore, implore ! Saint Guillaume, son patron, Dieu en divinité (on ne saurait écrire Dieu en personne). Il est prêt à réparer. À se suicider si besoin est, à condition de se rater un peu pour voir la suite. Il pousse des cris d'or frais, d'orfèvre, d'orvet, de tout ce que tu voudras, j'en ai rien à branler. Tant et si fort que bon, maintenant, je peux paraître. Me montre. Lui révèle ma combine avec le gars Giorgio qu'on a financé pour l'amener à nous. Oui, on est flics, mais flics français ; et puisqu'il joue franco, on va essayer de lui garder le nez hors de la marmite d'eau bouillante. Nous lui sauverons la mise, voire la peau. À condition qu'il continue de marcher droit et qu'il promette, si nous aboutissons, de ne plus jamais recommencer. Il jure, il se laisse aller.

Bravo, mister Béru, ça, c'est du beau boulot !

CHAPITRE V

— Fichue ! m'exclamé-je comme dans de l'Alphonse Allais, la jolie personne !

— Un peu là ! confirme le Gros.

Fort de son imprimatur, je me mets à détailler goulûment la maîtresse du professeur Corvonero. De la bête surchoix, *really*. La bouche en fleur, le cul en délire, taille de sablier ; brune avec des guiches (lorraines), il est difficile d'arracher ses yeux d'elle, ou alors faut carrément se les crever avec des fourchettes à escarguinches.

Elle va d'un pas urgent en direction de la Place d'Espagne par la via Due Macelli. Elle porte un tailleur pêche et ses pompes, crois-moi, ne viennent pas du Carreau du Temple.

Nous lui filons le dur à travers la foule. T'ai-je dit que j'ai quelque peu modifié mon aspect ? Ce pour l'excellente raison que les baveux romains ont publié ma frite à propos de l'auto volée. La môme risquerait de me reconnaître, voilà pourquoi j'ai changé ma coiffure, mis des Ray-Ban et affublé ma lèvre supérieure d'une fine moustache qui ferait mouiller toutes les bonniches du seizième.

La très belle s'appelle Letizia Ramolin. Si elle a vingt-huit berges, c'est le bout du monde. On pige qu'elle rende dingue n'importe quel génaire et le comportement du gars Momo s'explique en présence d'une telle silhouette.

Place d'Espagne, elle oblique dans la via dei Condotti. Les magasins de (Guy) luxe ne la tentent pas, elle leur passe devant sans leur accorder un regard. Vers le mitan de la via, elle tourne dans une autre plus mignarde dont je n'ai pas le temps de lire le blaze, mais qu'est-ce que t'en aurais à branler, je me le demande ! Et puis elle pénètre dans un bar grouillant de jeunesse.

Le Gros me visionne.

— Alors, docteur ?

— On laisse passer soixante secondes et on entre, rétorqué-je.

Dont acte.

L'endroit est d'une bruyance qui te lézarde les trompes. Un juke dégobille de la chansonnette roucouleuse, mais les rires, les exclamations, bref, le brouhaha domine la musique. Garçons et filles. *Unisexe sed lex.* Du jean, de la limouille, un sauvage débraillé. Des tifs longs, des pendeloques un peu partout, pas mal de cuir ; ils sentent l'essence et le mal lavé, les gars et les garces.

Un je ne sais quoi de féroce préside à cette assemblée. Ils parlent, boivent, rient avec leurs dents, rien qu'avec leurs chailles carnassières. Parmi eux, Letizia Ramolin plastronne. Pas effarouchée d'être suavement loquée parmi ce débraillé. Elle semble connue, ici, mieux : admise. L'aisance de sa tenue indique qu'elle y a droit de cité. On lui fait fête ; elle est régnante.

Notre entrée ne dérange pas. Pudiques, nous nous placardons dans un angle du comptoir, près de l'appareil distributeur de pistaches. On se tait et on écoute. On boit et on regarde. La poule du prof ne nous a même pas vus entrer. Elle roule à sa tablée, au milieu d'un groupe de minables. Les garçons ont des rouflaquettes qui leur dévalent jusque sur la poitrine. Plein de grigris accrochés à des chaînes : fausses dents de tigre, plaquettes cabalistiques, négrissures de bazar, médailles pieuses, tout cela confondu, que Dieu reconnaîtra les siennes. Les filles portent l'uniforme : pull à col roulé large comme une fraise, ceinture de cuir dont les bélières soutiennent un bric-à-brac de couteaux, étuis à briquets, porte-pilules.

Ça jacasse avec véhémence, sous l'œil paterne d'un gros patron bouffi, plein à craquer de spaghetti, doctoral derrière sa bedaine et d'une indulgence empreinte d'écœurement.

Dans le juke, une connasse qui a la voix de Dalida parle d'amoré et de cuoré (c'est moi qui fous les accents pour rétablir la consonance) en dégoulinant de partout comme un cornet de glace oublié sur la console d'un radiateur.

— Faut pouvoir ! soupire le Gravos.

Il ne précise pas, mais je comprends. Nous sommes sur la même longueur d'onde, lui et moi. Oui : faut pouvoir se respirer cette ambiance, la créer, la supporter. À la place du taulier, je commencerais par fracasser le juke-box, puis je virerais tout mon trèpe à coups de goumi et de pompes dans le prose. Ce qu'il serait heureux, ensuite, ce julot, seul dans sa taule silencieuse ! Il se mettrait du Mozart et se taperait une plume pour déguster sa paix retrouvée.

Bon, la Letizia se lève. Deux garçons l'imitent, se penchent sur deux filles, parlementent et les décident à les suivre. Les cinq se cassent. Comme j'ai pris la précaution de douiller chaque conso aussitôt que servie, on peut les filer sans temps mort, ce sous l'œil cloaqueux du taulier qui nous a parfaitement retapissés.

Ils ne vont pas loin. Un bref dédale dans des venelles obscures où gambadent des marmots, les cinq s'engouffrent dans une maison pas très fraîche, dont la façade a la vérole. Leurs pas résonnent dans une cage d'escadrin aux marches de bois. Je compte les degrés de leur ascension. Trente-quatre marches, soit deux étages. Une porte claque.

— Ça veut dire quoi ? demande Bérurier. Viens ! s'étonne-t-il en me voyant rebrousser rue.

— Où qu'on va ?

— Faire des emplettes.

Juste à l'angle de la via dei Condotti et de la via Berlingo, j'ai aperçu un magasin qui me botte, bien que ce ne soit point celui d'un marchand de godasses. Nous nous y rendons sans nous presser. J'ai ma petite idée, et elle me chuchote de prendre tout mon temps et un peu du tien si ça ne suffisait pas. Je fais un achat utile, sans donner d'explications au Mastard. Cela dit, la nature de ce que je viens d'acheter lui laisse entrevoir ce à quoi je le destine.

Tout plan-plan, comme on dit dans le pays natal à ma Félicie, nous regagnons l'immeuble où se sont engouffrés nos petits canaillous. On grimpe les deux étages. Deux portes se proposent. Sur l'une, il y a écrit : « Dottore Luigi Cramoisi », sur l'autre y a rien et on perçoit des mots, des exclamations, quelques interjections et une préposition invariable fourvoyée. J'introduis mon pernicieux sésame dans la serrure. Ça dépone comme dans du Tintin. Je pousse très lentement le panneau. Nous accédons à un vestibule obscur, au bout duquel filtre un rai de lumière.

Le principal intérêt d'une porte est d'isoler une pièce d'une autre pièce ou de l'extérieur. Son deuxième avantage c'est d'être munie d'une serrure, laquelle comporte invariablement un trou qui, non seulement permet d'y engager une clé, mais également de voir au travers. Je me penche et j'entrevois. La très belle partouze paresseuse. En une œillée je pige tout : Letizia approvisionne ces gentils débiles en drogue et met à profit leur état aérien. Elle joue d'eux comme de la harpe, organisant les ébats à son profit, avec une science et un art de la bagatelle qui en disent long sur sa sensualité et ses débordements.

Je règle l'appareil photo que je viens d'acquérir : vitesse, flash, tout le chenil.

— Tu m'ouvres et tu t'effaces, chuchoté-je au Mahousse. Et si l'un des garnements veut jouer les Bayard, tu lui fais une tronche grosse comme l'édredon de ta grand-mère…

Belle Pomme, c'est pile dans ses cordes un turbin de cette nature. Il aime les missions châtaignantes. C'est un nostalgique du passage à tabac. D'un reniflement impatient il m'annonce qu'on peut usiner.

— Alors, vas-y !

Je regrette de mal déguster la scène. D'un seul œil, et par le truchement d'un viseur, tu laisses perdre le plus gros. Notre intrusion ne cause pas l'effervescence à laquelle on pourrait s'attendre. D'abord parce que les partenaires de la belle sont dans un semi-coaltar qui les neutralise, ensuite parce qu'elle-même est fort occupée. Elle fait à dada sur le zifollet d'un des gars, tandis qu'elle se laisse pratiquer le coup du taille-crayon aux nichebés par une gonzesse et qu'elle agite avant de s'en servir le bec verseur du second petit julot ; cependant que la deuxième gamine, assise en tailleuse devant elle, lui montre sa tirelire à crinière tout en s'y prodiguant un léger solo de médius.

Les éclairs répétés de mon flash aveuglent ce petit monde en folie. Je clique-claque à tout berzingue. J'ai même le temps de changer de focale, m'est loisible de fignoler, d'entreprendre de l'artistique ; un vrai documentaire !

Et le plus cauchemardeux (ça se dit aussi bien que desque), c'est l'inertie générale. La Letizia qui n'est pourtant pas camée se paie encore quelques aller-retour caracoleurs sur la bibite à son petit pote ; son cul qui court sur son aire, somme toute.

Elle nous regarde mornement brigander sans vergogne sa félicité. Le Mastard m'a suivi dans la pièce et salive de ces jeunesses ainsi offertes. V'là son bénoche qui zeppeline d'importance.

L'un des loustics finit par demander (en italien, bien sûr, puisque c'est sa langue maternelle) :

— Qu'est-ce qu'ils veulent ?

La question tire Letizia de sa stupeur dolente. Elle déplante son mecton, repousse l'affûteuse de mamelons, lâche le bistougnet du deuxième lascar, cesse de visionner la chabanette de la deuxième môme et se redresse.

— Qui êtes-vous ? demande-t-elle languissamment.

— Des photographes en chômage, mademoiselle Ramolin.

D'entendre son blaze, ça la pétrifie. Ses bras retombent. Elle est sublime dans sa nudité abandonnée, Letizia. L'accablement lui va bien. Généralement, les croqueuses de diams ont une superbe tapageuse qui les rend infumables.

Bérurier s'approche.

— Dites, p'tite espiègue, cela vous intéresserait-il d'vous faire grimper par un bonhomme nonmal'ment conspué ? Qu'est-ce vous perdez vot'temps à bricoler les pendentifs d'ces deux minus. J' voudrais pas avoir l'air d'plastronner, mais si vous voudrez bien toucher d'visu à travers mon fûtiau, vous vous rend'reriez compte qu'ma pomme, j'plante pas les dames av'c un Coton-Tige.

Mais cette cordiale invite ne correspond pas aux préoccupations présentes de la jeune personne.

— Que me voulez-vous ? demande-t-elle.

Je traverse la pièce et découvre qu'elle est suivie d'une seconde, plus petite : il y flotte une odeur d'épices moisies. Il s'agit d'une cuisine où l'on n'a pas dû prendre de repas depuis la chute de Mussolini. Toutefois quelques meubles élémentaires subsistent, dont deux chaises. J'en prends une et lui désigne la seconde.

— Rebouchez-vous avec ça, invité-je, et causons.

Elle obéit.

— Vous êtes français ? me demande-t-elle.

— Pas mal, oui.

— Moi aussi.

Elle a lancé cela avec un peu d'espoir, comme si notre identité de nationalité devait la préserver du danger que je représente.

— Je sais, dis-je, ça va nous permettre une plus grande compréhension.

Je caresse l'attirail photographique accroché à mon cou.

— Voyez-vous, Letizia, attaqué-je, on va parler franco. Si j'allais développer ces photos pour ensuite vous proposer de me les acheter, vous auriez toujours un doute. Vous penseriez que j'ai pu en tirer plusieurs jeux et que la cession même des négatifs ne conjurerait pas la menace qu'elles représentent. Moi, ce que j'ai à vendre, ce ne sont pas des photos, mais un appareil photographique. On traite et il est à vous, vous pouvez en faire ce que bon vous semble.

Des larmes d'humiliation, voire de rage, embuent ses chères prunelles.

Un léger tic fait sauter sa fossette gauche. Je vois se tortiller ses doigts dont deux sont bellement et coûteusement bagués.

Elle ne moufte pas.

— Vous imaginez, ces images sur le bureau du professeur Corvonero ? Je sais qu'il vous a dans la peau, pourtant admettez que l'amour le mieux chevillé résisterait mal à ces clichés.

— Combien voulez-vous ?

Bon, elle se rend tout de suite, sans tenter de jouer le second acte.

— Remplacez l'adverbe « combien », par le pronom interrogatif « que ». Car ce n'est pas de l'argent que je désire, mais un bien plus inestimable.

— Quoi donc ?

— La vérité.

— Qu'entendez-vous par là ?

Un ramdam puissant éclate dans la pièce voisine. Je cours m'enquérir. C'est Bérurier qui vire les deux hotus pour demeurer seulâbre avec les demoiselles.

CHAPITRE VI

— Qu'entendez-vous par là ? lui fais-je reprendre afin de donner de l'élan à ce nouveau chapitre.

Elle est encuriosée pour de bon, la mère. M'avait pris pour un coquin de maître chanteur, et puis se met à réviser son hâtif jugement. De l'autre côté du mince galandage, Bérurier fourre à tout berzingue, opportuniste comme tu ne peux savoir, l'Apôtre, toujours paré pour les grandes manœuvres de printemps, et que rien ne stoppe : ni les suppliques, ni même une fermeture Éclair de braguette qui se coince, trouvant la parade à tout par sa seule autorité, ne croyant qu'en sa force et guidé sûrement par le feu interne de ses appétits.

— Douce friponne, je vais droit au but. La semaine dernière, votre riche protecteur, le professeur Corvonero, a été victime d'un vol : celui de sa voiture.

— On l'a récupérée, coupe-t-elle.

— Oui, on l'a récupérée, mais certaines choses qui s'y trouvaient cachées avaient disparu.

Un léger voile passe devant son regard d'ardente innocence ; ténu mais bien suffisant pour me donner à comprendre qu'elle sait de quoi je parle.

— Le vol de l'auto a été commis par une jeune femme inexpérimentée qu'un imbécile de flic français a dû aider dans cette banale entreprise, poursuis-je.

Elle me fixe, sans ciller. Quelque chose remue dans sa linotterie. Un léger boulot s'y effectue. Les nanas, jamais leurs méninges ne restent au repos ; elles se tricotent des pensées à une allure de fourmis évacuant leur fourmilière en péril, et cherchent la parade dans l'attaque qu'on leur fait subir.

— J'ai vu des photos du flic dont vous parlez, déclare cette ingénue perverse avec un début de brouillon de sourire.

Elle n'en dit pas davantage, mais j'ai compris qu'elle m'a retapissé. Va falloir ramener un peu de voile et naviguer au plus près.

— La personne qui a fauché la bagnole n'a pas agi pour le compte d'une bande organisée, ma belle. Voler une bagnole, c'est l'enfance de l'art. Mon petit doigt me dit que cette curieuse opération, c'est de l'ouvrage de dames, au pluriel. Qui donc pouvait savoir que Corvonero planquait des documents dans sa tire, sinon quelqu'un qui le touchait de très près ? Que ce quelqu'un se soit arrangé avec une copine pour effectuer l'opération me paraît plus que probable. Alors ?

— Si vous sous-entendez que…

— Je ne sous-entends pas : j'affirme ! Vous êtes deux petites dégourdoches, la môme qui a secoué la Jag et vous. Grâce à ces foutus papiers, vous êtes assurée d'avoir définitivement barre sur lui. Peut-être y a-t-il eu des signes avant-coureurs de lassitude qui vous ont paniquée et vous avez voulu garantir l'avenir.

— C'est vous qui le dites.

— Oui : c'est moi qui le dis, et quand je dis quelque chose, cent une fois sur cent, c'est la vérité. Donnez-moi l'adresse de votre copine, sinon demain Corvonero aura ces merveilleuses photos et vous vous retrouverez en taule pour complicité de trafic de stupéfiants.

— Moi !

— Eh oui, chérie. Réfléchissez : je connais la voleuse. En exécuter le portrait robot est l'affaire d'une heure. Dès lors, il ne sera pas difficile de la retrouver, non plus que de prouver que vous la fréquentiez. Une fois arrêtée, elle ne niera pas longtemps vos relations. Même en Italie, on n'est pas tendre avec les gens de la drogue.

Elle se lève, fait quelques pas devant moi, superbe. Un corps irréprochable, du moins au plan esthétique. Elle vient se planter près de ma chaise, ondulant du ventre très légèrement.

— Tu sais, lui dis-je, inutile de chiquer les ensorceleuses, quand bien même je participerais à une partie de jambons avec toi, ça n'aurait aucune incidence sur mon comportement ultérieur.

Elle ne se démonte pas et continue de fixer sur moi son regard de nympho en délire.

Dans mon for machin, je jubile car j'ai mis dans le mille. Déduction impec. Toujours une rigueur de pensée surprenante, l'Antonio de mes deux.

Le reste ne sera que formalité. Je la tiens, la vilaine. Et elle le sait.

— Tu comprends, lui dis-je, en jouant franc-jeu tu demeureras en marge de l'affaire.

— Vous n'allez pas me faire croire qu'un flic qui mettrait la main sur des documents pareils resterait les bras croisés ?

— Je ne te dis rien de semblable, ma fille, je te promets seulement de te laisser en dehors du coup, c'est pas un beau lot de consolation, ça ?

« Aux States, quand l'un des accusés se fait témoin à charge, il bénéficie d'un non-lieu. En ce qui te concerne, ton blaze ne sera même pas cité. Et tu veux mieux ? Je ne parlerai pas non plus du père Corvonero. Parfaitement : je lui laisserai sa chance, ainsi vous pourrez continuer à vivre heureux et à avoir de nombreux diamants ; voyons, Letizia, tu ne vas pas tarir par ton obstination une vache à lait si productive ! »

Elle hoche la tête et, tu sais quoi ? Écoute, ça vaut le prix de ce *book*.

— Si je parle, vous me ferez l'amour ? J'ai envie de vous.

Son regard et sa voix me fouettent les sens. Hue, dada ! Je décarre du popaul au triple galop. Sans chercher bien loin : la table (en anglais *the table).* Pas besoin de la lui signifier, elle y est déjà étendue, se propose en grand, les jambes repliées haut, et se les maintenant ainsi à deux mains, façon grenouille à la renverse.

Heure exquise qui nous brise. C'est carrément la prestation cosaque, pour mademoiselle. Incorrigibles, nous sommes, le Gros et moi. La guerre du nerf de bœuf. Tout ce qui nous passe à portée de bite, hop ! Par ici la bonne croupe ! On devient deux gentils obsédés, à force. Que bientôt, tu verras, on déambulera cul nu, la zézette au vent, fureteuse, à dodeliner de la collerette. On se farcira les dames séance tenante, au gré des recontres : dans la rue, les magasins, l'autobus. Le côté : « T'en veux ? Prends-en ! », plaoff ! Sans plus chichiter, roucouler. Les pigeons sont des cons, moi je dis. Les coqs, eux, savent vivre. Un tour de semonce autour de la poule, qu'elle s'ébouriffe et dégage de la bagouze, et vlan ! donne ta crête que j'm'y cramponne !

La môme, drôlement nympho. Quand elle a démarré au paf, elle devient jobastre. Une furie ! Tu risquerais ton glandoche dans une bétonnière, t'aurais l'impression de le mettre au fourreau, en comparaison. Elle m'interprète : « Ouragan sur le chibre », la Letizia.

Casse la table à grandes ruées. Me talonne les endosses

comme Yves Saint-Martin sa bourrique quand il fonce vers la ligne d'arrivée. On finit par se retrouver sur le carrelage, dans des décombres. Elle mugit pire que les féroces soldats. Pousse de grands cris de tigresse dont la queue s'est coincée dans l'engrenage d'un moulin à caoua électrique (Torréfacteur, en ga…a…a…arde, comme on chante dans *Carmen*). Elle est franchement frénétique, pour dire. Ne reste pas les deux pieds dans le même sabot ! Elle vaudrait un enregistrement sur cassette que se passeraient les vieilles veuvasses, le soir, avec leur chandelle.

Qu'à la fin d'à force, Bérurier vient aux nouvelles.

— Mais qu'est-ce y vous arrive-t-il ? s'inquiète le Monstre.

On n'a pas le temps de lui répondre. Sinon par gestes avec les noix. Il comprend et se retire.

J'en fais bientôt autant.

Elle est rougeoyante, la pétroleuse. Cheveux collés because la sueur, respiration haletante, œil poché par l'amour intense. Elle secoue la tête et parvient à articuler :

— Merci, c'était fabuleux !

Elle laisse son souffle retrouver un rythme convenable pour enchaîner :

— T'es un homme, toi.

Trêve de compliment, je n'ai pas encore rengainé coquette dans ses foyers que déjà je m'enquiers :

— Alors, ces papiers ?

— C'est ma copine qui les détient.

— Son nom, son adresse ?

La gosse est toujours à terre, vannée, essayant de récupérer. Je m'aperçois alors que mon appareil photo s'est ouvert pendant la séance.

Ou qu'on l'a ouvert. Bye-bye le documentaire sur les

prouesses amoureuses de Letizia Ramolin. Ne me serais-je pas laissé enfler maison par cette greluse ?

— Eh bien je t'écoute, ma chérie ? insisté-je sans m'émouvoir.

— Mon amie ne vous remettra rien si je ne suis pas avec vous.

— Viens avec nous.

— C'est qu'elle habite hors de Rome et j'ai rendez-vous avec Corvonero et des amis d'ici moins d'une heure.

— Diffère-le, les femmes comme toi sont faites pour être en retard avec les hommes comme lui !

— Ce rendez-vous est trop important.

Je pourrais lui virguler une tartine de phalanges, certes. Et ce n'est pas l'envie qui m'en manque, mais je me contiens par sadisme, pour voir jusqu'où elle aura le toupet de m'entraîner.

— En ce cas, téléphone à ton amie qu'elle nous remette les documents.

— Elle n'a pas le téléphone.

— En fin de compte, que proposes-tu, ma belle princesse ?

— On pourrait aller là-bas demain ?

Je feins de réfléchir.

— D'accord, mais en attendant donne-moi toujours les coordonnées de cette poulette.

Letizia minaude, ce qui est nettement à son désavantage.

— Malin, si je vous les donne, vous allez vous y précipiter et tout gâcher.

Elle ajoute :

— Vous avez vu que votre appareil s'est ouvert ?

— Oui, j'ai vu.

— Les clichés sont fichus.

— Tu parles, ça n'aime que l'obscurité, ces petites chauves-souris-là.

Cet aplomb, *mamma mia* ! Cette impudence ! La v'là qui se paie ma bouille, maintenant ! Sous prétexte que je lui ai ramoné le trésor, elle me prend pour la pauvre pomme de Corvonero !

J'ouvre la lourde.

— Béru, t'es disponible, mon mec ?

— Mouais, les deux sauteuses ont calté. C'étaient vraiment des moules folles : rien dans la tronche et encore moins dans l'baba ; j'sus pas près d'leur discerner un certif d'amplitude professionnelle.

Bougon parce que mal épongé, il radine.

— S'lon ce que j'ai cru ouïe entendre, t'as dû mieux t'régaler que Messire moi-même.

Il admire la môme d'un œil qui en sait gros comme la Bible sur le sexe et ses emballages.

— Faut dire qu'elle a l'matériel de baiseuse au grand complet, av'c toutes les options du catalogue, reconnaît-il.

— Elle fait admirablement l'amour, mais elle est peu coopérante, dis-je. Elle admet avoir blousé son kroum avec une potesse, seul'ment elle refuse de me donner les nom et adresse de celle-ci.

— C'est pas raisonnab', fait sévèrement Sa Majesté.

— Je pense qu'à toi, elle va te le dire, enchaîné-je ; compte tenu de ce qui vient de se passer entre nous, personnellement, j'aurais mauvaise grâce à insister.

— J'insist'rai entre ton lieu et place, promet le Gravos.

— Merci. Quand elle t'aura fourni les renseignements, tu la garderas à disposition ici pendant que j'irai voir la demoiselle en question.

— Tout l'plaisir s'ra pour moi.

— Bien entendu, tu ne relâcheras pas ta méfiance ?

— Inquiète-toi pas, mon pote. Si l'idée m'prend de la fourrer, j' le ferai sans lui ôter les menottes.

Et, tout en parlant, il fixe le cabriolet aux poignets de Letizia, non sans avoir fait passer la chaîne derrière un tuyau de gaz.

Une qui se met à devenir grisâtre, au physique comme au moral, c'est la maîtresse à Momo.

Mon calme aimable la terrasse tout autant que la manœuvre du Mastard.

Béru se fouille et finit par extraire de ses vagues un couvercle de boîte à camembert et un mégot de crayon.

— Bon, les renseignements auxquels on attend de vous, plize ? demande l'aimable personnage en suçotant la mine de son bout de crayon.

Elle reste coite, vitreuse, muette, glacée ; tout ça à la fois.

Comprenant qu'elle va réticer, mon ami pousse un soupir qui fendrait l'âme de Pinochet et me dit :

— Cela t'ennuillerait-il d' nous laisser un moment, qu'on peut causer ent'quat'z-yeux, moi et madame ?

— Mais comment donc !

Je passe à côté ; la pièce sent les corps surexcités, le renfermé et la basse copulation. Quelque part, dans la ruelle, un homme chante à tue-tronche.

Je me laisse quimper sur l'un des rares sièges en exercice. J'ai les cannes sectionnées par cette royale tringlée prodiguée à la frangine. Une amertume me vient, comme souvent ; confuse nostalgie teintée d'angoisse. L'abomination d'être là, à faire ce turbin ; se cailler les sangs à emmerder les autres, au nom de je me demande bien quelle morale, après tout. Redresseur de torves patentés. Détenteur d'un louche pouvoir dont je dois rendre compte. Y a des instants de vrai flou. Qu'après tout je m'en branligotte du professeur Corvonero et de sa pétasse. Peu me chaut ses activités, quand bien même elles accroissent un fléau social. Toujours chiquer les Bayard, au nom de quoi ? Moi, je le sodomise, moralement, Bayard. Et tous les autres : héros, pas héros, cons historiques en tout genre.

Un cri, un seul. Cri de femme. Béru dans ses œuvres. Il a la torgnole naturelle, Messire l'Enfoirure. Le gnon est une ponctuation du langage chez ce primaire, que dis-je : ce primitif. N'est plus intégré dans son époque de merde. L'a raté le coche. S'est gouré d'ère. Sa longueur d'onde eût été le secondaire, quand l'ordre des dinosauriens vadrouillait à l'emplacement des futurs Champs-Élysées.

J'appréhende une nouvelle plainte, mais plus rien ne se produit. Au bout de peu, le Gros paraît. Clin d'œil de bœuf.

— V'là ! dit-il en me lançant gracieusement sa boîte de calandos-bloc-notes.

Je la biche au vol. On fait dans l'aérien. Je lis, écrit en caractères d'imprimerie dont certains, tels que les « N » ou les « P » sont tracés à l'envers, comme s'ils avaient été formés par un dyslexique ou un Russe : « Antonella Mariani, III Corso Québellaputassa, Roma. »

— Tiens, je croyais qu'elle habitait en province ? lancé-je à la môme Letizia.

Plutôt cocasse, sa posture à Mlle Prendu. Le galant Béru lui a procuré une chaise et elle est assise, face au mur, toute nue, enchaînée au tuyau.

Elle ne se retourne pas.

— Ça été duraille ? demandé-je au Gros.

— Penses-tu : un velours !

Il pouffe et m'entraîne loin de la souris de l'abbé Jouvence. Il m'exhibe un petit tournevis de poche rétractable.

— J'y ai fait croire qu'y s'agissait d'une s'ringue de Pravda et qu' j'allais lu bricoler une piqûre de pain total pour lui faire causer. T'es sûr qui faut qu' j'vais t'attendre ici ? Ell'risque pas d's'envoler et suffit qu'on lui cloque un bataillon su' l' museau pour pas qu'ell'brame. J'vais faire quoi, sinon ? J'ai déjà baisé deux ou trois fois dans la journée.

Ses raisons m'atteignent et me contraignent.

— Comme tu voudras, Gros. Mais bâillonne-la serrée.

— Fais-toi pas d'mouron, rassure l'Éminent en arrachant un reliquat de rideau dit « bonne femme » d'une fenêtre. Tu sais bien qu'j'ai la technique.

Le type heureux de la rue a fini de brailler sa *canzone.* Déjà, le jour soirit. Mon vague à l'âme s'estompe.

CHAPITRE VII

Il faut (ou bien l'on doit, voire : il est prudent de) se méfier des adresses ; ne pas tomber dans le piège des idées préconçues. Ainsi, un mec qui t'annonce qu'il habite avenue Foch, tu penses : « Mazette, il se met bien, le frère », avant de découvrir qu'il occupe une chambre de bonniche dans les communs d'une arrière-cour. Un autre, qui avoue crécher dans le populaire dix-huitième, jouira en fait d'un duplex somptueux, avec vue sur « tout ce qu'il y a à voir », salles de bains en marbre noir et robinets d'or, jardin suspendu ; la classe, le superchic *Maison et Jardin-Jour-de-France*.

Moi, en me rendant Corso Québellaputassa, dans la Rome grouillante, je crois débouler dans une friterie ; eh bien ! cours te faire mettre, chérie : c'est sur un délicat immeuble moderne, de quatre étages, que je tombe (sans me faire mal). Dans les tons ocre ; comme toujours à Roma (à moins que rose), grandes baies, balcons, stores à rayures noires et jaunes, porche marmoréen bourré de bioutifoules plantes vertes et d'un concierge bourré au chianti.

La *signora* Antonella Mariani ? Au quatrième. Mais faut s'annoncer au prélavable, comme dit Bérurier. Interphone.

On actionne. « Mon cul ! » comme disait l'autre jour

la reine d'Angleterre, mais en anglais pour faire plus distingué. *Nobody* ne répond.

Ce dont le cerbère déduit que la *signora* n'est point *at home* (de chèvre, si ça ne t'ennuie pas).

Je réponds que merci beaucoup pour son obligeance, tenez, voilà cinq mille lires, n'auriez-vous pas un vieux chiffon à me prêter rapport à une tache d'huile qui souille mon pare-brise ? oh, ce que vous êtes gentil de vous donner cette peine.

Il pénètre dans sa loge.

— Attends le chiftir, toi, fais-je au Gros, et éclipse-toi. Moi, je vais faire un tour chez la gonzesse.

Là-dessus je dégoupille le thermo-saleur de la porte de verre et me coule dans l'immeuble, profitant de ce que le concierge ne me voit pas. Ça, tu l'as sans doute compris parce que t'es une fille pas conne, mais je précise à l'intention d'une chiée de patates qui me lisent comme une carte routière.

Pouf ! Quatrième. Ascenseur laqué. Docile comme un laquais. Vite fait, sans secousse. Sur le palier : quatre portes. Y a les blazes dessus. Par acquit de conscience j'y vais d'un petit air allègre sur la sonnette, style « Coucou c'est moi, même si t'as le cul nu viens m'ouvrir, tu le regretteras pas. »

Silence.

Donc, sésame entre en piste.

Tric-trac, fric-frac. Les serrures italoches ont tellement l'habitude d'être violées qu'elles ne mettent même pas de culotte. J'entre chez Antonella comme Daudet chez lui, à Fontvieille. Logis de belle venue, moderne mais de classe. Pas du tout la crèche qu'on imagine à une voleuse de bagnoles.

Tout y est d'un blanc légèrement rosé : les sols, les murs, les sièges. Des toiles intéressantes, des meubles d'acier, l'ensemble serait parfait s'il n'y avait ce cadavre d'Antonella sur le tapis du livinge. Elle porte une robe bleue à fleurs mauves de chez Roberta. En guise de collier, une corde dont il ne faut pas parler dans la maison d'un pendu. L'autre extrémité d'icelle est attachée à l'espagnolette de Francis Lopez. Il s'en est fallu de dix centimètres pour que la tête de *signorina* Mariani repose sur le tapis blanc ; faute desquels elle est morte étranglée de fond en comble, la pauvre. Une si jolie gosse, pleine de charmes, dont j'avais conservé un souvenir vivace malgré qu'elle m'ait pris pour un demeuré ! Des papiers épars jonchent le sol. J'en ramasse des bribes. Ce sont des lettres d'amour, vachetement brûlantes, tellement même qu'elles l'ont consumée, si on se fie aux apparences. Moi je me dis que si elle ne s'est pas suicidée, c'est très bien imité. Supposons que des mecs soient venus pour fouiller chez elle. Ayant trouvé ces babilles, en plus de ce qu'ils cherchaient, ils étranglent la gosse, l'accrochent à l'espagnolade de la fenêtre et déchirent ces bafouilles pour qu'on déducte un chagrin d'amour.

Je palpe la belle enfant. Raidar. Voilà un bon bout de moment qu'elle est allée voir au paradis si Mussolini y était.

Je ne touche à rien, mais je procède à une inspection détaillée des lieux. Trop fin limier, l'Antonio, pour ne pas s'apercevoir que l'appartement a été exploré. Certes, on a tout remis en place, mais il reste des traces de perquise : contenu des tiroirs, en vrac, vêtements mal suspendus dans les penderies, tableaux un poil de guingois, ainsi de suite. Il y a de la fraîche dans un coffret d'argent : huit cent mille pions en gros fafiots, des bijoux en massif dans un autre d'ébène. Drôle d'affaire. Qui donc savait que la donzelle détenait ces papiers, en dehors de Letizia ? Tu parles d'un caramel mou !

Je m'assieds sur l'accoudoir plantureux d'un canapé sur lequel traîne encore une revue de mode. Il devait faire bon rendre visite à Antonella. Pas pour la suriner, mais pour lui faire l'amour. Je donne une chiquenaude à l'électrophone hi-fi. Le bras descend sur le disque avec une détermination impressionnante. La voix de Sinatra s'élève. L'indestructible Franky chante un truc fameux, dont j'ai oublié le titre mais qui fait comme ça : « La… lala la…laaa… » Je me dis que cette musique et cette voix vont bien avec la morte et le décor ; et puis avec moi aussi, après tout. On constitue une conjoncture, tous : l'appartement, Antonella, Sinatra et mézigue. Quelque chose d'indiciblement harmonieux, qui te vague l'âme. Bon, « ils » sont venus, « ils » sont partis. Dans l'intervalle ils ont fauché les fafs et tué la fille. Bientôt, un autre locataire s'installera ici et regardera la Ville éternelle à travers les vitres de la baie. « La… lala… lalaaaa… » C'est bath. La vie qui flirte avec le néant. La mort apprivoisée un instant par l'organe du vieux voyou américano-rital. Je stoppe l'électro. Docile, le bras retourne coucouche panier, comme disent les cons plus cons que les cons. Adieu, Antonella ! Seulement il va faudre que je m'esbigne sans être vu du concierge, tu parles. Comment renouveler l'astuce qui m'a permis d'entrer ?

Je vais à la kitchenette. Près du bigophone mural se trouve punaisé un bristol dactylographié sur lequel figurent des numéros de téléphone usuels pour le locataire : médecin, pharmago, taxi, etc. Le gardien de l'immeuble est tête de liste. Il s'appelle Ferrari. Je le sonne.

— *Pronto ?* rétorque l'homme.

Je colle ma langue contre mon palais pour jacter, ce qui me fait une voix à la Michel Simon.

— *Signor* Ferrari, j'aimerais savoir qui a déposé cette

saloperie au garage du second sous-sol ! aboyé-je. Si vous n'enlevez pas ça immédiatement, vous aurez de mes nouvelles.

Je raccroche en violence. Paré !

Et c'est pile au moment de mettre les adjas que j'aperçois un petit trucmachinchose qui me fait tiquer. Je décroche le bristol des téléphones usuels et l'enfouis dans ma hotte droite.

*
* *

Il fait nuit et doux. Les travailleurs libérés populent sur les trottoirs. Ça discute à pleins rires. Chez nos frères latins, la situasse est toujours désespérée, mais elle n'est jamais grave. Il reste plein de temps pour vivre en dehors de ses soucis. Chez nous, les emmerdes, on les étire pour qu'ils fassent plus d'usage, faut qu'ils nous remplissent l'existence. En Italie, au contraire, on les prend au minimum de la dose prescrite.

Bérurier, que je viens d'affranchir, renifle à vide, ce qui est chez lui rarissime car il a toujours le nez encombré. De plus, cette réaction dénote de sa part un degré de préoccupation excessif.

— Ça va chier dur pour nos gueules, exprime-t-il avec cette aisance propre généralement à M. Lecanuet. T't'rends compte ? La Letizia qu'on a moleskinée pour lu faire dire l'adresse d'sa potesse ? Quand c'est qu'ell'va la savoir scrafée, comment qu'elle va crier au charron ! En plus, le concierge qui racont'ra qu'on est v'nus d'mander après la morte !

Je calme ses redoutances :

— La môme Mariani est morte depuis plusieurs heures, nous avons un alibi.

— Si on la r'trouve dans huit jours, t'iras préciser, boug'de dégourdoche !

— On va la retrouver rapidos car je vais prévenir anonymement les archers de son décès. Quant à Letizia, je lui parlerai. Elle n'a pas intérêt à nous précipiter dans un tonneau de mélasse où nous risquerions de l'entraîner à son tour. Viens !

J'avise un bureau de poste encore ouvert et j'y catapulte le taureau fougueux. On entre dans la salle des téléphones entourée de cabines, au centre de laquelle deux standardistes se racontent la zézette à Mario tout en houspillant d'autres standardistes disséminées à travers le petit globe frileux qui nous héberge.

Je sors le bristol qui servait de répertoire téléphonique à la chère défunte. Le moment ne serait-il point venu, jolie lectrice à chatte rose, de te révéler ce qui m'a poussé à l'emparer ? Oui, n'est-ce pas ? Alors prête-moi ta mignonne oreille finement ourlée et écoute. Au bas de la liste composée de gynécos, plombiers et autres spécialistes des canalisations, au bas de cette liste, dis-je, on a écrit à la diable, la lettre « X » suivie d'un numéro de téléphone. C'est le « X » qui a sollicité mon attention. « X » est la lettre du mystère dans l'alphabet. Une lettre qui chevauche les mathématiques et pas mal de sciences dites exactes, dont ma montre. Pourquoi une fille qui vit seule se croit-elle obligée de remplacer par un « X » le nom d'un correspondant ? Faut-il qu'elle veuille le tenir secret pour ne pas le tracer dans sa kitchenette que, de toute évidence, elle est seule à fréquenter. Deux hypothèses : ce nom est celui d'un amant et, ayant un julot attitré, elle ne prend pas le risque de l'épingler près de son biniou ; ou bien il est dangereux et mon instinct merveilleux m'incline vers la seconde soluce.

— *Prego, signorina…*

La jolie moustachue jaunâtre me cloue de ses deux yeux revêches sur la toile de fond de son indifférence, comme l'écrit avec bonheur Maurice Schumann dans ses œuvres à retardement, reliées peau de zob[1].

Je dévisse le capuchon de mon appareil à ensorceler et lui décerne un sourire sur écran large qui va l'obliger à changer de culotte. La braise de son regard s'éteint à la vitesse grand con.

— J'aimerais savoir le nom de l'abonné possédant cette ligne téléphonique, lui dis-je (lui fis-je, lui expliqué-je, lui déclaré-je, et autres faiblardises du genre, mais on ne peut pas se surveiller vingt-quatre heures sur vingt-quatre, si ? ou alors faut changer de métier, se faire carrément écrivain).

La donzelle jaune caresse un archipel de grains de mocheté sur sa gueule rance.

Puis elle prend, entre ses cuisses dirait-on, un volume aussi copieux que l'ensemble de mes zœuvres sur papier chiotte. Elle potasse (K.O.H.) son opuscule, hoche la barrette de plastique superbe nichée dans sa chevelure mousseuse et soupire :

— Ce numéro ne figure pas dans mon répertoire.

Elle carre ledit dans sa région culière et m'oublie pour jacter dans son engourdisseur de trompes d'Eustache.

J'ai perdu une bataille, mais j'ai pas perdu la tête. Moi, quand le fichtre foutre me chope, faut que ça dépote. Je me rue dans une cabine libre, gave l'appareil de mornifle et compose le numéro.

J'ai pas achevé la manœuvre que je suis interrompu par une dame sur disque, laquelle m'assure que je me file le doigt dans l'orbibite car ce satané numéro n'existe pas. Elle pousse l'obligeance automatique jusqu'à me

1. *Tu vois bien, Jean, que je ne veux pas en faire partie !*

conseiller de consulter l'annuaire, ce qui est vraiment chouette de sa part, tu ne trouves pas ?

Une nouvelle tentative « pour si des fois » me conduit au même résultat.

— Y a gourance, déclare Bérurier. Tu croyes qu'il s'agite d'un téléphon, mais c'est p't'êt' son compte bancaire ou son immatricule de Sécurité sociable…

J'opine, car je suis. Et en plus je raffole de ça. Pourtant, ça grince dans mon sub'.

Tu me connais, ma louloute ? Tu sais que lorsqu'un truc me turluchose, c'est jamais sans raison. Je sens, par toutes les cellules de mon cerveau, tous les pores de ma peau, tous les porcs de chez Olida, et sur ondes courtes que ces chiffres griffonnés sont détenteurs d'un lourd secret.

Et voilà.

Manière d'obtenir tout de même une communication, j'appelle la police pour dire qu'on aille voir chez Antonella Mariani dont le téléphone ne répond pas et qui avait annoncé son intention de mettre fin à ses jours.

On me demande qui est-ce je suis-t-il. Je réponds que je suis son amant, mais qu'étant marié et père de douze enfants je ne puis jeter mon nom en pâture aux journalistes.

Clinng !

CHAPITRE VIII

Tu vois : après un jour vient un autre jour.

Et à force de voir le jour suivant devenir le jour précédent, une nausée te saisit. Faut toujours se lever et recommencer. On n'en finit pas de recommencer. Là est le vrai vertige. À chaque jour suffit sa peine. Mais cette peine ne suffit pas au jour du lendemain. Chiant, non ?

Je fais dans le morose en grignotant un croissant qui a le goût de carton et en buvant un café qui sent un peu le goudron chaud.

Heureusement que, dans la chambre avoisinante, Béru chante : *Nuit de Chine, nuit câline.* Toujours à l'avant-garde, le Gros. Sa tranquillité, son instinctif ravissement d'être me donnent un peu d'élan. Histoire de me remettre sur mon fil de funambule, je téléphone à mon balancier.

— Alors, mon grand, tu obtiens des résultats ? demande Félicie, comme elle le faisait jadis quand je ramenais mon bulletin trimestriel, lequel n'était pas toujours racontable.

— Plus ou moins, m'man, ça piétine…

Il est rare que je tienne m'man au courant de mes enquêtes. Je préfère la laisser à l'état d'île heureuse, ma tendre vieille. Ne pas mélanger les gnons et les blanquettes. Elle représente ma paix-sur-terre, Félicie. La tente du Drap d'Or sous laquelle je vais me retirer quand je suis fourbu. Mais cette fois, j'éprouve le besoin de lui narrer nos avatars par le menu.

Elle m'écoute sagement. Je l'imagine, debout devant le téléphone, une épaule appuyée au mur, près de l'horloge à balancier, qui nous vient de famille, comme dit maman. Je vois sa main pâle serrée sur le combiné, et ses cheveux flous autour des oreilles, d'un gris léger… Je vois ses yeux perdus à la recherche de mon image, s'appliquant à la poser sur ma voix comme je pose ses traits sur la sienne.

— Donc, la maîtresse du professeur aurait tout organisé ?

— Avec une amie, oui.

— Qu'a-t-elle dit lorsque vous lui avez appris l'assassinat de cette dernière ?

— Nous ne l'avons pas revue. Quand nous sommes retournés sur le lieu de ses fredaines, elle partait avec son équipe de loubards venue la délivrer.

— Que comptes-tu faire, Antoine ?

— Je ne sais pas encore, m'man. Je réfléchis.

— Selon toi, qui aurait tué la jeune femme ?

— Quelqu'un, probablement, à qui elle a parlé des fameux documents chipés au père Corvonero.

— Et qu'est-ce qui te chiffonne dans ce numéro de téléphone qui ne correspond à rien ?

Je souris :

— Qu'il ne corresponde à rien, justement.

Il se passe un bout de silence, et Félicie murmure :

— Je te demande une seconde, mon grand, c'est ma marmite norvégienne qui siffle.

Elle laisse pendre le combiné. Celui-ci heurte doucement le mur et ces petits chocs amplifiés résonnent dans ma tête.

— Allô ! Tu es là ?

— Bien sûr, m'man.

— Sais-tu l'idée qui me vient, Antoine ?

Elle doit être bonne. Félicie ne se permettrait pas de me soumettre une idée qui ne soit absolument excellente.

— Vas-y, ma chérie.

— Ce numéro est celui de quelqu'un qu'elle a prudemment baptisé « X », selon moi, elle ne l'a pas noté clairement, mais l'a inscrit pour mémoire, en utilisant un code qui le rend inutilisable par les autres.

J'en reste comme quarante-huit ronds de flan.

Simple comme l'œuf de Francisque Collomb[1]. Elle te balance la chose tranquillos, *in the* badigoinsses, Félicie. Entre sa marmite siffleuse et son aspirateur à tornade. Et moi, limier émérite, superglandu réputé, je morfondais devant ce casse-tête à la gomme.

— Tu es fantastique, m'man ! J'ai honte de n'y avoir pas pensé moi-même, mais je suis tellement fier de toi que ça compense. Qu'aimerais-tu que je te ramène de Roma ?

Elle n'hésite pas :

— Toi, dit-elle, toi, mon grand, le plus vite possible.

Chère vieille, mon bel ange gris aux yeux de tendresse ; quand je te regarde, je regrette de ne pas savoir jouer du violon.

*
* *

— Qu'est-ce que tu branloches, mec ? Des mots écrasés ?

Il se penche sur les feuilles à en-tête de l'hôtel que j'ai couvertes de chiffres.

1. Lui, il est maire de Lyon. Je le cite parce que c'est mon pote et qu'il a découvert la Croix-Rousse, ce qui est bien plus avisé que d'aller découvrir l'Amérique, ces cons !

— Ou c's'rait-il pas ta déclaration d'un pot ? rectifie l'Obèse (moi en levrette).

J'accouche.

— Il s'agit du numéro de bigophone trouvé chez la souris morte. L'idée m'est venue (pardon, m'man !) que la môme avait interverti l'ordre des chiffres pour le brouiller, comme on brouille la combinaison d'un coffre.

— Pas con, mec. T'as pas essayé de le composer à l'envers ?

— Si, mais là encore je tombe sur un disque.

— C'est quoi-ce, le numéro noté par la défunte ?

— 386 156, lui réponds-je en toutes lettres, mais je te l'écris en chiffres pour que tu puisses suivre.

Bérurier renifle à plusieurs reprises, mais, peu satisfait par cette opération, il décide d'inverser les réacteurs et va se moucher avec un doigt au-dessus de ma corbeille à papier, car c'est un homme d'ordre.

— J'ai essayé un chiffre sur deux, en reprenant ensuite par le début, ça ne mène à rien.

Il est tout guilleret, l'Alexandre-Benoît, *this morninge.* Et je vais t'en apprendre une fameuse : est-ce dû à l'atmosphère romaine ? Toujours est-il qu'il s'est rasé. Oui, rasé, et de près ! La chose ne lui est pas arrivée depuis des temps très reculés.

— N'oublille pas une chose, fait le gandin en se penchant derechef sur mes pages de chiffres, c'est que fallait qu'ça restasse tout de même commode pour elle.

Il se fourbit l'entrejambe pour mettre en déroute d'éventuels intrus. Son geste produit un bruit de fourrage manipulé.

— T'as un annuaire de Rome ?

— Il y en a un sur la table basse.

Il s'en saisit, l'ouvre aux premières pages qu'il se met à scruter. Un léger pet velouté, d'une discrétion folle, pet de jeune fille de la bonne société en visite chez la marquise, mélodise son examen.

Il clape de la menteuse difficilement, comme lorsque la soif lui dessèche les muqueuses.

— Moyons moir, nasille l'Inestimable.

Et de se repencher sur mes tablettes.

— T'as dit qu'elle a noté lequel est-ce ?

— 386 156.

Docte, il compare je ne sais quoi, l'annuaire ouvert en ses larges mains lutrines, célébrant la messe de la déduction.

— Un numéro d'six chiffres, si t'auras remarqué, on l'coupe en deux ou en trois. Ici, c't'en deux. Suppose qu'la p'tite grand-mère aye écrit à l'envers, mais par le mitan ?

— Ça fait tellement longtemps que j'ai pas eu l'occasion de parler le charabia que je coince au niveau du vocabulaire, mec. Ça t'ennuierait de traduire dans le français que tu peux ?

Il ramone de la gorge, va déposer dans la corbeille à faf et revient.

— Bon, su'son carton, y a marqué 386 156. Si elle aurait inversé, mais en coupant prélavablement, ça donnerait 683 et puis 651. Essaie voir de composer ce numéro, l'Artiss.

Je lui donne cette satisfaction. Miracle ! Une sonnerie d'appel retentit. Je grouille de raccrocher car avant de me lancer, je tiens à savoir le nom de l'abonné.

Logique ?

Merci.

CHAPITRE IX

La dame des renseignements est un homme. Belle voix de basse noble. Elle met peu à m'informer que le numéro en question est celui du Museo di Santa Antonia dei Cosmetici.

Ma joie ne demeure pas.

— Je crois qu'il y a maldonne, ronchonné-je pour Béru que je rends responsable de cette déconvenue, c'est le biniou d'un musée.

Il ne départ jamais, l'Enflé.

— Et alors ? objecte-t-il.

On se défrime.

— Y a qu'dans les polars à trois balles que c'eusse tété le turlu d'un douteux versé dans l'import-export. Nos *books*, Dieu merci, ont une aut'tenue, merde !

*
* *

Nous attendons au lendemain pour remettre ce que nous ne pouvons faire le jour même. Faute de mieux, je tube au professeur Corvonero. Il se jette sur ma voix comme un auteur dramatique sur la presse du surlendemain de sa générale.

— Avez-vous des éléments nouveaux ? il fiévrit, le pauvre cher chéri.

— Chut, *domani*, murmuré-je, comme cet industriel marron auquel un autre industriel marron demandait s'il était vrai que son entreprise avait brûlé.

Il va pour questionner plus avant, mais je le prie fermement de ne pas intervertir les rôles.

— Quelqu'un a-t-il essayé de vous contacter à propos des papiers disparus, Momo ?

— Nonon, s'effare-t-il, pourquoi ?

— Pour savoir. Et les amours avec Letizia, ça boume ?

Là, il se trouble.

— Heu... mais, c'est-à-dire, pourquoi ?

— Pour savoir, répété-je, quand l'avez-vous vue ?

— Je l'ai eue au téléphone et je dois dîner avec elle tout à l'heure.

— Chez elle ?

— Non : à l'hôtel *Hassier*, avec un couple d'Américains.

De la manière qu'il exprime, je comprends que la môme ne lui a pas parlé de nos démêlés.

— Pourquoi me posez-vous toutes ces questions ? demande le pauvre bonhomme inquiet comme un renard que sa poule aurait pris.

— Parce que quand je m'occupe d'une histoire trouble je pose une foule de questions troublantes, fais-je en manière (ou en matière, si tu préfères le thé) de conclusion. Je vous rappellerai dans la journée de demain, professeur. S'il se produisait un fait nouveau, téléphonez-moi à mon hôtel, et si je n'y suis pas, laissez un message.

Bérurier crie la faim en termes angoissants. Aussi l'emmené-je s'empâter dans un restau voisin qui sent le parmesan et la frigousse. Je reste silencieux, et mon mutisme lui porte sur l'humeur.

— T'fais un'd'ces bouilles, mec ! C'est pourtant bath, l'Italie, non ? Y a du picrate joyeux, du cul en pagaille et des nouilles à la tomate à toison ; en plus les gens ont pas des gueules bêcheuses comme ailleurs. Les fonctionnaires touchent des env'loppes, les communiss vont à la messe, et tout l'monde fauche l'sac à main d'tout l'monde dans une ambiance de kermesse. Y changent davantage d'gouvern'ment qu'de slip et y roulent en bagnole comme si z-étaient tous cascadeurs, n'empêche qu'l'monde leur appartient. Y sont d'partout et solid'ment établis puisqu'y s' transplantent par la base. La mandoline règn'su'l'monde, mon pote, faut admettre. Et sans qu'aye des m'nées raciss. Personne est antirital, la mafia d'alieurs permettrait pas. On persécute les juifs, on s'gaffe des Japs ou des Chin'toques, mais la mozzarelle a son passeport tout amulette[1].

Il boit pour lubrifier son conduit à paroles.

— Cause un peu, j'sus un nain terlucoteur valab', non ?

— Je n'ai pas à dire, je gamberge.

— Gamberge à voix haut'qu'j'profite, au lieu d'cavaler seul.

— À vrai dire, je cherche une logique à tout ça.

Le Mastard déclare alors une chose qui va me valoir les foudres de ces gentilles connes du « aime ail Elf » :

— Peut pas y avoir d'logique, c't'une histoire de gonzesses.

Il aspire deux cents mètres de spaghetti, éclaboussant copieusement sa limouille, son costard, et un peu le mien de pomodoro.

— Essayons cependant d'en trouver une.

— Comment-ce ?

— En récapitulant et en interprétant les faits.

Béru opine avec énergie. Il crie au loufiat de lui rame-

1. *Béru ne confondrait-il pas amulette avec azimut ?*

Note Dhôtel

ner une « excalope » milanaise, mais de veiller à ce qu'elle soit moins mince que la précédente, sinon il ira causer au chef après l'avoir assis dans son bac à friture.

— Attaque, gars, je j'ouïe à pleines portugaises.

— Corvonero, industriel versé dans les produits chimiques, connaît le démon de la cinquantaine sous les traits d'une pétasse folle de son corps qui se met à l'éponger de fond en comble. Pour s'en sortir et ramasser le blé qu'elle lui briffe, il accepte de traiter de la drogue dans ses labos. Il planque certains papiers relatifs à ce trafic dans une cache ménagée dans sa voiture. La futée Letizia apprend la chose…

— Stop ! dit le Gros, j'peux poser une question à cent balles ?

— Bien sûr.

— Elle a appris ça comment ? Tu croyes qu' c'est Momo qui y aurait bonni ?

— Très bonne question, je la note en réserve. Donc, sachant cela, Letizia se met en cheville av'c une potesse pour faire engourdir les fafs compromettants et ainsi avoir barre sur l'amant. L'amie en question se nomme Antonella Mariani. Nous ne savons rien d'elle sinon qu'elle paraissait exister seule dans un luxueux appartement. Mon flair me pousse à croire qu'elle y vivait de ses charmes.

— Une pute ?

— Pas la tapineuse classique, plutôt la belle qui marne sur rendez-vous pour une quelconque Madame Claude romaine. Ayant réussi à piquer les papiers…

— C'est à c't'endroit qu'tu dois toussoter et r'garder alieurs, ricane l'Imbécile Heureux.

Je reprends, sans broncher :

— Ayant réussi à piquer les papiers, la môme parle de la chose à une troisième personne. Peut-être a-t-elle décidé de faire cracher le professeur Corvonero sans Letizia et s'assure-t-elle d'un concours plus musclé, ne s'estimant pas de taille pour mener à bien d'aussi délicates tractations.

— Tu me la sors bonne, assure ce fin lettré, c't'un plaisir d't'entendre éjaculer ta pensée. Bien, je présume : la garnemente affranchit donc un pote, le gonzier veut alors opérer pour son compte et engourdit les papelards après avoir effacé la gamine. Dans ton conte d'Noël, tout l'monde enviande tout l'monde : Letizia arnaque son vieux, Antonella arnaque Letizia, et M. « X » (il prononce isque) baise Antonella d'première.

Content de m'avoir brûlé la fin, il se remplit l'assiette puis la panse, tout ici-bas n'étant que question de transfert après de brefs séjours.

— Tu n'trouves pas qu'ça fait un peu beaucoup, l'Artiss ? J'sais bien qu'on a affaire à des genss qui n'font pas leur première communion c' t'année, mais c't'un peu sismographique, le principe. En tout cas, faut qu'on va mettre la pogne sur ce m'sieur X.

Je soupire profondément.

— M'étonnerait que nous le dégauchissions dans un musée. À force de bricoler les six chiffres du numéro mystérieux, nous sommes arrivés à en former un qui correspond à la réalité, mais je doute que ce soit le bon.

Moins pessimiste que ma pomme, il branle ce que tu sais.

— On risquera rien à vérifier, objecte-t-il.

— J'ai une propose à t'faire, mec ; pour peu que tu ne mettes pas cent trente ans à dévorer ton carré d'agneau-de-Dieu-qui-efface-les-péchés-du-monde.

— Elle est acceptée d'avance, Monseigneur.

— Ce soir, la mère Letizia soupe en ville. On pourrait aller couler un œil dans sa carrée, non ?

*
* *

Les Italiens, tout comme nous, n'ont pas de pétrole, mais ils ont du marbre. Je t'ajouterai pas que chez eux, ce n'est pas un cas rare, mais j'ai dû te le fignoler une bonne douzaine de fois dans des œuvres préposthumes et tu me taxerais de rabâchage à moi (comme disent les pieds-noirs) qui me renouvelle constamment au point que je ne me reconnais jamais dans ma glace d'un jour sur l'autre.

L'immeuble luxueux de la maîtresse à Momo ressemble à une carrière. Mes aînés n'y étant plus, j'y entre délibérément. C'est ancien, mais fastueux, avec un escadrin magistral, des lanternes circulaires d'un diamètre impressionnant, des portes dont la plus petite possède les dimensions de la porte Saint-Denis (ça, c'est vrai, ça !). Elle bivouaque au premier, la chérie. Elle possède l'étage entier. Ça s'envole, ces petites péteuses lorsque ça a mis le frifri sur un pigeon huppé. Je sonne, selon les règles du parfait fricfraqueur, tout en me disant que trois visites illégales dans une même journée, ça commence à faire pas mal et que si je contracte cette marotte, je vais bientôt effractionner celles du Colisée.

On ne répond pas. Donc j'ouvre.

Je ne vais pas tomber dans l'immobilier en te proposant un descriptif détaillé, comme t'es pas acheteur, inutile de procéder à un état des lieux.

Que je t'annonce simplement du cossussimo : tapis, meubles rares, tableaux, grelingrelin combien ai-je de cailloux dans ma main ; tchlaof !

Le temps qu'on s'imprègne de la majesté ambiante, de tout le tralalalalère tsoin-tsoin : et de l'opaline par-ci, de l'entre-deux-Sèvres par-là, moire, soie sauvage, velours, chieries de grand prix, lambrequins de mes fesses, pendillons, Louis XV italoche : le pire. Oui, le temps qu'on, et voilà qu'une lourde s'ouvre au fond du couloir et qu'un gonzman surgit. Un Asiatique fringué valet de chambre : futal noir, veste blanche. Devait être aux chiches lorsque nous avons sonné, l'apôtre, ou bien en train de se taper une plume devant la photo de Madame Butterfly (pas la mère : la fille).

Le plus indicible c'est qu'il ne semble pas effaré le moins par notre venue un temps pestive. Il nous marche contre, de son pas feutré et papelard, le regard en code, avec les pommettes qui haussent les épaules. Parvenu à faible encablure de nos rivages, il s'incline.

Instant louftingue. On est là à le mater à l'emplacement des yeux, lui attend on ne sait quoi ni qui. Quelques secondes mettent un peu d'ordre dans nos esprits en déroute. Et puis il finit par articuler dans un très mauvais italien :

— Mademoiselle n'est pas là ?

Pour lors, il y a début de surprise dans son intonation. De prime abord, il a cru que nous étions introduits par sa maîtresse (laquelle est également celle de Corvonero, je te le confirme à toute volée).

— Elle nous a priés de monter et nous a donné les clés pendant qu'elle s'attarde un peu avec le professeur.

J'ai dit négligemment. Mais enfin, ça reste foireux malgré mon ton enjoué. Le Jaunet ne se démonte pas.

— Vous pouvez me montrer les clés, s'il vous plaît ?

Pas folle la guêpe !

Je me tourne vers le Gros.

— Tu veux bien montrer les clés à monsieur, Alexandre-Benoît ?

— Mais certainely, dit Son Importance, avec beaucoup de parfaitement.

Et de t'aligner une pêche (ou un litchi) au menton du petit valet qui le décolle du tapis pour l'expédier dans des matins calmes.

Très au point dans ce genre de tête-à-tête, Béru le cramponne avant qu'il ne s'écroule et l'installe dans un fauteuil de l'entrée.

— C'qu'a d'con av'c ces mecs, dit-il, c'est qu'on peut pas s'rend'compte si y tournent d'l'œil étant donné qu'ils gardent constamment leurs stores baissés.

Je ne suis pas fiérot. Coup fourré, ma poule ! Du train où vont les choses, je vais me faire emballer pour de bon par mes collègues romains, moi.

— Cassons-nous ! décidé-je.

Mais le Mammouth regimbe :

— Là, j'te pige plus, l'Artiss. Maint'nant que j'aye aligné not'copain Fleur-de-soja, j'voye mal c'qui t'retiendrait d'faire ce dont on est venus pour ! Vas-y : esplore pendant qu'j'veille su'son sommeil.

J'opine (oui : de cheval si tu veux, pas qu'on perde nos bonnes habitudes) et me livre à une exploration en trombe. Les salons, salle à manger, juste pour dire. Ce qui m'intéresse, c'est la chambre de la gosse. Car une chambre constitue pour tout individu une espèce d'État dans l'État. Elle est sa vraie tanière. L'endroit où il garde ce qui lui est le plus personnel. Les secrets et les slips font bon ménage, ils sont, les uns et les autres, « d'alcôve ».

La carrée de Mlle Letizia Ramolin évoque les fastes hollywoodiens. Elle a trop bouquiné *Ciné-Revue* dans son adolescence et y a contracté le goût de l'époustouflant. En tout cas elle ne souffre pas d'agoraphobie. Vingt gu quelle salle de bal ! La plus grande pièce de l'appartement : dix mètres sur dix. Rose praline, comme chez je ne me souviens plus quelle vieille vedette partie du muet pour arriver à l'oubli. Lit rond, rose, de même que le ciel de lit, les murs, les sièges. Meubles laqués roses, salle de bains rose, avec baignoire en forme de piscaille qu'il faut descendre trois marches pour s'immerger la tranche de melon. Elle croit que c'est cela, le luxe, la dévoreuse. Et après tout pourquoi *not* ? Chacun ses goûts, chacun son rêve. Puisque les gens dits de goût sont en effroyable minorité, c'est donc qu'ils ont tort par rapport à la masse, non ? La loi du nombre l'emportera toujours.

Mais bref : je reviens à la réalité.

La réalité, ne serait-ce pas cette espèce de bureau-secrétaire moderne aux tiroirs aguicheurs ? Ou bien cette commode basse qui ne recèle peut-être pas seulement de la lingerie bandante ?

Je plonge, espèce de honteux animal fouisseur, dans la vie privée d'autrui. Un tiroir, je vais t'expliquer, pour bien en apprécier le contenu, il convient de le vider et de replacer l'une derrière l'autre, après l'examen, les choses que tu en as sorties. Ça prend du temps, mais c'est la seule méthode.

Ceux de Letizia contiennent tout un matériel porno. Vrai, le cul, c'est sa lumière, à cette fille. Complètement déboussolée du fion. Des bouquins qui épouvanteraient le dirlo d'une sex-shop ! Et puis la panoplie sophistiquée : vibromasseurs, godes électrifiés, onguents aphrodisiaques, nerfs de bœuf à pommeaux d'argent, fouets à clous, fouets sans clous, collerettes à paf en poils de mule et je m'arrête là, pas tomber dans le *libidinœud*, ni intriguer outre mesure le lecteur aux coïts classiques pour qui la fellation constitue le sommet de l'érotisme. Un peu de dignité, que diantre !

De papelards, fort peu : les bafouilles de son vieux papa qui habite la Haute-Savoie, une très ancienne carte de Sécurité sociale, des photos qui la représentent avec des glandus anonymes : petite fille, adolescente, femme.

La fresque des cons à vivre. Famille, travail, amours. Rien que du banal, du sous-quotidien jaunissant. Les meubles gardent leur secret probablement parce qu'ils n'en ont pas. On a knockouté le petit valet asiatique pour ballepeau ; Letizia n'est qu'une provinciale nympho qui aime à jouer les Dames aux Camélias, la tuberculose en moins.

Je m'obstine, mais pour des prunes. Ne me donne pas la peine de bien ranger vu que notre visite sera mentionnée par le valeton.

Dans le hall, Bérurier est assis face à sa victime, les grêles genoux de l'Asiate entre l'étau des siens.

— Toujours dans la purée, Cézigue ? m'inquiété-je.

Sa Majesté renifle.

— J'l'entretiens av'c des petits gnons amicaux au bouc. Dès qu'il papillote des châsses, poum ! une chique pour l'rendormir. Et toi, où en sommes-tu ?

— Rien, filochons !

On se trisse. Je suis de plus en plus renaud, mal dans ma peau et autour de mes os. Traînant un confus sentiment d'empaillage généralisé. Comme si tout se liguait contre moi. Comme si mes pensées se trouvaient trahies par mes actes. Comme si, en sourdine, l'univers entier se payait ma tronche.

Dis, ça va pas continuer de la sorte jusqu'à la Saint-Trouduc. Tu penses sérieusement ? Me semble qu'il va m'arriver quelque chose. Et tu vas voir que mes pressentiments sont plus solides que les prédictions de Nostradamus.

CHAPITRE X

Il ne s'est pas annoncé.

Il est là, fou, purement fou, à tambouriner à la porte de ma chambre malgré que je vienne de la lui ouvrir. Son visage est ruisselant de larmes. Sa poitrine ronfle comme les établissements du Maître de Forges avant le Front populaire. Il exhale des plaintes de carnassier piégé.

Il cesse de cogner, s'étant aperçu que je lui avais donné satisfaction. Sans doute m'avise-t-il enfin à travers le rideau de pleurs qui l'isole du monde ?

Alors il se jette sur mon pyjama de soie bleue, le détrempant en quelques clins d'yeux. Il pend dans mes bras comme l'enfant à naître dans le ventre de sa mère.

Un couple de touristes hollandais, blonds, roses et cons, nous regardent, stupéfaits. Je le happe à l'intérieur de ma suite royale dont je referme la lourde d'un gracieux mouvement de talon.

Le coltine jusqu'à un fauteuil au creux duquel il se love (*I love you*, darlinge) pour mieux chialer.

Alerté par le tumulte de ce chagrin à grand spectacle, Béru arrive, vêtu de son tricot de corps qui s'arrête au-dessus du nombril ; lequel nous fustige d'un œil de pachyderme frappé de conjonctivite.

— Qu'est-ce que c'est c'bordel ? demande Bérurier, que j'en faille m'étouffer en clapant mon croissant.

Pourquoi t-il qu'il bieurle d'la sorte, le Momo ? Hein, Momo, qu'est-ce y t'arrive, mon bout d'homme ? Ta nana t'a largué en engourdissant la caisse ? Ou bien t'es arrivé au moment qu'é s'faisait encore pointer féroce par un d'ses loubards ?

— Non, non, regimbe le professeur Corvonero. Elle est morte !

On chope ça pleines badigoinsses ! Cap ratiches, toutes ! Vlan !

En chœur, moi avec ma voix de ténor, Béru avec sa voix de basse beaujolisée, on récrie :

— Morte !

— Si ! Morte ! J'ai entendu à la radio pendant que je me rasais ! Je suis parti comme un fou chez elle. Et c'est vrai : morte !

Cris, larmes, légère crise de nerfs en provenance des Açores, avec dégradation du système neurovégétatif consécutif à un courant froid venu d'Islande. Il trépigne. Il glabute. Il chnouffige. Il pétrarque. Il ramisse. Il a un début de dégueulage : son jus d'orange matinal.

Bérurier cherche alentour, avise ma boutanche de San Pellegrino et la lui verse sur la tronche. Petite clause grand Eiffel : Machin suffoque, hoquette, chnuldingue et se calme.

— Soye un homme, et pas une affiche molle, Momo ! le supplie Béru. Bon, elle est cannée, j'te conçois la douleur, mais t'sais qu'pour une de paumée t'en as cent qui s'chicornent au portillon, mon grand. D'accord, ell' était bien bousculée : frimousse de salope, cul bien tourné et la chatte coiffée frivole ; mais av'c ton blé, j't'en retrouve des z-encore mieux, mon minet. Et qui t'extrapoleront l'bistougnet façon princesse pour moins chérot.

J'écarte le Gros et ses oraisons funèbres à la graisse de fakir.

— Moule-nous, Bossuet. Et vous, professeur, expliquez un peu ce qui s'est passé.

Il y parvient, avec force points de suspension, blancs à remplir, hoquets, mouchages.

— Atroce ! Elle a été brûlée vive dans son lit. Elle portait une chemise de nuit en soie, vous pensez ! Ses draps aussi étaient en soie. La chambre entière a été carbonisée et l'immeuble y serait passé si un chauffeur de taxi qui circulait tard n'avait aperçu l'incendie et donné l'alarme.

Le silence succédant à ces explications est aussi éloquent que la photo en pied (non, je ne mets pas d's à pied) du prince Charles d'Angleterre et autres lieux-dits avoisinants.

Je bande mes forces et le romps.

— Que pensez-vous de cette tragédie, *signor* professeur, en dehors du mal qu'elle vous cause ?

— J'en pense tout ! répond-il.

— Commençons par un bout.

— Letizia ne fumait pas. Comment, en ce cas, le feu aurait-il pris à sa literie ?

Béru, pratique :

— Elle aura reçu un julot qui lui a grillé une sèche après l'avoir limée, Momo. Beaucoup de lavedus comportent ainsi : ils baisent, et puis ils fument. C'est les mêmes mecs dégueulasses qui fument en mangeant.

— Non, non, repousse Corvonero, Letizia était la fidélité faite femme.

Le Mahousse renifle.

— J'voudrais pas casser la cabane d'ton deuil, Momo, mais la femme la plus fidèle s'fait calcer quand une bath occase s'présente. Si j'te disais que même chez moi, ma Berthe, y aurait des doutes qui me tressailleraient, parfois, et qu'j'préfère éteinde la lampe pou'n'pas voir les vers dans les figues.

« J't'fous ma bite à couper qu'un loustic a laissé traîner une étincelle après son petit canter dans l'fion à Mad'moselle. »

Mais du fond de sa peine, Corvonero refuse pareille hypothèse.

— Et le personnel n'a pas été incommodé ? questionné-je.

— Letizia n'avait pas de domestiques à demeure, sinon une femme de ménage qui rentrait chez elle en fin de journée.

La foudre choit à nos pieds nus.

On se dévisage, le Gros et moi. Lui se gratte l'entremeule pour survolter le siège de son intelligence.

— Pas de valet de chambre ? insisté-je.

— Elle était bien trop éprise de liberté pour tolérer une présence constante sous son toit !

— Mais juste un p'tit valetock chinois, pour dire, insiste Bérurier.

— Quelle idée ! Personne, vous dis-je. Personne d'autre que Marina, sa femme de ménage portugaise.

Quand je te disais que mon instinct jactait haut et juste, chérie ? Rappelle-toi ce malaise qui accompagnait mes pas, en quittant le domicile de la donzelle. Ainsi, le valet chinois n'était-il pas plus valet que toise émoi. C'est lui, l'incendiaire. Il a dû mettre un crayon fulgamostatique dans le plumard de la belle. Pour s'introduire céans, il avait revêtu une livrée de larbin. Vu le standinge de l'immeuble, c'était un bon moyen de passer inaperçu. Et nous deux, les ploucs enfarinés, de nous pointer pendant qu'il opérait. Voilà pourquoi il n'a pas répondu à notre coup de sonnette, le Safrané.

On se raconte mutuellement tout ça, dans un regard, *Big Apple* et Bibi.

On admet notre cocufiage intégral. Et dire qu'on mettait le gars groggy pour le faire tenir tranquille et qu'on l'a laissé sur les lieux avec un billet de dix mille lires entre les doigts pour le dédommager un peu.

— Ma vie est finie, ma vie est finie, il ne me reste plus qu'à mourir, je vais me tuer, déclare Corvonero.

— Ne vous donnez pas cette peine, d'autres vont s'en charger dans les heures qui viennent, professeur, le réconforté-je.

Son chagrin sort dare-dare les aérofreins.

— Qué ! fait-il, comme un cri de rapace, là-haut dans le ciel des Andes.

— Vous vous rendez parfaitement compte que Letizia a été assassinée, professeur. Toute votre intelligence vous le crie et la mienne se joint à elle.

Là-dessus, je le mets au courant de la situation, sans y changer une virgule, sinon que j'ai placé un point sur l'une d'elles pour en corser l'effet ponctuateur.

S'apprenant berné, il se sent endeuillé de plus belle. En même temps que sa dulcinée, ce sont ses illuses qui partent en couille. Des meurtriers ont carbonisé son présent, nous venons d'assassiner son passé. Mais, l'homme étant tel qu'il est que-veux-tu-que-j'y-fasse, c'est son futur qui l'inquiète au plus fort.

— Si on a tué ces deux filles, on va me tuer aussi ? conclut-il.

— Tout le laisse accroire, professeur.

— T'as un testament en bonnet déformé, j'espère ? rajoute le Véhément. Tu dois bien traîner des chiares, quéqu' part, Momo, pense-z-à eux qu'ont tout l'avenir à s'démerder.

Oh ! ce numéro de glaglate. Pour le coup, il en oublie son grand chagrin irréparable, le candidat au suicide. Ses funestes projets, te les remise dans la giberne de son instinct de conservation. Se détruire ça va quand aucun danger ne vous menace, sinon où est le charme ? Il pige qu'il va être scrafé d'ici pas beaucoup, Corvonero.

— *Ma che fare ! Ma che fare ?* il trigonise en faisant un pas de vis de ses poignets.

— Offrez-vous un garde du corps, mon vieux. Barricadez-vous dans votre maison. Ou bien allez vous dénoncer à la police : ainsi, ils vous foutront en cabane et serez-vous à l'abri.

Il récrie bien haut ! En cabane ! Non, mais je me crois où ? À l'abri, en taule ! Ici ! Mais on le farcira d'arsenic avant qu'il ait eu le temps de prendre ses gouttes pour le cœur, bordel de Zeus ! Ou bien on le trouvera pendu dans sa cellote, suicidé d'office par des mains mystérieuses.

Le voyant cuit à point, j'y vais du grand air de Lakmé (juvénile) :

— Il y aurait peut-être un moyen, ami.

Il se jette sur moi comme un producteur de cinéma sur sa position bancaire.

— Dites ! Parlez ! Quel moyen, signore policier ?

— Que nous prenions les tueurs de vitesse.

— Comment ? *Ma* comment ?

— Vous nous donnez les coordonnées de votre filière italienne. Nous agissons promptement pour la démembrer et vous êtes sauvé !

Le regard qu'il pose sur moi est celui que t'adresse un type aux abois (ouah ! ouah !) à qui tu refuses cent balles.

— Vous vous moquez de moi ! reproche Corvonero. Si je faisais une chose pareille, je ne vivrais pas deux heures de plus !

Et, pour ne pas risquer de céder à mes basses manœuvres, il s'élance en courant hors de la chambre.

Histoire de me détendre les nerfs, je branche la radio logée dans la tête du lit. Une brameuse hystéro me flashe la gueule. C'est la méchante secouée. Vite je lui coupe le sifflet pour ne pas laisser lézarder mes tympans.

Bérurier s'assoit en remisant ses burnes, manière de ne pas les coincer. Sa chopine d'éléphant somnole dans de feintes torpeurs, mais je sais bien qu'elle est affûtée pour affronter une nouvelle journée pleine de baisances fortuites.

— Qu'est-ce tu dis d'la tournance des évén'ments, Beau Prince ?

— Je me demande pourquoi on a déguisé la môme en incendie, réfléchis-je.

— Parce qu'elle savait quéqu'chose de plus qu'c'qu'on croivait qu'elle susse, répond pile l'Einstein de la Rousse ; moi, c't'aut' chose qu'j'm'demande.

— Dis !

— Les deux filles sont mortes, mais Momo vit encore ; j's'rais été d'eux, j'aurais commencé par lui.

— Seul'ment tu n'es pas eux. Ils ont trop besoin de lui. Bon, fringuons-nous et repartons au combat, mon drôle.

— L'menu du jour ?

— Une virée au musée. On ne sait jamais.

*
* *

Le Museo di Santa Antonia dei Cosmetici est une construction monoptère[1] oubliée au fond d'un vaste parc truffé d'oiseaux, d'amoureux, d'enfants et de vieux branleurs. Pas très grand, il propose aux amateurs des collections réputées relatives à l'art extrême-oriental.

1. Merde, y a des dictionnaires, t'as qu'à chercher ! Tu ne veux pas que j'aille faire ton ménage, par-dessus le marché !

Ce qu'apercevant, je flanque un coup de manivelle en os dans les cerceaux du Gravos.

— Hé ! dis, Prosper, voilà qui fait bien augurer.

Il s'écarquille à en chier partout.

— Qui fait inaugurer quoi-ce ? bougonne-t-il, vexé d'être pris en flagrant délit d'incompréhension.

— Art d'Extrême-Orient.

— Voui, alors ?

— N'oublie pas que la drogue arrive souvent de ces contrées lointaines, et que c'est un Extrême-Oriental qui a piégé le plumard de Letizia, cette nuit.

Sa Majesté acquiesce, vaincue.

— La filière jaune, quoi ?

— On peut lui donner ce nom de code en effet.

J'acquitte le prix de deux biftons et nous visitons hâtivement le musée. Endroit conventionnel, fonctionnel aussi : murs blancs, spots innombrables, écriteaux explicatifs en italien et en anglais. En plus de tout : les rois de la fête, naturellement, une grouillade de reliefs (et bas-reliefs) d'architecture asiatique, bouddhas, déesses, fresques, armes anciennes, nani et nanère, pincemi et rince-doigts sont sur une jonque, tout ça… De surcroît, une odeur indéfinissable de là-bas : musc, me dit-on ? Je prends. Qui déconcerte nos narines indélébilement européennes. Pas grand trèpe. Les enfants d'une classe terminale sous la conduite d'un jeune gars qui prend son pied avec l'époque Ming au lieu de brosser sa gonzesse.

Ayant pris contact avec les lieux, je les quitte, pour pénétrer dans une cabine téléphonique installée dans le hall d'entrée du museo.

D'un index implacable je compose le numéro d'icelui. Ça bourdonne longtemps avant qu'on ne dégoupille le combiné.

— *Pronto !* s'annonce une voix qui me semble femelle.

— *Pronto*, dis-je pour payer mon écho.

Là-dessus, je dois plonger.

— Vous êtes le Museo di Santa Antonia dei Cosmetici ?

— *Si, signore.*

— Puis-je vous demander à quel service vous appartenez ?

Ma terlocutrice paraît interlocutée :

— Mais, qu'entendez-vous par là ?

— Je veux dire : vous n'êtes pas la personne du guichet ?

— Oh, non, ici la ligne privée du directeur. Le guichet c'est…

Je la coupe, cette chère Melba, avec le sécateur de ma voix de rêve.

— C'est précisément au directeur que je souhaiterais parler.

— Le *signor* Parrucca est en conférence. Il faudrait le rappeler.

— Pensez-vous qu'il en ait pour longtemps ?

— Un quart d'heure tout au plus.

— Croyez-vous qu'il puisse m'accorder un entretien ensuite ? Il s'agit d'une chose très importante.

— De la part de qui ?

— Mon nom ne lui dirait rien, je suis un ami du professeur Corvonero.

— Si vous voulez bien répéter, je ne suis pas sûre d'avoir bien entendu.

— De la part du professeur Corvonero. Je me permettrai de me présenter d'ici une dizaine de minutes, j'espère que M. le directeur pourra me recevoir. Mes respects, *signora.*

— Elle a l'air un peu écroulaga, la s'crétaire, commente le Vibrant. Doit pas avoir une tronche à s'faire fourrer su' l'clavecin d'son Olivetti.

De primatial abord, l'endroit fait pas tell'ment repaire de croquants. Je consulte ma montre.

— Séparons-nous, Gros. Tu vas flânocher dans le coin en m'attendant.

— Et toi, tu comptes l'entreprendre comment, le directeur ?

— Je vais lui balancer un pavot dans la mare pour voir si ça va faire des ronds.

CHAPITRE XI

Le *signor* Parrucca, dans le genre vieille ganache, on peut certes faire mieux, mais alors faut vendre les louis d'or de grand-père pour pouvoir se l'offrir car c'est beaucoup plus cher.

En passant le seuil de son burlingue qui sent le sarcophage, je pige illico que je suis en train de me pointer sur une voie de garage. Imagine, ma petite poulette, un birbasse de soixante balais et quelques, perdu dans un costard noir dont il fit l'emplette à l'époque où il pesait quatre-vingt-dix-huit kilogrammes (alors qu'il est redescendu d'un tiers). Limouille blanche à col râpé. Cravate noire plantée d'une perle bidon grosse comme un testicule de lutteur turc. On le subodore chauve comme la piste d'*Holiday's on ice* sous la plus effarante réchauffante qui somma jamais la pointe avancée d'un pseudo-intellectuel italien. Brune, avec à la base des reflets queue-de-vache, elle constitue une espèce de casque écœurant. Mon seul espoir, car je suis un être de haute bienveillance, est qu'au moins elle lui tienne chaud, sinon ce serait à désespérer de l'art capillaire.

Des décorations fanées, et je suppose sans grande signification[1], mettent une sorte de cancer honorifique à son large revers.

1. Comme si une décoration pouvait jamais en avoir une, hé ! pauvre con !
Note du Grand Maître de l'Ordre de la Région Donneur.

À mon entrée, il se tient comme Pasteur (ou Fallières) sur sa photo du Larousse : debout derrière son burlingue, appuyé des deux poings sur le sous-main de cuir, le regard condamneur et la glotte bloquée entre deux étages. Il y aurait écrit « Vieux con » en travers de sa personne, en caractères d'imprimerie, qu'il ne ferait pas davantage vieux con. Car il est prototypique dans son genre, ce kroum. Il témoigne, étalonne, prouve, bienfonde ce qualificatif. Le *signor* Parrucca est un vrai, un pur, un authentique vieux con ; un vieux con de naissance, dont la plus humble des cellules est vieille conne. Il a la rutilance intérieure du vieux con irréfutable. C'en est très vite fascinant. Tu contemples, tu es pris d'un confus vertige. Tu éprouves le besoin de prier. L'émotion te sodomise. Ô que c'est merveilleux, un tel vieux con ! Joyau ! Royal ! Sa perruque est la tiare du vieux con. Dois-je me signer ? M'agenouiller ? N'oublie pas que nous sommes à Rome !

Il me regarde avec cette fixité du Vieux Con qui assure son autorité.

Et je marche à sa grande connance, d'un pas dévot, avec une tête de veau. Frileux d'impuissance devant cette connerie intense, si brûlante et admirable que même le con moyen se sent faiblir en sa présence.

Je me présente, enroué devant tant d'ineffabilité.

Il m'écoute, hoche ses fanons, ne me tend pas la main, mais me désigne une chaise, dépose un cul lustré dans un fauteuil qui l'est davantage encore, puis fait le pont des Soupirs avec ses avant-bras et appuie son menton ganacheur sur la clé de voûte de l'ouvrage.

— Je suis un ami du professeur Corvonero dont vous avez sans doute entendu parler, monsieur le directeur ?

— Jamais, laisse-t-il tomber d'une voix comme si on lui arrachait un pansement délicat et par trop adhésif.

Bhoûoû, you you, quel sale temps ! Comment vais-je me dépêtrer ?

Laisse aller ton imagination, petit gars. Si tu ignores où elle va, ton instinct, lui, le sait.

— Le professeur Corvonero dirige un grand laboratoire de produits chimiques, monsieur le directeur. Vous n'êtes pas sans ignorer que nous vivons une époque d'espionnage industriel. Le professeur en a été victime et m'a chargé d'enquêter à ce propos.

Le Vieux Connissimo demande :

— Vous êtes français ?

— Absolument, monsieur le dir…

— Comment se fait-il que *votre* professeur engage un Français pour s'occuper d'une affaire italienne ?

— Parce qu'on a découvert qu'elle avait des ramifications en France.

Vague ébauche de grimace méprisante, style : ça ne m'étonne pas. Ce gonzier, je l'imagine dignitaire facho sous le Duce ; la politique de l'huile de ricin, espère. Une frime pareille, c'est pas possible autrement.

J'attends. Il m'adresse le feu vert d'un léger pivotement de son avant-bras gauche…

— Mon enquête m'a conduit chez une fille qui appartenait à l'Organisation que nous cherchons à démasquer. Dans son répertoire téléphonique, j'ai trouvé votre numéro, monsieur le directeur.

Là, ses sourcils opèrent une jonction passagère.

— Le nom de cette fille ?

— Antonella Mariani.

— Inconnue.

Nouveau silence, à peine troublé par le trottinement de la secrétaire dans la pièce voisine. Un oiseau qui se balançait au bout d'une branche, à quelques mètres de la fenêtre, s'envole pour aller prendre un bain de ciel.

— Inconnue, répète Parrucca. Que dit la fille pour expliquer la présence de mon téléphone sur ses tablettes ?

— Rien, monsieur le directeur, car elle est morte.

Je compte mentalement jusqu'à six et laisse tomber, avec détachement :

— Assassinée.

Le Vieux Suprême Con hoche la tête :

— Il ne peut s'agir que d'une méprise. Ici, c'est un musée comportant plusieurs lignes téléphoniques dont la mienne. Peut-être s'intéressait-elle à l'art d'Extrême-Orient ?

Je joue les statues à mon tour. Un peu à lui de mijoter sur son siège.

— Car je suis bien certain que mon nom ne figure pas en regard de ce numéro, n'est-ce pas ?

Je m'abstiens de répondre, souhaitant le faire chier un brin, cet homme.

Manière d'aller jusqu'au bout de ma vacherie, je me lève.

— Eh bien, puisque vous n'avez rien à me dire, monsieur le directeur, il ne me reste plus qu'à me retirer. Pardon pour le dérangement et merci de m'avoir reçu.

Brève inclinaison de bouille, protocolaire si tu vois le genre. Tchlaoum ! Un coup sec. Le salut d'un dignitaire rosbif devant la mère *queen*.

Et je plante là ce conservateur si mal conservé.

Dans l'antichambre, je suis coursé par la secrétaire.

Je t'ai pas causé d'elle ?

Je manque à mon devoir de grand romancier français !

On attendait Carabosse ? Ce fut Marjolaine !

Juste qu'elle est enrouée, la chérie ; ce qui lui donne une voix de rogomme peu conforme à sa plastique.

Si tu voudras que je te dise la vraie vérité du bon

Dieu, elle constitue ce qu'il y a de mieux dans le *museo*. Pas grande, moulée extra, brune du genre dit piquant. Un regard que sans barguigner je *t'ombrage de longs cils recourbés*, comme dans les romans roses pour petites culottes humides. Elle est saboulée d'un chemisier à fleurettes et d'une jupe qui lui colle au fion comme une main de soudard (ou comme un dard en sous-main). Ta grand-tante dirait qu'elle est « faite au moule ». C'est l'expression qu'usent les vieilles vitreuses, quand l'âge les hale vers l'indulgence et qu'elles conviennent de la grâce des jeunes : « faite au moule », ou bien « jolie comme un cœur », voire aussi la variante : « elle a tout pour elle ».

Donc, la petite secrétaire enrouée (et rouée de surcroît, tu verrais son œil, et même son autre) a tout pour elle, tant tellement que j'aimerais qu'elle en eût aussi un peu pour moi.

— Vous pouvez me signer le registre ? elle roucoule en tu sais quoi ? Français ! Excellent. Avec cet adorable accent des petites Ritales qu'ont des dents blanches plein la bouche et des nichons marmoréens plein le bustier.

— Quel registre, *signorina* ?

— Des visites. Le *signor* directeur consigne tous ses visiteurs là-dessus ; c'est pour être à couvert vis-à-vis de l'Administration.

Elle pousse vers moi un cahier cartonné, dans les verts malades, jaspé. De loin, ça ressemble à la flaque de dégueulis d'un végétarien.

La page blanche est compartimentée : *nom du visiteur, heure de la visite, objet de la visite*.

Je chope la pointe Bic qu'elle me propose, en ayant garde de caresser le bout de ses jolis doigts.

— En dehors des vieilles chinoiseries et des poils de cul, il collectionne encore autre chose, votre dirlo ?

Elle sourit.

— Règlement, règlement ! rétorque la mignonne.

— Comment pouvez-vous demeurer à l'ombre de ce vieux débris pendant qu'il fait soleil et qu'il y a Rome tout autour de votre nécropole, petite fille ?

Brièvement je remplis les cases trésors. À *objet de la visite*, j'inscris : « Venu prendre des nouvelles des hémorroïdes du signor Parrucca. » Et signe.

La secrétaire ne se donne pas la peine de lire. Elle referme le méchant cahier, puis m'escorte jusqu'au palier grisâtre, où la pierre sent le tombeau mal entretenu.

— Vous ne bichez pas le cafard dans ce cimetière ? insisté-je.

— Il faut vivre, nous traversons une époque où le travail devient une aubaine, répond la jolie minette.

— Vous parlez subtilement le français.

— J'ai fait mes études à Paris.

— Je parie que vous ne parlez pas aussi bien l'argot ?

Elle se gondole, bien qu'on soit à Rome.

— Ça, j'en conviens.

— Alors, première leçon ce soir, pendant le dîner. Neuf heures à la *Casina Valadier*, d'accord ?

— C'est le grand luxe, répond-elle, ce qui constitue déjà un quasi-acquiescement.

— Toujours avec moi, *signorina.* Je suis de la race des seigneurs. À ce soir.

Elle n'a pas dit oui. Pas dit non. Elle me regarde dévaler le large escadrin plein de résonance. Au tournant dudit, je lui envoie un baiser.

CHAPITRE XII

Un léger sifflement, qui m'est familier, retentit à l'orée du *museo.* Celui que pousserait un rossignol qui jouerait les gardiens de la paix. C'est à la fois mélodieux et impératif.

Je cherche des yeux.

En tu sais quoi ?

Vain.

Rien, *nothing, nobody*, mon cul !

Comme je fais quelques pas dans l'allée principale conduisant à la grille du parc, un nouveau sifflet me compucte les feuilles. Me semble que ça vient d'un massif de roses. Mais attention, par massif, j'entends toute une architecture florale, vaste, haute, avec des armatures de fer, des treillages de bois, des bancs de pierre, tout bien. Le tout est environné de rosiers qu'on a déguisés en arbres en les plantant serré, par paquets de quatre, et en les taillant en hauteur de manière à composer un simulacre de tronc, façon palmier.

Troisième appel. Béru réussit un trille admirable grâce aux incisives absentes de son râtelier.

Je me dirige vers la roseraie. La contourne. Elle forme une sorte de pièce fleurie, délicate, à l'intérieur de laquelle vis-à-visent deux bancs en arc de cercle autour d'un bassin de marbre rose. Très choucard, romantique…

Werther et Charlotte, Roméo et Juliette, Philippe Bouvard et Pécuchet.

Bérurier s'y tient, non pas assis, mais en embuscade.

— Tu joues à cache-cache, Gros ?

Il place un index d'une demi-livre perpendiculairement à son four à choucroute.

— J'ai du neuf, et du pas banal, chuchote-t-il.

— Exprime !

Il me désigne un attaché-case Samsonite noir à fermeture d'acier gris.

— *What is it ?*

— Mate, vers la grille…

Je me place face à la brèche.

— Est-ce tu vois c'que j'voye ?

— Mais encore ?

— Une grosse bagnole noire antidélavée[1]. Le chauffeur est adossé cont' l'aile avant, tu mords ou si t'as la rétine en contre-plaqué ?

— Je vois, alors ?

— Deux mecs en est descendus, et l'un des deux, tu veux qu'j'vais t'faire rire ?

— Oh, oui : je t'en conjure !

— C'tait le p'tit Chinetoque d'la nuit dernière, çui que j'l'ai praliné l'bouc.

— Sympa. Ensuite ?

— L'deuxième gonzier : un Chinetoque de même, mais beaucoup plus grand, et presque gros. Y t'nait c'te valtoque. Les deux sont été derrière l'musée, où qu'attendait un troisième : un Rital, jeune et beau, fringué super-classe. Y s'sont assis su'un banc. Et puis les v'là qui se mett' à causer, à s'engueuler. Le gros Chinuche

1. Le comité littéraire réuni au grand complet des dimanches a fini par conclure que Béru voulait dire antédiluvienne.

paraissait en pleine rogne. J'ai cru qu'y s'allaient s'castagner. L'jeune Rital a foutu l'camp. L'petit Chinois d' la noye lu a couru aux miches et l'a barré la route. Y zont jacté ferme. Au bout d'un moment, le p'tit Jaunet a gesticulé au gros d'les rejoind' ; ce dont il a fait. Tu m'files le dur, biquet ?

— Continue.

— Ces nœuds volants avaient laissé la mallette su'l' banc, dans leur affaire d'essence[1]. Y l'ont oublillelée un instant. Alors, l'gars Bibi a pigé ce cul bordé d'nouilles fraîches qui s'présentait ! J'ai profité d'un séminaire en vadrouille qu'interposait entr'le trio des trois hommes et moi pour aller engourdir la valoche.

— Formide, Gros !

— Seul'ment, à la grille y avait l'chauffeur. C'tait imprudent d'lu passer devant avec la valouze. J'ai donc venu me placarder dans la rosace. Par la sute, t'aurais vu c'te partie d'coude au corps qu'ils se livraient pour essayer d'retrouver leur ligoté-caisse, les mecs ! Ah ! y n'songeaient plus à s'chicorner ! Ils continuent de fouiner partout.

« Si on essaie de filocher av'c le colibard, recta y nous poivrent, d'autant qu' le p'tit Niacouet nous connaît ! Qu'est-ce tu conseilles ? »

En guise de réponse, je tente d'ouvrir l'attaché-case. Mais il est dûment verrouillé et le trou de la serrure est trop miniard pour que j'y risque mon sésame.

— Voilà, dis-je : on va l'enterrer dans une plate-bande et nous repasserons la chercher plus tard.

— Pas sot, rétorque le Mondain.

Un vrai p'tit sanglier, Prosper. Tout juste qu'il creuse

1. *L'admirable comité du Fleuve, toujours lui, pense qu'ici il s'agirait d'« effervescence ».*

pas avec son pif ! On sent son hérédité péquenote ; la terre, il a ça sous les ongles. L'homme-taupe ! Le fouisseur-né. Il fouille le sol à grandes paluchées qui évoquent une pelleteuse mécanique par leur régularité. Quand le trou est apte, il dépose la mallette noire, la recouvre, arrange bien la terre par-dessus. La caresse pour l'unifier, pousse le fignolage jusqu'à y faire pleuvoir quelques pétales de rose qui a vécu ce que vivent les roses : les spasmes d'un mâtin.

— O.K., m'sieur l'commissaire de mes chères deux ? C't'enterrement d'première classe vous convient ?

On se dirige vers l'issue de ce temple de verdure. Qu'à cet instant, ma pauvre poulette, une déflagration monstre se produit. Un vraoum de tous les tonnerres de Zeus ! Il nous pleut de la terre sur les endosses. On a le souffle coupé, les tympans en mousseline.

Je me retourne pour mater un cratère dans lequel tu pourrais engloutir un autobus.

Pendant une giclée de secondes, le visage rubescent de Sa Majesté est devenu couleur de cendres froides.

— Ça c'est la classe ! soupiré-je. On a affaire à de grands champions, camarade.

— Tu croyes qu'y zont machiné ce coup délibérément ?

— Et comment ! Ils nous suivaient. Te voyant inoccupé, ils ont monté cette petite *commedia dell'arte* pour t'amener à leur faucher l'attaché-case. Ensuite de quoi, ils ont attendu que nous soyons réunis, la valoche, toi et moi, pour la faire sauter.

Béru se gratte l'os qui pue (c'est ainsi qu'il parle de l'occiput).

— Si t'aurais pas eu l'idée qu'on va l'enterrer, ce qui resterait de nous r'ssemblererait à quand on éternue en bouffant des rillettes de la Sarthe, admet-il. Y a des moments, j'm'demande si c's'rait pas l'instincte qui t'pousse à décider les choses. T'aurais un septimème sens qu'ça m'surprendrait pas, grand.

Je le laisse me louanger jusqu'à satiété (des nations) et me mets à observer les alentours. Le trio dont m'a parlé Bérurier drope vers la voiture noire. Le chauffeur s'est déjà remis au volant. Les gus doivent nous croire pulvérisés menu.

D'un rush impétueux je passe à travers la haie de roses, dans la direction opposée à la grille. Je suis éraflé de partout, qu'heureusement j'ai placé mon bras (celui que tu voudras) devant mon cher visage si harmonieux et grandement expressif que j'aimerais savoir pourquoi Dieu a gâché la marchandise en m'accordant de surcroît la parole.

Je taille à fond la pompe vers la grille, en m'abritant derrière une plantation de médius *in rectibus* polyvalents à floraison convexe.

Ce sprint, ma toute belle ! Ce sprint ! Mercure sur sa roue ailée !

J'ai obliqué de telle sorte qu'au lieu de rallier l'entrée, je suis allé directo à l'extrémité droite du parc. J'y parviens avant la grosse bagnole, laquelle a dû stopper au feu rouge. Je m'accroupis, hissant mon minois entre deux barreaux. Je vois surviendre les fameux pieds nickelés. Ce n'est pas eux que je visionne, mais leur plaque minéralogique : *CD III X*. Vu !

Bon boulot.

À présent, il va falloir agir très vite, pendant le laps de temps où ils vont nous croire morts.

CHAPITRE XIII

Mon homologue, le commissaire Ossobuco, est plus âgé que moi, presque aussi beau, mais il a une montre en acier tandis que j'en ai une en or. On se connaît un peu, pas trop. Je sais au moins cinquante-six millions d'Italiens plus sympathiques que lui. Curieux pour un Latin : il a le côté flic guindé. M'est avis que Scotland Yard l'empêche de roupiller parce qu'il a trop bouquiné de polars anglais dans sa jeunesse.

Il examine le numéro que j'ai déposé devant lui, sur sa belle table en plexiglas fumé.

— Pourquoi tenez-vous à connaître le nom du propriétaire ? demande-t-il en tapotant mon bout de faf.

Je lui vote mon sourire de cérémonie number 69.

— Écoutez, cher commissaire, une supposition que vous vous ameniez Quai des Orfèvres en me demandant le même renseignement, je me grouillerais de téléphoner au Service des Immatriculations au lieu de vous tirer les vers du nez !

Tiens, attrape !

Il se pince.

— C'est le côté diplomatique qui m'a fait réagir, nous avons tellement de problèmes, s'excuse-t-il.

— Qui n'a pas les siens ? soupiré-je à fendre l'âme d'un contrôleur des contributions.

Il hésite encore. Son sens de la solidarité policière donne de la bande. Intraitable avec les inférieurs, supérieur avec les égaux, lèche-anus avec les supérieurs, ils sont une fameuse tripotée, comme ça, à travers le vaste monde, d'est en ouest et du nord au sud, n'importe les couleurs de peau ou de pensée. Des chiées, même, à faire carrière dans le visqueux. Des embardouflées, tiens, c'est lâché, à faire pisser le sang, pleurer les fesses, grincer des dents, citrons verts de l'humanité. Cons-de-basse-fosse. Qu'heureusement, ils se trouvent généralement sous la coupe d'une mégère qui les dorce d'importance, les bride et brime et réduit menu en des intimités bien funestes ; bande de sous-saligauds au regard en guidon de course !

Je me lève.

— Je ne voudrais pas perturber votre conscience, Ossobuco. Pardon de vous avoir fait perdre quatre minutes et quarante secondes ; je m'imaginais qu'entre flics latins on pouvait se donner des coups de main à l'occasion. Mais je suis un utopiste ! Cela dit, évitez dorénavant de venir nous faire chier la bite avec vos petits copains des Brigades rouges ou les hyper-fachos réfugiés en France.

Je suis déjà à sa lourde.

— Commissaire ! égosille l'homologue de la Redoute. Commissaire, ne vous emportez pas ! Naturellement que je vais vous arranger cela. Attendez !

Et il dégoupille le cran de sûreté de son téléphone.

*
* *

— Sit'plaît, requête Bérurier-le-Noble, sit'plaît, mec, juste pour mon gour'nement personnel : c'est quoi-t-au juste, le Boukamba ?

— À vrai dire je n'en sais trop rien, Gros. Probablement un nouvel État de quelque part comme il en naît depuis la guerre. Fais excuse : je ne lis pas les baveux tous les jours et celui-ci a dû m'échapper.

Le consulat général dudit pays, dont le drapeau représente un soleil noir sur fond rouge, est sis dans un immeuble moderne de la périphérie nord.

Je retapisse la guinde dans le parking réservé aux occupants de l'immeuble.

En apercevant le véhicule, j'éprouve un grand contentement (je serais tenté d'écrire une grande contentation, mais je me ferais prendre aux parties par les nœuds à rosette qui veillent sur la langue française, baïonnette au canon, et qui te flinguent le bout portant sans consommation préalable). Ainsi donc, voilà du positif. Mais *achtung*, comme on disait en France de 40 à 44, ayant affaire à des diplomates, je risque de faire des vagues qui me seraient néfastes. Immunité, immunité ! T'entends que ça, tous azimuts !

Pas touche ! Tout le monde possède son condé. Main dans le sac ou au cul, immunité ! T'as toujours l'article machinchouette comme *emergency*. Pêché au fond d'un code ! Poum ! Dans l'os ! Rengaine tes poucettes, poulet ! Client intouchable, laisse qu'il aille revoir sa Normandie à lui, hémisphère austral ou boréal.

Donc, de prime abord, je ne peux rien contre les gens du Boukamba. Étudier leur comportement, en faire part aux autorités romaines et puis rentrer à Saint-Cloud, chez Mme Félicie. Mais je suis un molosse aux crocs indécrochetables. Une fois que je les ai plantés dans le cul d'une affaire, pour m'en démordre il faudrait des tenailles, ou bien trancher le morcif.

Nous poireautons dans notre Fiat de location (pas Fiat de luxe, mais *Fiat Lux)*.

— T'as un merle des Indes, sur toi ? demande brusquement l'Enfoiré.

Il sait que je ne déteste pas le gadget à l'occasion. À

plusieurs reprises il m'a été donné de faire appel au petit appareil que nous avons surnommé « merle des Indes[1] » et qui consiste en un émetteur gros comme une pastille Valda, lequel produit un « bip ! » continu recueilli par un récepteur de la taille d'une boîte de pastilles Valda. (Si merveilleuses contre le rhume. Quand j'étais mouflet, je piquais de la fraîche dans ma tirelire, en cachette de M'man, pour aller m'en acheter. Bravo, monsieur Valda ! Je vous dois toute la partie de mon génie qui figure en vert sur la carte. Il faut sucer Valda, messieurs, ou moi, Mesdames !)

Je m'arc-fouille. Ne suis pas le genre de gonzier à trop lester mes glaudes, qu'ensuite on a une démarche d'âne bâté. Mon train de vie courant, ça consiste en mes fafs, mon pétard, une paire de menottes de voyage, mon sésame et la photo de ma vieille. Autrefois il m'arrivait de remplacer mon scapulaire par celui du général de Gaulle mais je l'avais tellement crayonné pendant mes heures d'inaction, qu'il avait fini par ressembler à Richelieu, avant qu'il n'achète un carrefour en association avec Drouot.

Dans la poche briquet (que j'exige toujours spacieuse, comme une poche marsupiale, de mon tailleur) je déniche la fameuse petite boîte. Bérurier s'empresse d'aller adhésifier la Valda au bas de caisse arrière de la grosse tuture noire. J'ôte le couvercle de mon récepteur sur lequel j'ai collé précisément une étiquette de Valda pour le camoufler. Il suffit d'enclencher le tablion vexatoire pour percevoir le petit signal gazouilleur.

1. Notamment dans « Meurs pas on a du monde », dont M. Maurice Schumann disait dernièrement au banquet des Écrivains en cale sèche qu'il en a préféré la lecture à celle de « Résurrection ».

La portée n'est pas terrible, mais elle permet tout de même d'être relaxe en filochant quelqu'un.

— Je n'y songeais pas, rends-je hommage implicitement au Mammouth.

Mon compliment lui provoque un lâcher de légers pets, aériens et bien contrôlés, façon princesse Anne ou reine Fabiola.

— On risque de moisir, craint-il peu après.

— Mais non, je le calme. Tu as vu quelqu'un demeurer longtemps sans utiliser sa bagnole, toi ?

*
* *

Le chauffeur, sans être à proprement parler en livrée, porte un bleu croisé qui n'attend que des dorures pour ressembler à un uniforme. C'est bien le mecton qui attendait le trio à l'attaché-case du parc. Un grand, gueule malfamée : boutons déplaisants, lèvres inexistantes, regard en issue de coliques.

Il s'avance entre deux valises constellées d'étiquettes qu'il dépose dans le coffiot de son carrosse.

Après quoi il s'allume une tige et fumasse en attendant celui ou ceux qu'il doit véhiculer. Un laps d'étang (les meilleurs) long comme la figure à M. Carter, le soir des élections ricaines, passe.

Il a fini sa sèche, l'a écrasée sur le ciment flaqué d'huile du parkinge. Le chauffeur, qui souffre d'un manque d'heure exacte aigu, se décide à consulter sa montre, bien que la consultation soit entièrement à sa charge.

Je me sens d'un grand calme avant-coureur. J'ai la faculté d'identifier les instants critiques quand ils pointent du grand sablier du temps que parlait Jean-François Revel dans *l'Omnibus* qu'il conduit avec tant de dextérité depuis qu'il a passé son permis poids-lourd.

Je flaire donc le moment de haute qualité, étiquette or, plusieurs fois primé. L'instinct, te dis-je; toujours lui. Cette prémonition bienheureuse qui nous permet, parfois, d'échapper aux sombres contraintes de la matière.

L'or du soir tombe sur Rome. Les façades ocre ou rose passé (et quel passé !) prennent des teintes fantastiques.

Même les baraques modernes, bâties dans l'esprit de la ville, font oublier leur jeunesse trébuchante dans cette apothéose de fin de jour.

J'oublie le grondement de la vie, la rumeur pétrolante des bagnoles, les cris fusant de toutes parts : appels, protestations, rires, voire simplement parler-haut, invectives sans fondement précis ni réelle intention. Rome femelle, superbe, ébrouant son ivresse d'exister dans la lumière de *Quo vadis ?*

Et puis le chauffeur ouvre les portières. Chose étonnante, un instant distrait, je ne les avais pas vus survien-dre. Ils sont trois : l'Asiatique dynamiteur, le gars qui l'escortait dans le parc du musée et la secrétaire du dirlo cacochyme, la mignonne qui a plus ou moins feint d'accepter mon rencart pour ce soir.

Triomphe ! Ainsi donc, ce numéro puzzle était le bon ! Nous ne l'avons pas bricolé en vain. La môme trempe dans cette bizarre polenta romaine !

J'annonce la passe à Béru qui joint sa jubilation à la mienne (en anglais : *to the mine).*

— On s'croiererait à Montélimar, dit-il.

— Pourquoi Montélimar ?

— Parce que c'est du nougat.

Cette délicieuse facétie donne le ton de notre euphorie, aussi est-ce avec le cœur en fête que nous entreprenons la filature.

*
* *

— Tu croyes qu'ils partent en voiliage ? demande mon compagnon.

— Les valises chargées par le chauffeur l'indiqueraient.

— Si c'était l'cas, on f'rait quoi-t-est-ce ?

— On les suivrait dans la masure du possible. Ici, nous avons fait le plein. Nous avons appris que des gens du Boukamba se livrent au trafic de la drogue. Peut-être servent-ils de plate-forme pour le dispatching en Italie… L'occasion nous est offerte d'en savoir davantage et, qui sait, de démanteler tout un réseau international, il n'est pas interdit de rêvasser.

L'officier de police Alexandre-Benoît Bérurier pousse les feux de son imagination.

— M'est avis qu'ils carapatent, en ce moment. Y s'sont aperçus qu'on n's'était pas laissé épousseter par leurs valoches piégées. Ta visite chez le dirluche du musée leur a flanqué les flubes. C'est la souris qu'aura alerté ses potes, après ton premier coup d'turlu. À présent, y s'disent que ça pue l'cramé pour eux ; alors ils entonnent le Chant du Guépard.

Bien bâti. J'estime son raisonnement valable à quatre-vingts pour cent.

Nous les suivons difficilement car la circulation est particulièrement dense et des flopées de chignoles téméraires s'intercalent entre eux et nous.

Le chiendent c'est qu'on ne peut les coller car ils nous retapisseraient et tout serait à l'eau.

Plusieurs carrefours finissent par nous couper pour de bon, aussi rends-je grâce (pardon : grasse) à Sa Majesté d'avoir préconisé l'emploi du merle des Indes.

Au bout d'une demi-heure de cafouillage au cœur de la cité, on gagne la banlieue.

— Ils vont chercher l'autoroute, prédit Bérurier.

La chose se confirme. Je ligote les panneaux verts et tout soudain je pige : l'aéroport di Ciampino !

— Pourquoi tu pousses c'te gueule ? questionne mon haltérophile ego.

— Parce qu'ils vont prendre l'avion, mon chéri.

— On l'prendra z'aussi.

— Tu oublies qu'il n'y a pas toujours de la place dans les zincs. Et puis cela dépend où ils se rendent, peut-être vont-ils dans un bled à visas. En outre, il n'est pas facile de monter dans un appareil sans se faire voir des gens qui vous connaissent.

Le Terrible hausse les épaules.

— Si on n'peut pas bicher leur vol, on s'rabattra su'l' chauffeur. Tu veux parier qu'j'lu fais causer tout c' qu'y sait ? Et même davantage ! D'autant qu'y fait noye maint'nant et qu'on peut l'emmener à la campagne pour un'p'tite circonférence en plein air. Elle fait du bien, l'air de la nuit, ell' rafraîchit la mémoire.

— N'empêche que je préfère m'occuper de l'état-major plutôt que de la sentinelle, mon lapin.

La grosse guinde noire stoppe devant la case départ. Tout le monde en descend et le chauffeur dégage les valises du coffiot. L'Asiatique artificier saute sur le caddie de ses soucis (je l'ai déjà faite, celle-là, mais le pape a déjà récité plusieurs fois le *Notre Père* et personne ne songe à s'en offusquer, non ?) et y place les bagages. Le trio prend congé du *driver*.

— Je crois que tu seras marron pour ce qui est de ton lot de consolation, fais-je.

Effectivement, la bagnole décarre sans plus attendre tandis que ses ex-passagers s'engouffrent dans l'aéroport.

La partie délicate de l'opération débute pour nous.

CHAPITRE XIV

Et le miracle s'accomplit.

Le trio va se faire enregistrer.

Quand nos clients ont largué le guicheton, j'accours demander leur destination : brème de police, sourire enjôleur, guiliguiligui. Hong Kong ! Et en *first* ! Pas moins.

Comme en état second, je demande s'il reste de la place sur ce vol. La réponse est « si » à l'unanimité de la personne à qui je la pose. Tu n'es pas sans ignorer, à moins que tu ne le saches pas, que je dispose d'une carte de crédit visée par le gouvernement français, laquelle me permet de régler n'importe quelle facture auprès d'une compagnie aérienne internationale (charge à moi, par la suite, de justifier ma dépense). J'acquiers deux Rome-Hong Kong en touriste. Maintenant, le plus duraille reste à faire : voyager dans le zoziau de mes petits copains sans nous faire repérer d'eux.

Il nous reste cinquante minutes avant l'embarquement. Je me dis que nous n'avons pas la moindre chance d'échapper à leur sagacité sans de sérieux déguisements. Mais existe-t-il des travestis efficaces pour tromper des criminels aux abois ?

Les formalités douanières et les vérifications policières, la salle d'embarquement, l'entrée de tous les voyageurs par la porte avant de l'appareil, tout se ligue pour nous mettre en présence à un moment ou à un autre. Perplexe, je m'ouvre du problème à Bérurier.

— On pourrait s'met' des lunettes noires ? suggère-t-il, lui ! qu'un casque de scaphandrier ne parviendrait pas à camoufler.

Usant de mille précautions, je vais rôder près du service de police. Nos trois lascars l'ont déjà franchi et éclusent des *capuccini* au bar de la zone franche.

On peut donc se rabattre sur les boutiques de l'aéroport. Y déambuler sans arrière-pensées.

Mais quoi ? Des marchands d'appareils photos, des bijoutiers, des épiceries fines, des boutiques de souvenirs, une pharmacie, un magasin de confection, un salon de coiffure, une librairie. La grande trotteuse électrique rouge bondit sur le cadran blanc de la pendule qui surmonte la bijouterie. L'heure tourne. Dans un peu plus d'une demi-heure, il y en aura beaucoup d'appelés et beaucoup d'élus.

Élus !

Association d'idées.

Je me mets à fureter comme un chien ayant paumé son maître qui vient de grimper avec une radasse de la rue Caumartin.

— Va t'acheter un autre bada, Gros.

— T'es pas louf ! L'mien n'a que seize ans !

— Choisis un taupé verdâtre, tu vois, celui avec la petite plume bavaroise, là-bas, peut-être auront-ils ta taille !

Pendant qu'il s'exécute je pénètre tour à tour chez le coiffeur, le pharmago, le magasin de confection et le bazardier[1].

1. Quand tu as besoin d'un mot que ta langue te refuse, invente-le.

Tu verrais cette rapidance, mon n'veu ! Pas plus de cinq broquilles chez chacun, et encore ! C'est bien simple : j'ai tout fini alors que Béru est encore en train de prendre des mines d'ahuri devant la glace de M. Cerruti 1881. Comme je viens le repêcher, il a sur la tronche une sorte de bitos en forme de tiare (oui : mieux vaut tiare que jamais, je sais ; tu me l'enlèves de la plume, darlinge) en feutre, avec une cordelière, un zizi plumeux, et un bord pas plus large que la zézette d'un dignitaire soviétique quand il attend l'arrivée d'un hôte de marque, par moins 25 à l'aéroport de Moscou.

— Prends celui-ci, et amène-toi. Il nous reste à peine dix minutes pour jouer les Frégoli.

Direction les chiottes. Trois gonziers de nationalités et de conneries diverses s'y trouvent. Pour avoir le champ libre, je leur dis qu'il y a une alerte à la bombe et qu'ils doivent évacuer les toilettes illico. Ce dont.

Qu'ensuite je dégoupille le bec-de-cane, pas qu'un autre nœud malfamé, en transe de vessie, vienne nous troubler.

Dix minutes !

En neuf trente-cinq tout est terminé. Le haut-jacteur appelle les voyageurs pour Hong Kong.

On s'y rend.

J'ai abandonné mon pote Tu-tues aux gogues pour franchir le contrôle radar. Je l'ai collé sur une chasse d'eau en espérant qu'un jour prochain peut-être, j'aurai l'opportunité de le récupérer. La vie, comme dit Béru, est si pleine d'alinéas…

Les formalités diverses sont accomplies en un tourne tu sais quoi ? Main ! Faut dire qu'on a pitié d'un grand blessé et qu'on respecte un ecclésiastique, n'importe sa religion. Bérurier, c'est mieux qu'au Casino de Pantruche à l'époque des vraies descendeuses d'escadrin à paillettes.

Sa bouille disparaît sous de la gaze, et ce qui n'est pas empaqueté est badigeonné de mercurochrome. Il marche, appuyé sur une canne, le bras gauche également pansé et maintenu par une sangle. Avec le couvre-subalterne neuf qui surmonte le tout, il ne serait pas même reconnu par son aimable épouse. En ce qui me concerne, je suis loqué en rabbin (des bois, oui, sois pas impatiente !) : pardessus noir, chapeau noir, perruque frisottée, barbe profuse, lunettes à monture dorée. Bonne renommée. Bravo, Mister Jacob !

Nous restons le plus éloignés possible de nos gens, et tout se passe bien, sauf qu'un fourreur new-yorkais s'adresse à moi en yiddish pour me demander je ne sais pas quoi. Je le cloue en lui exclamant :

— Ah ! non, ne soyez pas raciste, mon vieux : parlez anglais.

*
* *

Voyage excellent.

Nous dormons, mangeons et buvons beaucoup.

Escale en Inde. La torpeur des long-courriers nous rend comme intemporels. Je me dis qu'on s'est mis en frais pour rien, car le DC 10 est tellement vaste qu'on aurait pu, sans dommage, voyager sous notre aspect réel, mais il faut prévoir l'arrivée.

Bérurier murmure :

— Si j'aurais su qu'on partait si loin, j'eusse changé d'slip et d'maillot de corps la s'maine dernière. Tu croyes qu'on en trouve à King Kong ?

Je lui réponds que la chose ne me paraît pas impossible. Rassuré, il se rendort. Les fuseaux horaires se bousculent. J'auditionne de la zizique par le truchement des écouteurs mis à notre dispose. Et puis pense à Félicie dont je m'éloigne à ailes de géant. Mais le monde est petit, tout petit. Vingt fois Lille-Nice, et te voilà à l'autre bout. Une vraie rigolade.

On va, on vient sur la planète, comme dans une cour d'école ou de prison. On tourne en rond, quoi ; simple exercice de culture physique en attendant.

Et puis au bout d'une gamellée d'heures prises à rebrousse-poil, un peu déphasés, on se pose sur l'aéroport de Kai Tak. Le point crucial est atteint. Va falloir retapisser nos loustics, les coller sans qu'ils nous constatent. Pas fastoche.

Je me démène dans le flot des débarquants pour les rejoindre. Ce qui nous avantage, c'est que nous sommes sans bagages. Gain de temps. C'est un conseil que je te donne : si tu te rends à Hong Kong un jour, vas-y les mains aux fouilles, Ninette. Là-bas, t'achèteras ce qu'il te manque et même ce dont tu n'as pas besoin.

On finit par se retrouver, tous, à l'extérieur de l'aéroport, le long d'une sorte de quai empuanti par les gaz d'échappements où règne un vacarme non imaginable. L'Asie t'agresse follement. La marée humaine ! T'es conscient, tout à coup, d'habiter une fourmilière. Tu nous vois d'en haut, tout mignards, jaunes et blancs, pressés, gesticulant, piaillant ; en surnombre déjà, et depuis lulure. Tous de trop, qu'il m'apparaît. Lui, moi, les autres. Entassés, vivant les derniers spasmes de la civilisation. Fin de section. Après Hong Kong, finito, l'asphyxie, plus rien. La planète des singes ! Nous restera plus qu'à recommencer l'espèce, tant mal que bien, en essayant de faire un peu mieux que la première fois. En moins d'une, t'es soûlé de visages. Ils sont fascinants, les Jaunes : si mobiles, avec l'air avisé, pigeant tout, exprimant tout malgré leurs soi-disant masques impassibles. Mon cul ! L'Anglais, oui, est un animal à sang-froid (il arrive tout de suite avant le poisson), mais le Chinetoque, celui du Sud en tout cas, est l'Italien de l'Asie.

Le trio se sépare. Le petit Chinois va dans la file des taxis ; et je te prie de croire que ça dépote.

Il abandonne ses compagnons sans effusions de sens, ni poignées de main. Un hochement de tête. La revoyure est pour bientôt. Lui parti, tu l'auras calculé toi-même, ma jolie chattoune, reste un duo : la fille du musée et le jeune Italoche élégant du parc. Ils causent à un préposé en uniforme gris, lequel donne un coup de sifflet. Et v'là une Rolls couleur caramel foncé qui s'avance, ayant à son volant un chauffeur en livrée caramel foncé, dont – seule fausse note – la bouille est caramel clair. Chouette camaïeu ! Le driveur tient la portière ouverte, casquette appliquée sur le poitrail. Après les passagers, il charge en vitesse les bagages et reprend sa place. J'ai maté la scène sans broncher. La Rolls, le chauffeur, ça remue quelque chose dans ma petite tête finement ciselée. Le *Peninsula Hotel*, l'un des palaces les plus fameux du monde, dispose pour convoyer ses clients, d'une douzaine de Rolls de cette couleur, pilotées par des mecs à la livrée assortie. Je revois un dépliant représentant l'écurie prestigieuse remisée en arc de cercle devant les colonnes de l'entrée.

Je demande au voitureur à sifflet :

— C'est une voiture du *Peninsula*, n'est-ce pas ?

— *Yes, father*, il me rétroque, me prenant pour ce à quoi je tâche à ressembler, c'est-à-dire un rabbin.

— Je descends également au *Peninsula*.

Docile, il resiffle et une deuxième Rolls toute pareille à la précédente, sauf que le chauffeur a un grain de beauté sur la joue gauche, s'avance. Petit cérémonial.

— Vos bagages, Sir ?

— Il y a eu une erreur d'enregistrement, ils arriveront par le prochain vol.

L'homme n'insiste pas ; ici on se fout de tout et rien ne surprend.

On décarre. Tout de suite, le flot nous happe. Dans l'aéroport c'étaient les gens, maintenant ce sont les gens plus les bagnoles. Japonaises, à presque cent pour cent (je dis presque à cause des Rolls du *Peninsula* et de celle du gouverneur). Un moutonnement monstrueux. Une infernalité, je trouve. Le monde en saturance qui s'écoule, dégouline vers les abîmes. Et puis voilà les immeubles aux fenêtres encombrées de linges colorés. La route se jette dans d'autres routes qui se muent en rues. Les enseignes chinoises composent un fabuleux carnaval où dominent le rouge et l'or. Le noir des caractères laqués brille dans le soleil. Ces enseignes chevauchent les rues, d'autres sont perpendiculaires aux façades. Dieu de Dieu, qui les lit ? Ne sont-elles pas là pour composer un chromo ? Leur but n'est-il pas de faire ressembler la Chine à la Chine ? On roule à bonne allure malgré l'encombrement général. La vivacité paie. On traverse Kowloon en direction de sa pointe qui fait face à l'île de Hong Kong. Et, à un moment, on découvre la mer, avec des jonques aux voiles orangées, tendues comme des ventres de matrones.

En deçà du bras de mer, des buildings qui semblent plus hauts, plus verticaux, si j'ose dire, qu'ailleurs.

La Rolls sent le vieux cuir craquelé, le vieux parfum éventé, l'Angleterre. Oui : il suffit d'une bagnole pour retrouver l'atmosphère d'un pays. Au-delà des vitres, c'est Hong Kong, un New York d'une autre planète, déguisé en quartier chinois ; mais dans la Rolls, c'est Regent Street.

Le conducteur, tu dirais un robot. À se demander s'il

accomplit des gestes tant il reste imperturbablement figé à son volant.

Nous suivons le bord de mer, dans le cœur de la vie. Des rues en pente sur la droite. C'est de plus en plus chinoisant et multicoloré. Et alors les immeubles deviennent bioutifoules, pimpants, imposants. Bank de ceci, Machin corporation de cela. Dollars, dollars ! T'entres au royaume des chiffres, du business, des denrées en accumulance. Point suraigu, névralgique, de la société de cons, de sommations, de consommation. Une cité tentaculaire de banquiers et de réfugiés. Chine, Chine, Chine, viens voir comme en Chine, on sait aimer au pays bleu… Il chantait ça, papa, dans les lointains qui tombent en couille. Chine rouge, mais surtout jaune. Et les gens d'ici paraissent ivres de vie, d'ardeur, avides de se goinfrer d'existence. S'en mettent jusque-là ! Les jeunes se fendent la tirelire (pleine de fentes) ; des couples, ça je remarque, beaucoup beaucoup, qui se tiennent par la taille et marchent un peu en crabe le long des boutiques.

L'auto passe devant un immeuble monumental, puis devant un autre. Cette fois, c'est London ! Pierre de taille ! Colonnes ! Elle vire sur un terre-plein au centre duquel gazouille une vaste pièce d'eau. *Peninsula Hotel*. Nous y v'là. D'autres Rolls, kif la nôtre, sont effectivement rangées au pied du perron, chauffeurs au garde-à-toi, comme pour une revue ou une photo.

Le grand blessé mercurochromé descend en ahanant, clopine dans l'escadrin. Une nuée de grooms nous pivote la lourde. Hall gigantesque, plein d'un brouhaha feutré, si je puis dire (et tu parles que je peux !). Des fauteuils, des tables basses, des guéridons (qui est-ce qui vient de dire *si t'es gai ris donc* ? Faudra me trouver autre chose, l'aminche, j'ai pas envie qu'on me dénature l'humour.

Bientôt on va tomber dans le poil *au nez* que ça ne fera pas un pli, et le duc de Castries me refusera sa voix au prochain comice agricole d'Arpajon).

Une foule hétérochose se presse ici. Des représentants du monde entier : tous au pèze. Cela va du vieux Lord aux joues de bacon, tignasse de neige, veste pied-de-poule, jusqu'au maharadjah de Kelbitktâ, enturbanné, barbe ronde, qui a laissé son éléphant blanc au parking. Des hommes d'affaires (et quelles affaires, je me doute !), des pétasses grand cri, affublées comme sur les magazines de mode où on leur fait prendre ces poses archiconnes et ces mines à leur claquer la gueule, bordel de merde ! Jambe devant l'autre, ventre bombé, main à la hanche, l'autre jouant avec un tulle vaporeux, buste cambré, bouche façon « j'avale-t'y-tout-ou-j'crache-t'y-tout ? », œil exorbité comme si elles venaient de grimper avec un mataf chibré Jumbo. Putain d'elles ! Un peu de simplicité, messieurs-dames de la mode ! On voit que vous êtes de la rondelle, cette manière de ridiculiser la femme ! Défilé de mannequins ! Oh ! comme le terme est bien choisi ! Irremplaçable ! Mannequin, ça, comptes-y ! Poupée de cire, poupée de con ! Malléable. Objet ! Docile ! Des loques sur le fion, et les v'là soumises, pis que ces dames danoises posant pour les séries obscènes, archipafées : bâbord tribord, proue et poupe, et croupe, gloutonneuses d'enzymes-la-boum-lala. Je préfère les suceuses de chibre des clichés artistiques à ces maniérées intolérables, défigurées par les photographes de vache-mode-en-daube. Et puis voilà, mais ça ne concerne que moi et le reste de l'humanité, les autres, on s'en fout !

On reste à l'écart, derrière une importante colonne de marbre, biscotte nos deux Ritals sont à la réception. Des pingouins saboulés de noir, mi-angliches, mi-asiates, s'occupent d'eux. Formalité classique : fiche, fafs, clé, convoyeur. Ils disparaissent en direction des ascenseurs. À nous deux.

Je viens demander « nos » chambres. À quels noms ? Santantonio et Bérurier ? Aucune trace de réservation. J'égosille : « Quoi ! Comment ! On a balancé des télex ! Alors, c'est ainsi qu'il fonctionne, l'illustre *Peninsula* ? »

On me prie de me calmer, que ça va s'arranger. Deux piaules, on les a pour nous.

Le poilant c'est qu'ils ne sont pas surpris de me voir vêtu en rabbin et de lire fonctionnaire sur mon passeport. Mes bagages ? Je ressors (à boudin) l'histoire de l'enregistrement foireux. On me promet de me les monter dès qu'ils arriveront. Nous voici drivés jusqu'au cinquième. Une fois dans les chambres, un vieux larbin chinois, dont l'épouse n'a pas besoin de faire des économies pour disposer d'un magot, nous prend en charge. La classe ! La manne des Indes ! Corbeille de fruits, boîte de chocolats, boutanche de whisky, savonnettes de chez Hermès, brochures artistiques reliées sur Hong Kong. Bérurier, sonné par le changement de fuselage horaire (dit-il), boit vingt centilitres de scotch et s'éclaffe comme une bouse de vache sur son plumard. Pour ce qui concerne ma part, je me grouille de redescendre dans le hall afin d'y attendre le couple.

*
* *

Il est duraille de ne pas sombrer dans la barbe à papa quand tu viens de franchir (à contre-soleil) une pareille distance.

Je dodeline derrière la revue que je tiens pour me donner une contenance (de quatre-vingts livres environ) et parfois, ma pauvre tête de penseur (de cheval et non de Rodin) fait une brusque plongée qui m'éveille. N'est-il pas prématuré de guetter le couple qui doit être aussi harassé que je le suis ?

Eh ben non, mon trésor. Non, non, non, et non.

Puisque les voici.

Ils se sont changés. Portent du léger, du pimpant. N'ont pas l'air fatigués. Le mec balance sa clé à bout de doigt et la dépose sur la tablette de la conciergerie.

Et c'est à cet instant que le haut-facteur déclame :

— Le commissaire San-Antonio est demandé à la réception !

CHAPITRE XV

Tu as beau avoir une âme trempée à Tolède, des nerfs d'acier, des réflexes prompts, un self-control à toute épreuve (attends, que pourrais-je te déballer encore comme lieux communs ? non, je ne vois plus rien, fais avec ça), tu débouches (à oreille) dans des moments insolents, qui te prennent de bref. Je pense avec la rapidité que changent les chiffres sur une pendule électronique. Avant tout, cette fortuité dingue : moi, appelé juste au moment où le couple tant attendu se présente dans le hall ! Et la *big* question (en anglais : *the big question*) : qui peut bien me demander ? Béru ?

Oui, lui seul. Pourquoi prend-il un tel risque ? Parce qu'il y a urgerie ?

Je visionne la môme Museo et son mec. Ils n'ont pas bronché. Sans doute cet appel est-il passé au-dessus de leurs trompes d'Eustache ? Je les vois qui changent du flouze à la caisse, sans se donner la peine d'une œillée derrière eux.

Continuant de gamberger à la vitesse de la lumière (dont je suis moi-même l'un des représentants les plus incontestables, merci, sucez-moi vite, j'ai un train à prendre), je me dis, à torrent, les choses suivantes que je te livre en vrac pour t'épargner les frais d'emballage : Si je réponds à l'appel, le couple va filer sans l'être par moi[1] et, pour lors, ce long voyage risquera de ne pas porter ses tu sais quoi ? Fruits ! Mais parapluie, pardon : mais par ailleurs, si je ne réponds pas, l'appel sera répété et, pour lors, risquera d'attirer l'attention de mes clients. Il ferait quoi, Zorro, devant un pareil dilemme ? Et James Bond ? Et le prince Rainier ? Et le général Bigeard ? Et ta sœur ? Hein ? Selon toi, comment réagiraient ces illustres personnages ? Quelle alternative emporterait leur décision ? Imagine-toi M. Canuet dans mon cas : homme sagace, fugace, qu'agace ? Ou bien, j'sais pas : le roi Boudin de belle gigue ! Hein, il déciderait quoi, le roi des Beiges ? Ce serait intéressant de leur demander ; ça t'ennuie de leur passer un coup de turlu de ma part ?

Ne pas perdre les pédales. Je vois ma Félicie, quand elle foire une mayonnaise. Tu crois qu'elle essaie de la rattraper au virage, en rajoutant ceci cela, plus un poil de truc ?

Tu verrais sa maîtrise, à m'man. Elle va virguler sa déconfiture dans l'évier. Elle biche un autre mortier, une autre cuiller, une autre boutanche d'huile. Pas un muscle de son visage n'a bronché. Faut pas qu'une mayonnaise vienne jouer au con avec elle, car elle n'aura jamais le dernier mot. M'man, c'est pas le genre de ménagère à se laisser feinter par une mayonnaise récalcitrante. Elle a la technique d'un vieux chevronné du rodéo pour la dresser, la monter savant, et plus elle cherche à coliquer, la mayonnaise, plus ma bonne vieille l'exige ferme et malléable. Pour Bibi, kif ! Grimpe-moi cette mayonnaise, Tonio. Allez, mon gamin ! Hop-Hop ! L'obélisque ! Il la faut raide comme une quiquette de marié.

J'hèle un groom.

1. *Astuce du premier degré, lequel, chez moi, est également le dernier.*

San.-A.

— J'entends qu'on appelle le commissaire San-Antonio, lui dis-je. Voulez-vous dire qu'il est sorti et qu'on note le message ?

Je lui cloque un bifton de cinq dollars (j'en garde toujours une liassette dans ma poche briquet, puisque je n'ai pas de briquet).

— Faites vite !

Il s'éclipse en riant blanc (étant chinois, il ne peut rire jaune).

À présent, le couple quitte l'hôtel.

À toi, à moi, la paille de fer !

Savoir filer est la première qualité que doit posséder un policier. Il y a plusieurs façons de le faire. On peut filer à l'anglaise, filer sa quenouille, filer du mauvais coton, filer vingt nœuds (ou tout simplement le sien dans les miches d'une polka), filer une scène, filer doux, filer une hune ; mais filer comme un véritable limier est chose un tantisoit plus délicate. Cela consiste à voir sans être vu. Certes, tu vas dire que j'encule une porte ouverte ou que j'enfonce une mouche, mais pour y parvenir, il convient d'avoir un instinct qui te permette de prévoir le comportement du suivi, une seconde au moins avant qu'il ne le décide lui-même. Tu te souviendras, ou tu veux que je te le note ? Pas la peine ? Bon.

Or, donc (et ornithorynque) je suis mes deux Italiens. Je dois dire qu'ils composent un couple harmonieux.

Ils sont « bien pris » (comme les mayonnaises à m'man, toujours), élancés, fringants. Ils font jeunes mariés nantis. Je t'ai peut-être mal dit le gars ? On va simplifier. Tu te rappelles Marcello masse trop Yanni, quand il avait vingt ans de moins qu'au moment où je rédige le présent faire-part ? Eh bien lui ! Un peu moins trapu et peut-être un peu plus grand. Et puis on s'en fout, hein ? Tu veux pas te le faire, hein chérie, du moment qu'il y a moi à ton service vingt-quatre heures sur vingt-quatre.

On est là, les écrivaillons, on se croit obligés de tartiner et à quoi il ressemble çui-là, et comment que cause celle-là, et le coucher de soleil sur La Garenne-Colombes, le clapotis de ta chatte au cinoche, des odeurs, couleurs, sentiments.

Goût du descriptif. Précision. Compofranc. Tartine ! Nous ne sommes que des tartineurs. À tartiner n'importe quoi : beurre, merde, confiture ou foutre, nuages aussi et surtout. Connards. Je me fais honte ! Te demande pardon. Et dire que tu paies pour. Je te redois combien ? Compte aussi l'immobilisation du véhicule. Faut-il que la vie te fasse chier pour que tu lises ça. Note, les autres sont encore bien pires, parce que eux, pas seulement ils déconnent, mais en plus ils se croient missionnaires, guérisseurs d'écrouelles, médaillables, primables, inexprimables.

Voilà, ça y est, le temps de me torcher j'arrive.

Ils marchent gaiement, en lacet, enlacés. Ils primesautillent. Le ciel est d'un bleu Klein qui flanquerait le vertige à une alouette.

Ils suivent Salisbury Road en direction du *Star Ferry* assurant la navette avec Hong Kong Island.

C'est triste pour un vieux de n'être pas grand-père, assurait Victor Hugo. Quand je pense à ce pauvre Chazot qui ne sera jamais grand-mère ! Bien plus tragique, non ?

Comme effectivement prévu, mon couple d'Italiens prend le ferry. Je, de même. Ça vaut la brève traversée. Tous ces Chinois ! Un monstre pullulement. Des jeunes en surnombre, des gamins tout mignards, et des vieilles dames, et des gonzes d'un certain âge, des bonzes, des filles en fleur, en flirt. Au coude à corps, au cul à cul dans cette nef qui sent un peu la ferraille rouillée, le limon, la fiente de mouette.

À l'écart de mes chers suivis, je contemple le panorama vers lequel nous piquons. Connu, archicombien ! Gratte-ciel ! Colline verte du sommet, qu'un funiculaire gravit à toute pompe. Partout des chantiers, des hommes en survêtements et casques orange qui s'affairent, fourmillent, chinisent, quoi !

Les milliards d'étincelles des soudures ponctuent le jour, l'acuponctuent. Une folie de travail. Le monde occidental est en location ici, avec bail résiliable sur un coup de téléphone, et cependant il se démène pour agrandir cette métropole d'Asie. La surpeupler, en faire une caverne d'Ali Baba anglo-saxonne, mais occupée, gérée, entretenue par des millions de Chinois.

On aborde au quai de débarquement. La populace jaillit comme le grain d'un sac de blé éventré.

Pour une fois, le bel instinct que je te causais est pris en défaut. Je m'attends à ce que les tourtereaux piquent sur les vieux quartiers pittoresques, chinetoques à l'état pur, avec leurs marchands d'œufs centenaires, leurs officines « pharmaceutiques » où l'on vend des poudres aphrodisiaques, du serpent conservé dans l'alcool, des hippocampes séchés et mille autres choses inquiétantes pour antre de sorcière.

Mais, déjouant ce pronostic, ils ne quittent pas le quai et filent vers le Macau Ferry Pier, c'est-à-dire l'embarcadère pour Macao. Je les vois prendre la file devant le guichet où l'on délivre les billets et le visa volant. Docilement, je me laisse devancer par une douzaine de personnes : Chinoises et Occidentales. Un couple de jeunes Japonais avec leurs trois enfants, tous habillés de blanc, mobilise mon attention. D'ordinaire, je suis pas fana des Japs, je crois te l'avoir seriné dans de précédents chefs-d'œuvre.

Mais cette famille est assez plaisante, malgré que la mère ait pris le rond du drapeau nippon pour s'en faire un visage. Jamais vu une frime aussi parfaitement plate et circulaire dans le Loir-et-Cher. Enfin, du moment que son julot lui a déjà fait trois chiares, c'est qu'elle lui plaît commak, non ?

Chose curieuse, alors qu'ici tout trépide et galope, les formalités sont longuettes. Faut piétiner longtemps pour, une fois son tour venu, bien expliquer qu'on est touriste et remplir des formulaires trilingues.

Quand c'est terminé, on te remet un bifton, plus un badge vert et rouge sur lequel y a écrit *Turismo Macau* en lettres d'or.

On passe par des chicanes. Et la trouillance me biche de me casser le pif sur mes petits galopins. Note que je suis toujours « déguisé », seulement, à bout portant, je ne dois pas résister à l'examen. Fort t'heureusement, Miss Museo et son grand branleur sont déjà passés.

Le barlu est un hydroglisseur de forte taille qui, à l'intérieur, ressemble à quelque vieux tramway de préfecture. Il comporte deux niveaux. Je choisis le supérieur après avoir dûment maté pour voir si mes zigotos s'y trouvent. Mais non. *Nobody*.

Rassuré, je choisis une travée près de la porte car, à l'arrivée, je compte débarquer dans les premiers pour me mettre en posture de filoche.

J'assiste aux opérations d'appareillage. Une vibration intense fait frémir le barlu, comme une casserole d'eau bouillante. Ma famille de Japs est installée devant moi. Je renifle avec précaution, car ce qu'il y a de plus déroutant, ce sont les odeurs. Celle de la foule chinoise n'a rien de commun avec celle de la foule new-yorkaise ou romaine. Je ne sais pourquoi, elle m'intimide. Ma vie nasale est très intense, et sélective.

Le bateau s'arrache du quai en pataugeant comme un canard dans sa mare. Lentement, il quitte le môle. J'en chope plein les mirettes.

Et tu vas voir à quel point, ma pauvre chouquette.

Figure-toi que nous prenons la tangente en décrivant une orbe qui nous amène à l'extrémité du môle.

Et qu'aperçois-je ?

Vois-tu, je voudrais te le donner en mille, mais ce serait dommage, car c'est bien plus beau dans son entier.

Parmi les employés de la compagnie, un couple de « Blancs ».

Mes tourtereaux !

Voui, ma chère ! Miss Museo et son aimable compagnon. Toujours enlacés. Chacun a conservé une main libre dont il se sert pour envoyer des baisers au barlu en partance.

Je me doute que ceux-ci me sont destinés. Certes, ils ne peuvent me voir, mais ils espèrent bien que je les vois, et c'est leur façon de me traiter de con. Des baisers à n'en plus finir.

« Va te faire foutre, San-Tantonio, gros malin de nos fesses ! Va te faire aimer chez les Chino-Portugais, espèce de flic au rabais ! »

Oh ! pardon. Comment que ç'a été mené rondo, la petite opération. Cocu, va ! Je croyais les filer et c'est eux qui jouaient au chat et à la souris.

Le barlu prend de la vitesse. Il est trop tard pour me faire débarquer. Et il m'est même impossible de sauter à l'eau, avec le monstre bouillonnement créé par l'hydroglissage.

Je pige tout bien. Ils m'ont retapissé depuis le début. À l'hôtel, cet appel, c'est eux qui l'ont fait passer, espérant sortir pendant que je serais au téléphone ; comme ça n'a pas marché, ils ont trouvé autre chose.

Charmant voyage. Des milliers de kilomètres pour la peau !

Encore bien qu'ils ne m'adrcssassent pas des bras d'honneur. Note que des baisers, dans une telle circonstance, comme dirait Béru : c'est plus pire !

CHAPITRE XVI

Chante, ô mon amertume !

Insuffle-moi l'énergie qui mène à la revanche ! Il faut subir. Et puis trouver dans la résignation les éléments des prochaines victoires.

Je les regarde s'agiter dans le soleil, si gracieux, les salauds, si ivres de leur triomphe qu'un sentiment de profonde générosité me vient.

Alors tu sais quoi ?

Sors ta main de ma braguette et écoute : je bondis sur le pont. Je fonce à la poupe populaire.

Et je me mets à agiter mes deux bras à leur intention. Qu'ils soient rassurés, les beaux chéris. Message reçu. Oui, oui, je l'ai dans le cul. Oui, oui, bravo ! Ils m'ont enfilé de première, jusqu'à la garde ! Que Dieu les protège. De l'existence toujours perfide, bien sûr, et aussi de moi ! Parce que le gars Santantonio va revenir de Macao. Et parce que le monde n'est pas suffisamment grand pour qu'ils puissent m'échapper. Au moment des retrouvailles, je ferai du neuf et du déraisonnable. Quoi ? N'en ai pas la plus légère idée, mais ça me viendra au bon moment.

Au revoir, au revoir, les chéris ! Car ce n'est qu'un au revoir, mes frères, ce n'est qu'un au revoir. Promis. Pourtant, ce n'est là qu'une simple arnaque, de bonne guerre. D'autres malfrats, au long cours de ma carrière, m'ont meurtri dans ma viande, m'ont contraint à des soumissions déshonorantes ; mais je les haïssais seulement, j'avais simplement envie de les tuer, voire de les mettre en pièces. Pour ce couple, c'est différent. J'ai soif de les retrouver, soif de me venger d'une manière infiniment subtile. Ce bafouement me dépèce l'âme.

Et puis ça y est. Je ne les vois plus. L'éloignement les soustrait à ma rage délirante. J'arrête de gesticuler. La bourrasque de la vitesse qui croît me décoiffe.

Je me retourne pour aller m'asseoir. C'est alors que j'aperçois une femme qui compte parmi les dix plus belles qu'il m'ait été donné d'approcher. Attends que je récapitule : non, parmi les cinq plus belles. Et peut-être les trois. Une Chinoise. Mais nom de Dieu de nom de Dieu, ce qu'elle peut être horriblement belle ! Belle à te faire mal partout ! À t'en donner envie de chialer ! Ah ! l'heureuse diversion ! Et combien opportune ! Merci, sainte Opportune que je vais devoir vénérer, révérer, réverbérer au besoin. Instantanément, la brûlance de ma déconvenue cesse. Miraculeux.

Un baume pour les yeux rougis de haine.

Une Chinoise. Vive la Chine éternelle ! Une Chinoise inoubliable. Grande, et puis… Et puis merde ! Te décrire quoi ? Comment ? Une Chinoise ! Une Chinoise, quoi. La plus belle du milliard de Chinois qui se préparent pour la fiesta.

Visage parfait. Et cette dignité ! Madoué ! Et ce maintien. Mais le plus mieux, c'est le regard. Il est lumineux d'intelligence. Il est grave, intense, complet. Il voit et il montre !

Il sait tout et il dit.

Il observe et reste secret. Elle réagit à mes yeux dans

les siens. Comprend que je suis un chibreur de naissance. La joute constante, zobinche braqué. Elle sait que, d'instinct, j'en veux, que, d'autor, j'en obtiens.

Son expression fugace est de repli. Elle exprime une curiosité dominée par une grande pudeur. Flattée et craintive. La classe !

Elle porte un tailleur noir, un chemisier blanc. Un très léger manteau de vigogne (qui est de retour) est jeté sur ses épaules. Curieuse mise pour partir en voyage touristique. Bien trop habillée. Son beau regard oblique va quêter le large ponctué d'îles vertes qui font le gros dos au soleil.

Je cherche du spirituel, de l'inédit, de l'apprivoiseur.

— Paysage magnifique, n'est-ce pas ?

De toute beauté ! Belle venue, hein ? On sent un gars qui n'est pas privé de dissert. Le mec plein d'aisance comme une fosse du même nom.

La personne ne répond pas, c'est mieux, plus subtil, plus captivant. Un tout juste acquiescement muet. Elle ne se livre pas, ne me rebuffe pas non plus. Polie, avec un zeste de féminité. Le côté, tu triques pour moi, grand rouleur, mais ne t'emballe pas, j'ai la chatte parcimonieuse.

Je les retapisse principalement dans les restaurants, les gonziers seuls, guignant des femmes seules. Me marre. Me retiens d'en être un de plus. La manière qu'ils trémoussent sur leur chaise, coulant des regards envapés sur la possible conquête. Toutous qui s'enchaleurent. T'approcherais tout contre, tu percevrais le gémissement qui leur fuse des narines.

Ils bouffent sans savoir, boivent automatiquement, parlent aux serveurs sans penser à ce qu'ils disent. Ils gambergent avec leur paf, supputent des glandes, tirent des draps sur la comète.

Me font peine et honte à la fois.

Et voilà que je me sens agir de même. Haletant. L'œil en chavirance, la sécrétion opérante. Je convoite, quoi. Je désire. La bébête qui monte qui monte.

Au point que j'ai totalement oublié ma déconvenue si cuisante. Mon existence se bloque.

— Voyez-vous, murmuré-je, voix noyée pour confidences à la radio après minuit ; voyez-vous, quand je pensais à Hong Kong, je n'attendais que le panorama. J'ignorais que le jour où je prendrais contact avec cette admirable baie, je ne la contemplerais que du bout des yeux parce que j'aurais mieux à voir.

Elle ne me regarde pas. Mais je sens qu'elle m'écoute.

— Sans doute sommes-nous séparés par des millénaires de civilisations différentes, poursuis-je, car je ne chie pas la honte à mes heures de transes et les grandes phrases deviennent mes petites copines. Sans doute est-il très inconvenant dans ce pays de dire à une femme que vous apercevez pour la première fois qu'elle vous éblouit et vous est devenue indispensable, le temps d'un regard. Je mesure mon outrecuidance, que dis-je : ma folie ! Je voudrais que vous me la pardonniez mais aussi que vous essayiez de la comprendre…

Là, on vadrouille au large du lyrisme. Ça devient quelque chose, non ? En route pour Macao, sur le pont d'un hydroglisseur. Une Chinoise, la plus belle de l'Empire depuis que la Chine est jaune. Moi, né Lajoie, Dupont, Martin, Benoît. Fils de France, abonné au gaz, affilié à la caisse de Sécurité sociale. Nous. Elle, moi. Hong Kong. La mer avec des jonques hollywoodiennes, et des sampans, comme les chemises d'aujourd'hui. Le soleil, les odeurs, la godanche à fleur de calbute.

Elle, l'ineffable, l'archisublime. Moi, Zozo-bite-en-l'air… Petit tringleur de banlieue. Superman de sommier à l'*Hôtel des Deux-Sèvres et du Cantal Réunis*.

— Écoutez-moi encore un instant, poursuis-je. Faites-moi cette faveur. Suivez mon raisonnement ; pour simpliste qu'il soit, il est éloquent comme la vérité. L'Univers existe depuis des millions et des millions d'années. Des milliards d'individus y sont nés, y sont morts, y vivent présentement. Et brusquement vous vous trouvez ici, et je m'y trouve également. Je porte les yeux sur vous et mon être est galvanisé. Trouble et désir impétueux me submergent. Je n'ai plus qu'une idée : vous saisir dans mes bras et vous presser lentement contre mon cœur. Vous respirer, sentir votre chaleur se confondre avec la mienne…

Je me tais. À court. À vif. À vide. Avide. David.

Je viens de m'entendre. Je viens de me voir. Grande honte m'empare. Voudrais fuir. Mais où ? Sauter à la mer ?

— Voulez-vous que je saute à la mer pour vous prouver ma sincérité ? lui demandé-je.

Elle parle enfin. Un pipeau, sa voix. Flûte des Andes, dans les Andes, à cinq, six mille mètres, dans la paix intense des altitudes. Là-haut les hommes sont moins fumiers qu'ailleurs : la pression atmosphérique ne leur permet plus. Tu te sens libre, parmi les bêtes à filature, les gentils ongulés : guanaco, vigogne, lama. (Sais-tu seulement que la vigogne meurt de sa tonte ? et que c'est de cette particularité que résulte le prix des tissus qu'on en tire ? Préviens Bardot qu'elle commence à chialer, j'arrive avec mon manteau de phoque).

Je te disais qu'elle parlait enfin.

Et tu sais ce qu'elle ?

Me dit ?

M le maudit.

— Si vous sautiez à la mer, vous ne prouveriez que votre fantaisie.

Que j'en reste comme trois francs vingt-cinq de Franco-Russe, mon trésor.

Je m'approche.

— Une dernière question : comment réagissent les hommes, qu'ils soient chinois, argentins, ou ivoiriens, en votre présence ?

Elle a une amorce de sourire qui la rend plus ensorcelante encore.

Un haussement d'épaules en guise de réponse. Qui signifie quoi ? Que tous, ou presque, ont le même sursaut, le même embrasement ? Une jalousie à grand spectacle, inextinguible, me met de la foudre dans l'âme.

— Tu es belle, lui murmuré-je, en français. Je te le dis dans ma langue maternelle parce que c'est la seule qui m'aille. La seule qui me permette réellement de parler d'amour. Tu es belle au-delà du possible. Dieu existe, je t'ai rencontrée (ce qui est vachement plus excitant que de rencontrer M. Frossard). Si tu t'abandonnais à moi, je crois que je me surpasserais de telle sorte que nous aurions, toi et moi, l'impression de faire l'amour pour la première fois.

— Ah ! vous êtes français ! me dit-elle en français. Il me semblait bien.

CHAPITRE XVII

Vite ! Vite ! Mais où ?

Vite ! Vite ! Mais comment ?

Ah ! l'atrocité du désir inassouvissable. Tellement fort, tellement tout, qu'il faut bien l'assouvir cependant.

J'en décline. J'en titube. Elle est là, contre moi, telle que je le rêvais. Je la tiens, son corps épouse le mien. Son souffle se confond avec mon souffle. Et son désir naît, croît. Quel drôle de mot : « désir ». Comme il dit bien, et si peu.

Je regarde alentour. Le barlu vole sur les flots tranquilles. Des marins marinent. À l'intérieur, les deux niveaux sont pleins de passagers. Non, vrai, il n'existe pas un endroit où s'isoler.

Un petit mataf grand comme ça – tu vois où je mets la main ? – vient bricoler auprès de nous. N'y tenant plus, je vais à lui, roulant un bif de cent dollars autour de mon index, comme si je me proposais de lui pratiquer un toucher rectal.

— S'il existe à bord de ce bateau un endroit où je puisse passer une demi-heure seul avec cette dame, ce billet est à vous, dis-je. Vous savez comment est la vie et les fameuses choses qui en consécutent ?

Il sait.

Pas le moindre sourire. Il comprend que notre problème est grave et le respecte. Il opine (le veinard).

— Venez !

On descend au second niveau. Mais au lieu de pénétrer dans la vaste cabine collective où les voyageurs discutent, bouffent, boivent, regardent, rotent et vieillissent de concert, le matelot nous fait dévaler un bout d'escadrin supplémentaire logé derrière les toilettes et qui permet d'accéder à ce qu'il faudrait appeler la cambuse de l'équipage, sorte de réduit infâme, sans hublot, aux cloisons garnies de casiers dont les portes disloquées pendouillent sur leurs gonds, et frugalement (j'écris frugalement) meublé d'une tablette rabattante et de trois tabourets bancroches.

— Vous pouvez rester ici, dit le petitou, personne n'y vient pendant la traversée.

Je lui octroie le billet qu'il décapsule sans sourciller et il se hâte de regrimper.

Bon, me voici étourdi d'allégresse. Seuls ! Le rêve impossible s'est réalisé. Récompense absolue d'un désir impétueux. Elle est là avec moi, loin de tous les regards jaloux et jamais deux amants n'avaient connu de soir plus doux…

Ici, le bruit des turbines qui turbinent est assourdissant. On se croirait plongé dans une énorme machine à laver. Mais qu'importe, puisqu'on a l'ivresse !

Ce qu'il y a de fascinant chez cette altière, c'est la distinction. Elle semble accepter de me céder, comme on disait dans la haute bourgeoisie à scapulaires, mais sans se départir d'une dignité qui l'éloigne moralement du vif de mon sujet, lequel, pour être vif est même long commak et que va chercher un pied à coulisse si son diamètre t'intéresse, tu comprendras ensuite que ton bonhomme est monté comme un merle !

Je nourris quelques appréhensions, lesquelles t'heureusement, n'affectent pas l'optimisme tapageur de mon métronome à moustache. Me dis : Chinoise, est-ce que ça aime qu'on lui pratique le banc de belons ? Cela accepterait-elle qu'on lui joue « Au bonheur des dames » avec le pouce et l'index ? Est-on enclin à agréer la tyrolienne à dynamo ? Raffole-t-on du praliné cosaque ? Et de la pendule à vilebrequin ? Et du chausse-pied de Belleville ? Et de l'inculqué de frais ? De tout ce qui assure, enfin, la pérennité de l'amant français depuis Vercingétorix jusqu'à Michel Debré ?

Go, entreprendre Miss Fleur-de-Mes-Deux dans le style uniquement reproducteur : « – C'est à quel sujet ? – Un placement de paire de famille. – Entrez, mais faites vite, faut que j'aille chercher le petit à l'école ! » Conviens que c'est inintéressant. L'infini mis à la portée des caniches, comme dit Céline. J'ai d'autres chattes à battre en neige, dès lors. Je me dis que, dans la mesure (agraire) où cette personne se laisse manutentionner par le gars « Mes soins », c'est qu'elle est consciente de tenter une expérience sensorio-émotionno-bandante.

Ses traditions ancestrales, qu'est-ce que j'en sais ? Les Chinois ont inventé la poudre à canon et la lanterne japonaise, mais j'ignore un peu plus que tout de leur comportement amoureux. Qu'ils bouffent leurs polkas avec des baguettes ou qu'ils la calcent avec l'auriculaire, c'est pas ma tasse de thé à moi…

Fort de mon raisonnement, je commence par allonger la chérie *on the table*[1] après avoir placé son manteau convenablement pour lui servir d'oreiller : galanterie pas clamsée. Côté doublure, s'il vous plaît, car je suis un

1. *En anglais dans le texte.*

méticuleux congénital et si je soigne mes effets, je soigne également ceux des autres.

Toujours obligeant, je dispose les trois tabourets bancals (contrairement à chacal qui devient shakos au pluriel) de manière à ce que ses deux chers petits pieds ne pendent pas dans le vide. Elle peut donc prendre appui sur chaque panard pour partir à la conquête du troisième. Personnellement, je me réserve le tabouret du milieu. À quoi bon dépenser son énergie en fausses positions souvent harassantes, engendreuses de torticolis ? Elle a les jambes nues et la culotte qu'elle porte pourrait être de Mozart. La lui ôter est un jeu d'enfant, mais d'enfant un peu précoce du soubassement. Ce qui m'apparaît alors, ce qui m'apparaît flanquerait le vertige à un nain ! Ô épanouissement de notre sexualité ! Jardin tant secret où l'on entre comme dans un sanctuaire réservé à de rarissimes initiés ! Faut que je raconte ça à mon ami Paul Guth (de l'Académie française par contumace). Paul, toi qui es un naïf professionnel, donc malin comme cent singes, imagine cette époustouflante Chinoise, belle à te brancher le sifflet, éclatante, et que je te dirais même majestueuse si je ne craignais que tu prisses ce qualificatif dans son sens révérable ; vois cette créature de rêve extrêmement extrême-orientale, allongée sur la méchante table si peu conçue pour l'accueillir (ou la cueillir, comme tu voudras, c'est tout bon). T'ai-je dit que ses pommettes étaient un tantisoit ocrées ? Pardon, j'allais oublier. J'écris en pilotant ma Maserati de l'autre main, que veux-tu. T'ai-je mentionné le dessin de ses lèvres ? Leur modelé ? Non ? Quel con ! Enfin, il n'est pas trop tard. Bouche d'ironie, bouche de sensualité, bouche gourmande, bouche que veux-tu. Bouche… Qui vient de dire « du Rhône » ? C'est malin ! Bouche à emboucher, quoi. Bouche bien embouchée. Et le cou ? Tige de fleur, si tu permets, Paul ? Tu connais le métier, on a du mal à pas tomber dans la composition française de troisième. On garde des relents d'écolier, c'est ce qui fait le charme discret de notre bourgeoisie. Mais je te ramène à ma Chinoise. Là, abandonnée sur cette table de cambuse aux remugles d'alcool de riz. Jambes ouvertes, Paul. Et moi dans ce delta faraminesque, aiguisant ma volupté sur la pierre de mon désir, comme tu l'as si bien écrit dans « Les Frères Karamazov », ton chef-d'œuvre, selon Saint-Matthieu (Galey). Moi, là entre ! Affolé de toutes les avidités sexuelles possibles et imaginables. Moi, la déslipant à gestes extatiques, comme l'amant décachette la lettre de la femme adorée. Tout juste, Paul, je te le dis à toi, mais que ça reste entre nous, cher vieux bavard, tu me donnes la parole d'honneur de ta concierge, au moins ? Merci. Tout juste, reprends-je, si je ne la déculotte pas à la vapeur, de crainte d'abîmer, de meurtrir ses troublants dessous. Oui, elle consent à cette offrande intégrale. Cette acceptation si totale a quelque chose de bouleversant, n'est-il pas ? Souviens-toi, Paul, lorsque tu as vécu cela avec la princesse Margaret, à l'époque où on aurait dit une femme.

Alors, mon cher, mon fiévreux ami, songe à ce que je peux éprouver, parvenu à ce survoltage indicible, quand au lieu de l'exquise petite chattoune envisagée, je me trouve nez à nez, si je puis dire, avec un aimable petit zob guilleret.

Quelle journée, hein ?

CHAPITRE XVIII

Eh oui, force m'est d'en convenir.

Force m'est de me rendre tu sais où ? À l'évidence.

Forces motrices et autres…

Ma sublime Chinoise est un Chinois !

Que faire ? Que dire ?

Je reste bras ballants, brimbalants, devant cette bricole d'à peine douze centimètres de long sur deux et demi de diamètre.

Et sans voix.

Pas le moment de piper mot. À moins d'appartenir à la gentille confrérie des limouilles à pan court.

Colère ?

Plutôt déception.

Revanche ?

Qu'à quoi *good* ?

La lui couper ?

Il faudrait pour cela la toucher et, même avec des pincettes, je m'y refuse.

Rire ?

Jaune, ça oui.

Bref, devant cette petite bite, le con, c'est moi. Qu'il serve tôt en sol mineur n'infléchit pas ma totale déconvenue. J'ai la viandasse en grande peine. Le zob au désespoir.

Voilà que je lève un travelo chinetoque ! J'ai refilé cent dollars à un mataf pour qu'il me ménage cette intimité avec une superbe créature qui possède toutes les qualités physiques qu'on peut trouver réunies dans un même corps, mais hélas un seul défaut : être bon gré mal gré de sexe masculin.

Alors, hmmm ? Quoi ? Devenir pédoque dans la foulée ? Me convertir ? L'homosexualité existe : je l'ai rencontrée ? Impossible. On est comme on naît.

Et Césarin attend mon bon vouloir. Que dis-je ! Mon bon plaisir.

Je me redresse… Tâche de te montrer à l'hauteur, Tantonio San-Antoignon ! Petit canaillou. Toujours digne des circonstances, qu'elles soient saugrenues ou saulisses.

— Je vous prie de m'excuser, mon colonel, dis-je, j'ai oublié mes lunettes.

Je pique un nouveau bifton dans ma vague. Dessus, malgré le mot dollar, on peut y voir le portrait de Votre Majesté Elisabeth II, Couine, dont on se demande ce qu'elle vient glander sur de la monnaie chinoise ; qu'elle va avoir l'air fin, la mère, en bout de bail (en 1999 je crois ?) lorsqu'elle devra reprendre son sceptre de camping pour rentrer à la maison.

Je dépose la *money* sur la bibite de mon partenaire démarqué, ce qui suffit amplement à la dissimuler aux possibles convoitises.

Les quelques marches de cet escalier, que je croyais être celui de la félicité, ressemblent maintenant aux degrés d'une potence. J'ai le cœur et la braguette lourds. Une confuse envie de chialer.

Rien ne boume dans cette affaire. Sauf l'essentiel : nous avons échappé au colis piégé. J'aurais dû réveiller le Gros, terrassé par les fuseaux horaires. Si nous avions été deux, ça ne se serait pas passé comme ça. Le couple ne m'aurait pas bité de première et je ne me serais pas laissé aller à séduire cette étonnante fiote.

Assis tout au fond de l'autobus hydroglissant, je contemple la mer de Chine, des îles vertes au loin, quelques bateaux pittoresques comme sur des gravures de jadis. Qu'on imagine des corsaires à l'abordage, et des princesses capturées, réduites en esclavage doré, à tailler des pipes et des plumes aux mandarins KU RA ÇO.

Le barlu bolide. Vaincu par la fatigue, les émotions, le branli-branla de la machine, je finis par m'assoupir. Et probablement à m'endormir tout à fait parmi ces Jaunes qui continuent de bouffer d'étranges pâtisseries et d'écluser des boissons aussi américaines que gazeuses.

Macao, l'Enfer du jeu…

Au patronage, on nous passait ce vieux film, les jeudis pluvieux. Me rappelle plus la distribe. Pourtant, des visages de troisième couteau me frétillent dans les souvenances. Casino, tapis noir (y avait pas la couleur), vamp équivoque, bayard en smoking blanc. *Macao, l'Enfer du jeu.* Une époque. Ça date de Victor Hugo à présent. Tout s'engouffre dans le concasseur, s'y malaxe. Léopoldine, Macao, Mme Curie, Marthe Richard. De Gaulle, bientôt. Presque, même. On s'achemine, quoi. Faut du temps pour piger ça, un peu plus pour l'admettre. Mais bon, vivement qu'on crève. En finir avec les illuses, et surtout les désilluses qui en consécutent. On a cru à trop de trucs impossibles. On s'est laissé haler par trop de rêves. On marchait dans le néant sans le savoir. Va falloir rentrer, mes frères. Regagner l'Infini. On n'était venus que pour chercher la sortie. Regarde : c'est la petite porte noire que tu aperçois là-bas, dans le fond du décor, près de la lance d'incendie. Y a écrit « Accès interdit », mais tu peux la pousser quand même, et aussi la laisser ouverte, le Blount s'en chargera.

Macao !

Nous y v'là ! C'est pauvret d'abord. J'aperçois un pont interminable qui s'en va dans la mer, comme pour faire chier les bateaux, et qui disparaît, tout loin, tout loin dans la brume de chaleur posée sur les flots.

Macao, c'est une colline, avec une façade d'église rococo, juste une façade ajourée, dressée contre le ciel. Tu franchis le porche, le bon Dieu est tout de suite derrière. Et puis Macao c'est ce quai grisâtre, cradingue, encombré. Quai de n'importe quel port maussade. Des bâtiments branlants, des véhicules mal portants, quelques rafiots éclopés, des rails sûrement inutiles, des grues rouillées, une odeur de misère et d'épices ; des gens sans joie, mal fagotés.

Un bord de mer qui n'arrive pas à être gai, malgré les arbres, le soleil, les couleurs.

Ici les services de police et de douane ne sont pas aimables du tout... Moi je me disais : portugais, tu parles ! Portugais comme un pinson (elle n'est pas de moi, ce qui fait que je l'emploie volontiers) mes fesses. Revêche, oui, bouille hermétique. Chinois, tendance Populaire, faut dire. *No* rigolade !

Pressé dans le flot des débarquants, je cherche « ma Chinoise » du regard. Ne l'aperçois pas, tant mieux, je n'ai pas la moindre envie de la revoir jamais. Qu'elle aille se faire foutre par des amateurs plus éclairés du popof que moi ! Bon vent dans ses chères voiles !

Je m'annonce le Saint-Siège vers le pas marrant qui épluche les passeports. Et voilà que j'ai beau explorer mes vagues, je ne parviens pas à mettre la main sur le mien. Je l'avais au départ, cependant, puisque je l'ai produit aux autorités de Hong Kong. Merde en branche ! Cela veut dire quoi ?

— Navré, fais-je au préposé. J'ai égaré mon passeport ; vous permettez ?

Je veux rebrousser la file pour aller fouinasser autour de la banquette que je viens de quitter, mais il s'interpose :

— *Just a minute, please !*

Il me fait signe d'attendre.

Attendre qu'il en ait terminé avec les autres passagers qui dépassagent. C'est longuet. Par les vitres, je vois des cars ferraillegineux dans lesquels les gens s'engouffrent. Touristes, touristes ! La grande confrérie des Nikons' brothers. La prise de Beûrgh Hop Zoom !

Lorsque le dernicr pèlerin a quitté le bord, l'irascible poulaga se raperçoit que j'existe.

— Alors, passeport ? m'interpelle (à gâteau)-t-il rudement.

— Il a dû glisser de ma poche, si vous permettez que je fasse des recherches près du siège que j'occupais...

Il me défrime vilainement, l'air d'un à qui tu as vendu une bagnole dont le carter a explosé au tournant de ta rue.

— Je l'avais, puisque je suis monté à bord, crois-je bon de commenter.

Je rebrousse en direction de la cabine inférieure. Il me suit, mécaniquement. Sa casquette plate posée bien à l'équerre sur sa tête de nœud volant. Tu croirais qu'il tient un plat à hors-d'œuvre en équilibre sur la tronche. Il est fluet, mais plein de muscles et un gros pétard à crosse noire lui bat les miches.

Je procède à des recherches rapides et inefficaces.

En même temps que mon passeport, mon argent et quelques papiers de moindre importance ont disparu. Je commence à penser qu'on me les a volés !

Et, bien entendu, t'as pas besoin de me bricoler un encéphalogramme pour lire dans ma pensée, n'est-ce pas, mignonnette ? Toi aussi, tu te dis que la Chinoise à biroute m'a opéré en extrême douceur. Elle m'a aguiché, mine de rien, mine de tout, m'a « levé » (et fait lever) et puis, hop ! Par ici la *good soup* ! Bye-bye le larfouillet du pigeon. Car je suis pigeon du début à la fin, mézigue, dans ce bateau-lavoir. À Rome, déjà, quand j'ai joué l'empressé pour aider la belle Antonella à faucher la chignole de Corvonero…

— Suivez-moi ! enjoint mon petit flic auquel son revolver pourrait servir de canne.

Quelle équipée merdatoire, Seigneur ! Des complications ! Des tracasseries ! Je devine que je ne suis pas encore sorti de l'auberge. Et pendant ce temps-là, Béru roupille et le couple de petits malins se consacre à ses activités mystérieuses.

Mon poulet hèle des potes à lui. Il cause dans une langue qui ressemble à un solo de xylophone.

Deux gonziers en uniforme, du même gabarit que le premier et tellement semblables à lui, qu'il conviendrait de les numéroter pour les reconnaître, me prennent en charge.

Moi, l'univers asiate m'inquiète, à cause de ce qui constitue pour nous un infernal mimétisme. Ils sont à peu près tous pareils, les aminches. Ça te file le tournis cette multitude d'êtres qui semblent tirés au duplicateur.

On quitte l'hydromachin pour se diriger vers une voiture japonouille qu'a écrit *Police* dessus en caractères plus conséquents que ceux du « Port-Salut ». En Asie, tout est japonais, sauf parfois les habitants. Mais les denrées, les chignoles, les machines viennent du pays des geishas ; valeureuse nation dont le drapeau ressemble à un viol dans le Grand Nord Canadien. Expansion économique ! Peuple de travailleurs acharnés ! Et mon cul, tout bien. Le péril jaune est tarifé ! C'était lui. On attendait Mao, ce fut le Mikado ! Merde, achetez européen, les gars, je vous conjure ! Soyez pas toujours suicidaires. Déjà qu'ils infiltrent nos grandes boîtes, les samouraïs ! Rachat d'actions ! Apport de capitaux ! Nani nanère ! L'enculade pommadée Fleur de Lotus !

On va se réveiller avec la jaunisse, un de ces quatre. Déjà qu'on a les Nikon, les Yamamoto. Le Bol d'or est devenu bol de riz, tas de cons ! À dada sur mon dragon ! Fume, c'est de l'opium ! Son Excellence Kami Kazé à l'Hé Li Zé ! Comment qu'ils vous l'introduisent, messieurs les photographes. Nippon, ni carré, ni pointu !

In the babe ! Achetez européen, les gars, ou africain, ou océanien, sinon je te vas vous rédiger mes polars en commençant par la dernière page et les signer SA NA TO NIO.

Et, or, donc, me voici emballé propret. Au volant, un troisième glandu mâche du chewing-gum. Il décarre en trombe, sirène au vent. Je suis frais, mécolle, avec ces trois têtes de pinceaux usagés sous leur kebour-galette !

Le bord de mer défile. On passe devant quelques immeubles neufs. La chaussée est encombrée de pousse-pousse tirés par des pédaleurs agiles. Chine d'autrefois ! Traction humaine ! Bol de riz ! Coup de pompe dans les noix !

Des vieillardes coiffées de chapeaux de paille coniques vendent des machins bizarres à des conskodak. Il fait un soleil à se marcher sur l'ombre. On parvient dans le centre de Macao, là que se dresse le casino number ouane, circulaire, plein de dorures et chamarrances, plâtres, marches, colonnes. La foule, à nette dominante jaune, investit ce palais des mirages. En face, la mer, de côté des jardins où sont rangés d'autres pousse-pousse peints en vert et rouge. On remonte une avenue. On oblique dans une voie populeuse. La misère te bondit dessus, éternelle, partout – ou presque – la même parce qu'elle n'a qu'un visage.

La tuture policière fend la populace de sa sirène suraiguë. Elle se pointe dans un bâtiment de style ibérique, avec des grilles ouvragées aux fenêtres, des frontons moulurés, des portes à caissons.

Une cour pleine d'autres chignoles à poulets. Comme la misère, la flicaille est identique à travers l'univers. Un porche, un hall très beau, dallé, qui sent la poule et le caveau de famille. Mais la façade et le hall sont les ultimes vestiges de la noble construction initiale. Le reste a été bouffé par une administration sans, tu sais quoi ? Vergogne.

Tout y est laid, sale, et très con. Portes vitrées aux carreaux fendus. Avis en portugais et en chinois, placardés un peu partout. Comptoir de formica lépreux. Poulets glapisseurs. Écume d'humanité amenée là sans ménagement, sournoise ou hagarde, insolente ou résignée.

On me happe, me pousse aux reins. Je renonce à regimber, soucieux de ne pas aggraver mon cas. Me voilà drivé dans un burlingue dégueulatoire, peint jadis couleur merde et qui s'est mis à la sentir. Une table de fer, des téléphones, de la paperasserie inconsultable. Et, assis, un énorme poulardin sang-mêlé. Pas tout à fait jaune, plus tout à fait blanc, grisâtre, plutôt, style cirrhose, trois mentons copieux, un regard de grenouille aux paupières pare-balles, le front dégarni avec des cheveux qui frisottent sur les rives d'une calvitie blafarde. Entre ses grosses lèvres en rebord de chapeau melon, un bout de cigare à la sauce brune, éteint, qui lui chie dans la bouche. Un chef, quoi ! Un flic lui raconte. Le gros écoute en rotant nostalgiquement des trucs qui ne devaient pas être comestibles au départ.

Puis laisse tomber une pincée de syllabes. Qu'aussitôt, l'un de ses sbires se met à me fouiller minutieusement.

Je continue de me contenir bien qu'une caravane de fourmis défile sur mes phalanges. Ce gus, si je lui votais la châtaigne qui me vient au bout du bras, il décollerait de terre et traverserait la pièce sans escale, promis !

Tout à coup, ses mains fiévreuses se rassemblent dans mon dos, me triturent. Il m'aboie de poser ma veste. Ce dont. Qu'illico, il l'étale sur le plancher, s'agenouille et décroche un sachet de soie proprement épinglé à la doublure du vêtement. Moi, un éclair, j'ai pigé. Me voici misé à mort. Plus viandé profond que je ne l'imaginais. Le ravissant pédoque chinois, c'était pas seulement un pickpocket, il s'agit en fait d'un complice de mes polissons italiens. Un crack de la manipulation chargé de me faire tomber. Boulot d'artiste : il m'a secoué mes fafs, ce qui entraînerait mon interpellation par la police de Macao, et en supplément, m'a cloqué de la came de manière à ce que ce soit le méchant embastillage. Alors là, mes pauvres choutes, c'est plus que mal barré pour ma pomme ! J'ai beau être poulet de France, surdoué, noté extra, protégé par ses chefs vénérés, ça ne m'empêchera pas de tirer mille ans de taule pour trafic de stups ! On ne badine pas avec ce genre de babiolerie à Macao. L'influence de la Chine Populaire y est très forte et la vie y devient un peu guindée, si j'ose cette périphrase.

Ça gazouille à toute vibure dans le burlingue. Le mec a posé le sachet sur le bureau du gros chef qui se hâte de l'ouvrir avec son ya et de plonger son doigt dedans. Il renifle. Goûte. Un rire large comme une césarienne permet une vue impec sur sa denture pourrie.

Il me considère avec une espèce de barbarie bienveillante. Il me sait gré du cas intéressant que je lui fournis. Toujours ses petits malfrats, voleurs de touristes, il en a quine. Enfin une affaire authentique.

— Cocaïne ? il me fait gentiment.

— Ou levure alsacienne, j'y rétroque.

Il soupèse le sachet.

— Deux cents grammes ?

— Ça me paraît beaucoup.

— En tout cas plus de cent ! il affirme.

Tu croirais une converse chez le commerçant à propos d'une truite ou de n'importe quoi de banal.

Il exhale un rot qui n'a rien de commun avec ceux qu'exprime Bérurier. Un rot en fuite de gaz, interminable, chargé de relents qui croissent en infamure au fur et à mesure que ce souffle d'enfer se développe.

— Qui êtes-vous ?

— Un officier de police français.

J'ajoute :

— Victime d'une petite machination. J'étais sur la trace de gangsters internationaux qui ont trouvé cet astucieux moyen de se débarrasser momentanément de moi.

Le gros mec a une mimique compatissante.

— Le moment risque d'être long, fait-il.

— Il ne sera pas difficile d'établir mon identité. Un coup de télex à Paris et vous saurez que je dis vrai.

Mon interlocuteur réfléchit. Je crois que c'est pour déclarer un truc intéressant, mais il était seulement en gésine d'un nouveau rot, beaucoup plus nuancé que le précédent.

Je reprends.

— Je suis le commissaire San-Antonio, des Services Spéciaux.

Le roteur opine.

— Attendez un instant, quelqu'un procédera à votre

interrogatoire d'identité. Ce que j'aimerais savoir c'est à qui était destinée cette came.

— Je vous répète que j'ignorais tout de la présence de cette drogue…

— À l'intérieur de votre veste ?

Et il éclate d'un rire bref : sa partie européenne. La partie chinetoque reprend le dessus et mon terlocuteur retrouve son masque de gros magot bouffi.

— Écoutez, fais-je en essayant de ne pas trop laisser transpirer mon angoisse dans ma voix, comme l'écrit Léon Zitrone dans son remarquable ouvrage titulé *Hip Hippisme Ruade !* Écoutez, je vous répète que je suis officier de police, jouissant d'une réputation au-dessus de tout soupçon et qu'il est impensable d'envisager que j'aie pu tremper dans un minable trafic de drogue !

Seulement, lui, ça ne l'époustoufle pas la moindre, une telle perspective.

— À votre tour de m'écouter, dit-il. Que vous soyez français, je m'en fous. Que vous soyez officier de police, je m'en fous encore. Et que votre réputation, là-bas, fasse la pige à celle de la Vierge Marie, je m'en fous toujours. Je veux le nom de votre correspondant à Macao. Et je le veux tout de suite. Mais alors, tout ce qu'il y a d'immédiatement. Pour moi, vous êtes un émigrant sans papiers trouvé porteur de cocaïne, et je n'ai pas à chercher plus loin que le nom du type à qui vous deviez la remettre, c'est clair ?

Un dramatique sentiment d'impuissance me ravage la pensarde.

Je sens qu'il va se mettre à vaser des calamités, ma belle. Tu peux préparer ton pot d'onguent. Pas le gris : l'autre !

CHAPITRE XIX

Attends, laisse que je t'en parle au passé, pas te démouler les organes. Au présent, ce serait par trop cruel, insoutenable. T'aurais des perturbances dans la laitance, le raisin qui tournerait boudin, je sens. Le présent, c'est roulant dans le débonnaire, le va-te-faire-foutre-comme-je-te-pousse ; mais dans l'extradramatique, il te fout la fièvre quarte, tu ramasses des globules et ton cervelet clopine.

Alors voilà donc l'horrible affaire, très épouvantable de partout qu'à la narrer je me sens des fourmis plein le scrotum, avec net débordement sur les ailes.

Figure(z-vous)-toi, ma jolie fleurette à crinière dorée, que ces messieurs me remportent sans autres formalités. Pas d'interrogatoire, pas de voies de fait : le gros adipeux a dit peu, il est sorti un moment et, quand il est revenu, il a entraîné l'un de ses sous-fifres à l'écart pour un bref conciliabule. À la fin duquel l'on m'a reconduit à la bagnole où deux civils ont pris la relève pour me driver dans une bâtisse décrépite, non loin, au fond d'une venelle.

Une vieillarde, tout de noir loquée, nous a ouvert. Cette fois, j'avais droit aux menottes, d'horribles cabriolets très courts qui me gardaient les deux poignets serrés l'un contre l'autre, ce qui, au bout d'un moment, t'étouffe, car cela te comprime la poitrine.

La vieille nous a introduits dans une salle meublée d'une espèce de bureau planté sur une estrade, d'un banc, de quelques chaises et d'un grand crucifix assez beau ma foi, quoique de style baroque, sur lequel notre Seigneur était représenté avec la frime de Julien Clerc et pleurait de grosses gouttes de sang qui lui goulinaient jusqu'au pagne.

On m'a indiqué le banc. Les deux matuches qui m'escortaient ont pris des chaises. Le brouhaha du quartier ressemblait à un bruit de frelon s'enrognant contre une vitre. Parfois, un cri plus strident se détachait et vous piquait le tympan pire qu'une aiguille à tricoter. On a poireauté de la sorte une bonne demi-heure. Des odeurs d'huile chaude me flanquaient la dalle. Y avait du beignet dans l'air…

À la fin, une porte basse ménagée sous le crucifix s'est entrouverte, et un petit vieillard, bas lui aussi, fringué comme sur les gravures illustrant Jules Verne, a fait une entrée comico-solennelle. Comique parce qu'il était nabot et marrant à regarder, solennelle à cause de sa mise et de ses manières pleines de recherche et d'emphase.

Les deux poulardins se sont levés. Ils m'ont intimé de les imiter, ce dont.

Et puis le vieux s'est installé à son burlingue. Il devait avoir une pile de Bottins sous les miches car, une fois assis, il paraissait presque grand.

Il m'a adressé la jacte en portugais, et comme je n'ai pas l'honneur de causer ce patois, à l'exception de quelques formules lapidaires signifiant : « Je vous en prie » et « Va te faire mettre, espèce de con ! », je lui ai répondu en anglais que j'étais français.

Il a dès lors usé de ce dialecte pour m'entretenir. M'a

dit qu'il était juge, qu'on lui avait communiqué mon dossier par téléphone et que mon procès allait commencer aussitôt. Il a ajouté que, puisque je me trouvais dans l'impossibilité de fournir mon identité, on allait me juger sous numéro et que je m'appelais désormais Quarante-Huit, ce qui m'a quelque peu réconforté, le quatre et le huit étant des chiffres pour lesquels je ne peux me défendre d'une certaine sympathie…

Le juge a pris un ton très gourmé pour m'informer de l'acte d'accusation.

— Quarante-Huit, me dit-il, vous êtes convaincu de trafic de stupéfiants. À compter du moment où l'on vous trouve en possession de 200 grammes et plus, la peine appliquée est la détention perpétuelle. Si la prise est moindre, vous serez condamné seulement à un an de prison par gramme de drogue.

Il a prié qu'on produise la came. L'un de mes convoyeurs lui a remis le fatal sac de toile. Le juge a sorti d'un tiroir une balance de pharmacien. Il a pesé consciencieusement la cocaïne trouvée sur moi, et tu aurais dit le potard de Mme Bovary, le sale bonhomme Homais.

— Cent quarante-quatre grammes ! a-t-il annoncé. Approchez-vous, Quarante-Huit, et vérifiez que je proclame bel et bien le poids exact.

— Je fais entière confiance à la cour, monsieur le juge ! ai-je répondu.

Le juge a alors hoché la tête, sans marquer sa satisfaction, mais à un je-ne-sais-quoi qui a éclairé son visage, on sentait qu'il était content de moi.

— La parole est à l'accusation ! a-t-il dit.

Mon convoyeur de droite, un grand métis anguleux, qui ne parlait que le portugais, a dit quelque chose d'assez bref et de pas gentil. Le juge est resté impénétrable, contrairement à Jacques Chazot, et a donné la parole à la défense… Mon garde de gauche lui a parlé en anglais. C'était pas très fameux. Il était soucieux, avec des démangeaisons sous les couilles qu'il tentait fréquemment de calmer à grandes onglades furieuses.

Il a dit que ma docilité plaidait en ma faveur, que je devais garder espoir en l'avenir, et qu'il implorait le juge de me remettre dix pour cent de la peine encourue.

Le juge a prié tout le monde de s'asseoir et il est sorti. Pendant son absence, la vieillarde loquée duègne de mélo espagnol est venue balayer la salle en se prosternant chaque fois qu'elle passait à la perpendiculaire du Christ.

Le juge est rentré en mangeant un sandwich à la tortilla. Il a poliment achevé d'absorber ce qu'il avait dans la bouche et a déposé ce qui restait de son en-cas sur l'angle de son burlingue.

— La cour ordonne la confiscation de la marchandise illicite et condamne le sieur Quarante-Huit à cent trente ans de prison.

L'avocat de la défense a jeté un regard goguenard au ministère public, le côté : « Qui est-ce qui l'a dans le cul ? » Lequel ministère public, de rage, a balancé un glave ressemblant à une belon qui aurait mal voyagé.

Le juge a ramassé son sandwich, il a adressé un hochement de tête à mes gardes et s'est barré comme un vieux rat qui vient d'entendre crier « miaou ! ».

Mes convoyeurs m'ont alors poussé vers la sortie. Bagnole. Je me disais que, vu la superficie de Macao, on n'allait pas rouler longtemps et, cependant, le voyage m'a paru interminable.

J'étais sonné par ce jugement sommaire et ce verdict fou. Je ne pigeais pas pourquoi les types de la police n'avaient pas obéi à la logique en me « questionnant » plus avant à propos de mes « complices », comme le gros chef semblait en avoir l'intention. Au lieu de céder à son premier mouvement, il avait eu l'air de se rappeler quelque chose d'urgent et il avait quitté le bureau. À son retour, poum ! Tout avait changé. Et voilà que je m'appelais désormais Quarante-Huit et que j'étais condamné à cent trente piges de taule.

Un bail.

Je me demandais quelle gueule j'aurais en sortant. L'intérêt de notre métier de héros c'est qu'il est plein d'imprévu ; son côté cacateux, c'est que l'imprévu en question est souvent dur à vivre. Tu vois ? Je suis là, à être San-Antonio l'invincible, et j'en prends plein la poire, plein le moral, ras bord. Seulement si on ne s'est pas confronté à de telles épreuves, vite fait on nous catalogue pacotille, superman en carton-pâte.

La bagnole a fini par stopper en pleine campagne, sur une éminence qui dominait un fleuve. Comme je m'y connais en géo, j'ai tout de suite su que le cours d'eau en question était la Rivière des Perles. Au-delà, à l'infini, s'étendaient des rizières, et tout au bout, formant le cul-de-sac de l'horizon, une chaîne de montagnes. À partir de l'autre rive de la Pearl River, c'est la Chine Populaire. Le plus étrange c'est que j'avais beau écarquiller grands mes vasistas, je n'apercevais personne. Y avait les rizières, et encore les rizières d'un vert un peu gris, et le gris de l'eau croupie, et enfin le gris bleuté des montagnes…

Les deux sbires m'ont drivé jusqu'à un porche découpé sur la nature. Un réseau de fils barbelés partait de chaque côté du porche pour isoler une sorte de camp pas joyce au centre duquel on apercevait des baraquements. Des miradors de bambou, meublés d'un guetteur immobile, ponctuaient la barrière à intervalles réguliers. Bon, j'allais donc passer cent trente piges dans cet endroit.

Des mecs en uniformes jaunasse et vert ont délourdé le portail. Nous sommes entrés à pincebroques, moi avec mes mains jointes par la ferraille devant ma braguette déconfite.

Un gradé chinois s'est joint à notre groupe pour nous convoyer jusqu'au premier bâtiment en fibrociment désavoué. L'intérieur aurait guéri du hoquet un marteau piqueur. Figure-toi une vaste pièce en longueur, badigeonnée à la chaux, sans autre mobilier que des chaînes rivées aux murs. Deux malabars à bouilles de primates lisaient malgré tout des journaux chinetoques, assis par terre. Ils se sont dressés à notre entrée et ont replié leurs baveux. Tout s'est déroulé sans un mot. Ils m'ont emparé et m'ont dépoilé en un tournemain.

Lorsque j'ai été nu comme une ampoule électrique, ils ont fixé une ceinture d'acier à ma taille, laquelle était reliée au mur par une chaîne d'environ un mètre. En guise de boucle, la ceinture comportait un cadenas gros comme mon poing, sommaire mais à toute épreuve.

Mes convoyeurs ont alors allumé une cigarette. Celui qui m'avait servi d'avocat m'en a proposé une. J'ai refusé.

Le gradé chinois a adressé un hochement de tête aux gorilles. Ces deux exquis personnages ont dégauchi deux espèces de cannes longues et flexibles dans un angle du local. Un instant, à la manière dont ils les faisaient virevolter dans leurs grosses pattounes, j'ai cru qu'ils faisaient une démonstration d'arts martiaux asiatiques. Fallait voir tournoyer les cannes à moulinets qui parvenaient à s'entremêler sans se chicaner la moindre. Du beau boulot. Mais j'ai vite cessé de l'apprécier lorsque ces moulinets se sont transformés en hélices emballées dont les pales m'ont mordu les mollets. Et ça s'est mis à remonter. J'ai eu les cuisses zébrées au sang, et ensuite les meules, et puis le dos, jusqu'à la nuque. Quand ils m'ont entrepris l'arrière du crâne, il m'a semblé que ma tronche partait en copeaux. Ma vision faisait des vagues, ma pensée des couacs. La pièce s'est mise à tourner. J'ai dû mettre un genou en terre et prendre appui contre le mur pour ne pas m'abattre comme ce qu'au moins une douzaine d'académiciens appelleraient : un pantin désarticulé, car chez certains d'entre eux (tu le sais bien, Jean) on trouve davantage de sémaphores que de métaphores. Ce qui n'a pas trop d'importance puisque personne ne les lit.

Jugeant la première partie de leur petite démonstration terminée, les deux pas-gentils m'ont allongé – à coups de pied – sur le sol. Ils m'ont passé le nœud coulant d'une corde au cou et ont attaché l'autre extrémité d'icelle à un anneau du mur. De la sorte, il fallait absolument que je restasse cambré pour ne pas périr strangulé. C'était là un procédé peu amène, tu me ferais plaisir d'en convenir. L'ennui de cette méthode est qu'elle ne comporte aucune perspective de durée. Très vite ta colonne vertébrale exténue, un engourdissement par picotements intenses t'empare, et tu commences à prendre appui sur la glotte. Qu'aussitôt, ma gamine, le nœud coulant se met à vachement couler, le bougre. Et ton martyre s'accroît, quand les fesses reculent. Moi, homme dont l'âme est trempée jusqu'au rectum, je me dis les choses ci-dessous :

« Ils ne veulent probablement pas te tuer, mais seulement te torturer. Donc, si tu te laisses aller, ils seront forcés d'interrompre ton supplice, à moins que tu te sois gouré et qu'ils décident de te buter, auquel cas, le plus vite sera le mieux. »

Et pour lors, fort délibérément, je m'abandonnai à mon destin après avoir émis quelques râles de bonne compagnie, dont je ne te dis que ça, avant de perdre pour de bon conscience, mais pas confiance, l'espoir étant forcené à l'homme, plus intensément peut-être que sa sottise.

Dans les cas d'abandon de lucidité, assez fréquents dans mes polars, lesquels sont toujours d'un haut niveau, question suce pince et baisage, je remplace mon absence momentanée par des astérixes (et périls), bien pratiques pour signifier qu'un laps de temps m'échappe, j'y reviendrai plus loin. Dans la présente occurrence je m'en abstiendrai.

Que je t'informe donc, ma toute belle, ma tourterelle, ma bien jolie et combien salope de partout, que je reprends mes esprits à l'air libre, mais de brutale manière puisqu'en effet, je suis traîné par les pieds, ni plus ni moins qu'une brouette. Le Créateur ne m'ayant pas doté de roues, c'est ma tronche et mes épaules qui ramassent les vilains cahots consécutifs. On me hale de la sorte sur une distance qu'il m'est duraille d'apprécier.

Ensuite je parviens au bord d'une excavation immense, espèce de puits de mine dont le cratère (de La Bruyère) mesure au moins dix mètres de diamètre. Un système de palans, poulies, treuils, naninanères, permet de remonter la terre des fouilles. Celle-ci est chargée dans des camions branli-branlants par une espèce de petite grue, tu me suis ?

Quelques matons chinois, hautement patibulaires, munis de fouets et d'armes automatiques, surveillent la manœuvre. Lorsqu'il leur apparaît que le rythme baisse, ils flagellent en glapissant.

Mes tourmenteurs me foutent dans une benne et voilà qu'on me descend dans les profondeurs. Dévalage rapide. Le mec qui tient la corde doit avoir des gants de cuir, sinon ses paumes vont s'enflammer comme une scierie bien assurée contre les risques d'incendie.

L'arrivée brutale achève de marmelader ma colonne vertébrale. Quelques loques humaines, hâves, efflanquées, pas rasées, avec des regards tellement enfoncés que tu dirais des ampoules de spots, s'activent autour de moi. Ils n'ont que la peau sur les os et que des loques sur la peau, en plus de plaques eczémateuses. Ils me virent de la benne qu'ils se mettent à remplir de terre. Celle-ci arrive d'un tunnel grossièrement étayé par des wagonnets cahotant sur des rails.

Le tunnel est chichement éclairé au moyen de loupiotes à acétylène.

Je perçois une rumeur de travail. Des coups de pioche lointains, réverbérés par l'écho des profondeurs.

Je gis sur un sol fangeux, pestilentiel, espèce de boue brune puant la merde et la décomposition.

Cette puanteur me soulève le cœur et je vomis. Mes compagnons de misère ne sont pas surpris par ma réaction. Mon arrivée ne les intéresse pas. Ils paraissent absents. Dévitalisés serait le mot. Alors, puisque c'est le mot, laissons-le.

— Hello ! risqué-je, après avoir fini de me détriper.

Pas de réac. Ils bossent mornement. Tu dirais des zombies. En les fixant d'un peu plus près, je pige qu'ils sont camés. Ce qui me surprend, c'est l'absence de gardes au fond de ce trou. Je lève les yeux. L'orifice est situé à une centaine de mètres et, d'ici, le ciel paraît improbable, à tout jamais hors d'atteinte.

Un gazier pelleteur défèque à mon côté. Dysentrique[1], le mec. Il semble souffrir mille morts en bédolant. Ses soupirs arracheraient des larmes à un constipé.

— Ça ne va pas fort, hé ? lui dis-je en anglais.

Il continue de foirer. Puis il balbutie :

— Je suis mourant.

1. *C'est moi qui emploie « dysentrique », mais t'es pas obligé.*
San-A.

C'est un grand diable blond dont le faciès est celui d'un squelette amer (où c'qu'ell'est ta mère ?). Un Anglo-Saxon, probable.

— Il n'y a pas d'infirmerie ? lui demandé-je.

Il ricane.

— Ici, il n'y a que l'enfer.

Sa boyasse dévastée continue d'évacuer des ignominies puissamment amibiennes. Il n'a même plus la force de se tenir accroupi et chie à genoux, les mains posées à plat devant lui.

Une compassion éperdue me propulse. Je vais à lui, l'enjambe et croise mes mains sur sa poitrine, par-dessous ses bras, pour le soutenir. Ça me rappelle jadis, quand, moutard, je vomissais et que Félicie me tenait le front au-dessus de la cuvette en me prodiguant des paroles encourageantes.

— O.K. ! O.K. ! murmure le malheureux en guise de remerciements.

N'ayant plus à puiser dans ses forces pour maintenir son équilibre, il les consacre à expulser ses misères intestinales.

— Il y a longtemps que vous êtes ici ?

— Deux ans, peut-être plus. Au début je comptais les jours, et puis j'ai fini par m'en foutre.

— On vous remonte quand ?

— Jamais !

— Hein ?

Il répète :

— Jamais.

Trop de questions me viennent. Je ne sais par lesquelles commencer. Alors je les pose en vrac :

— Qu'est-ce que vous foutez dans ce trou ?

— On crève.

— Mais encore ?

— Un tunnel.

— Pour aller où ?

— Passer sous la Rivière des Perles.

— Mais de l'autre côté, c'est la Chine Populaire.

— Oui.

— Et alors ?

— Alors, rien, camarade. Il paraît que, quand le tunnel sera achevé, on pourra foutre le camp chez les communistes.

— Qu'est-ce que c'est que cette histoire ?

— La nôtre !

Il a fini de débourrer. Je l'aide à se remettre droit. Il titube. Tu lui donnerais cent cinquante ans, et pourtant je te parie ce que tu sais contre ce que je n'ose pas te dire, que cet être n'a pas trente années d'existence.

— Qui vous garde ?

— Personne. Pourquoi nous garderait-on ? On ne peut plus remonter.

— La bouffe ?

— On nous la descend une fois par jour, le soir.

— Ce doit être la bagarre, non ?

Il secoue la tête.

— À quoi bon ? C'est de la merde et il y en a assez pour tout le monde. C'est pour la blanche qu'on se bat. Les plus forts la prennent pour eux et se la partagent. Et alors, comme ils en usent, ils deviennent vite les plus faibles. Toi qui viens d'arriver, tu y auras droit.

— Pourquoi vous en fournit-on ?

— Pour nous empêcher de devenir fous.

— Et vous creusez consciencieusement, bien que personne ne vous surveille ?

— Si le rendement baisse, ils cessent d'envoyer de la nourriture et de la drogue.

— Comment peuvent-ils apprécier le rendement s'ils ne descendent pas ?

— Au volume de terre évacuée. Il faut cinq cents bennes par jour.

— Et personne ne remonte jamais ?

— Personne ! Le plus ancien d'entre nous est ici depuis six ans. C'est un Chinois. Il ne se came pas. Il fait recuire sa nourriture avec une lampe pour la bouillir, on dirait qu'il espère quitter cet endroit un jour.

— Mais, ce tunnel…

— Oui.

— Qui commande les travaux ?

— Y a pas à commander : le niveau et la direction ont été pris une fois pour toutes. On a les instruments qui permettent de maintenir le cap.

— Il est profond ?

— Il fait déjà dans les deux mille pas. Il en faut six mille avant qu'on commence à remonter de l'autre côté.

— Il en manque quatre mille, dis-je, c'est sans doute ça que ton Chinois attend.

— Oui, probable.

L'homme épuisé se laisse glisser contre la paroi pour s'asseoir dans la fange.

— Bon courage, dit-il, pour moi c'est terminé, dans quelques jours, je serai loin.

Je n'ose comprendre. Délire-t-il ?

— Libéré ? risqué-je.

Il me désigne un endroit de l'immense excavation.

— Ceux qui crèvent sont enterrés là-bas, à l'autre bout de l'entrée, pour ne pas gêner le trafic.

CHAPITRE XX

Ayant interrogé de mon mieux l'agonisant, au lieu de me laisser aller au désespoir, je file par la galerie ténébreuse histoire de retapisser l'ensemble de cet étrange ouvrage d'art. Je dois me plaquer contre la paroi pour laisser passer les wagonnets circulant dans les deux sens. L'éclairage plus que parcimonieux me permet cependant d'apercevoir les visages défaits de ceux qui les meuvent. Êtres en semi-agonie, figures de cauchemars dévorées par des yeux qui ressemblent à des flaques ; gestes incertains d'individus ivres de fatigue, stimulés un instant par l'effet de la drogue.

Je parcours vaille que vaille les deux mille pas qui me séparent du fond. On respire de plus en plus mal car l'aération n'est pas riche. Je bute parfois sur un fantôme, accagnardé contre un étai, ses mains crispées sur les cerceaux de sa poitrine.

Je suis anéanti par les révélations du dysentérique. Ce tunnel foré par des condamnés que l'on a descendus à tout jamais, comme jadis, les chevaux de mine qui mouraient, aveugles, dans des profondeurs, provoque en moi une indicible horreur. Se peut-il que la vie m'ait aussi sottement piégé ? Que je sois victime d'une cascade de circonstances, mineures prises séparément, mais dont l'enchaînement m'a conduit à l'enfer en deux coups de cuiller à pot ? Ce matin je déambulais dans l'un des plus fameux palaces du monde. Je tissais une espèce de toile d'araignée à l'intention du couple italien. Et puis la toile m'a capturé, moi. Je revois la « Chinoise » merveilleuse, les deux Ritals restés à quai, et qui m'adressaient sans me voir des signes impertinents. Pouvais-je me douter un seul instant que je plongeais déjà dans ce gouffre pestilentiel ?

Au fond, c'est la ruche. Un semblant de ruche. Dans les pénombres s'agitent une vingtaine de gus hagards, camés, aux gestes approximatifs. Ils creusent à coups de pioche une terre rébarbative, compacte, qui se laisse difficilement morceler.

D'autres pauvres bougres la chargent dans les wagonnets.

J'avise un grand diable un peu voûté, mais encore plein de muscles. Un Jaune. Je me dis qu'il doit s'agir du Chinois dont m'a parlé l'Amerloque expirant. Celui qui se préserve, qui s'économise. Qui espère, quoi ! Et qui escompte déboucher un jour à l'air libre. Le termite de l'espoir, diraient mes potes de la grande presse.

L'homme en question grisonne un peu, autant que le méchant éclairage me permet d'en juger. Il est sec, avec de l'énergie en veilleuse. Pas de drogue ! Et il fait bouillir ses aliments pour essayer de lutter contre les amibes. Il travaille modérément, mais avec application comme s'il entendait cultiver son corps, l'entretenir en vue de ce futur libérateur auquel il s'obstine à croire.

Je m'approche de lui.

— Salut, lui dis-je, je suis le petit nouveau de la classe. Français, toutes mes dents ; mon prénom est Antoine.

Il opine, prend ma main et murmure laconiquement :

— Yang Fou.

Je me dis que ça doit être très joli, écrit en doré sur fond noir au-dessus de la porte d'un restaurant chinois.

— Un Ricain qui se chie vivant m'a expliqué dans les grandes lignes ce que sont les conditions d'existence dans ce piège à rats malades.

— Je vois : il mourra demain, prophétise Yang Fou qui m'a l'air de vachement s'y connaître.

— Il semblerait que vous vous cramponniez ? ajouté-je.

— Je prends les précautions indispensables, si vous voulez je peux vous les indiquer.

— Je crois les connaître. Vous pensez que ce terrier débouchera quelque part, un jour ?

— Pourquoi nous le ferait-on percer, sinon ?

— Peut-être pour vous occuper ? À quoi servirait-il ?

— À l'évasion de Chine Populaire de certains réfugiés, par exemple, répond mon compagnon.

J'admets le crédit de l'hypothèse.

— Toujours est-il que vous n'êtes pas encore arrivé. Vous espérez sérieusement passer sous la Rivière des Perles ?

— Elle n'est pas profonde à cet endroit.

— Il n'y a pas moyen de ressortir d'ici autrement ?

— Je ne le pense pas. La seule possibilité consiste à se placer dans une benne, recouvert de terre pour se faire remonter. Certains essaient, périodiquement. Là-haut, ils le savent. Quand la chose se produit, ils balancent le type dans le puits et il s'écrase. On n'a plus qu'à l'enterrer. J'en ai enseveli au moins une dizaine depuis que je suis ici.

— Vous pensez que leur vigilance ne peut être prise en défaut ?

Tout en posant la question, je revois les gardes armés et munis de fouets, autour du cratère. Effectivement ils ont l'œil. Impossible de les tromper. Et puis faire quoi dans ce camp fortifié enrubanné de barbelés sur quatre épaisseurs ?

D'y songer me flanque un effroyable traczir. Cette fois, mes chéries, je sens que la grande faucheuse me renifle en grondant comme un doberman.

— Depuis que je suis ici, personne n'est parvenu à rester en haut plus de deux minutes, répond le Chinois.

Et moi, tu sais pas ? Vanneur, à la française, cocardier sur mon tas de fumier, de lancer, comme un cocorico :

— Je serai donc le premier ?

Un Chinois, ça ne s'émeut pas, ou alors ça change de nationalité. Yang Fou a un acquiescement poli. Tout juste qu'il te me se prosterne pas.

— J'en serais très honoré pour vous, dit-il.

Assez jacté. Soucieux d'apporter ma petite contribution au turbin général, je me mets en quête d'une pioche et me voilà à jouer les piverts au fond de la galerie, cognant maladroitement et avec un enthousiasme mesuré sur la paroi argileuse. Les autres manars ne m'octroient pas un pouce d'intérêt. Chargés à bloc, ils sont indifférents à tout et n'agissent plus que par réflexes. J'œuvre mollo, gambergeant comme encore jamais. Je me dis qu'il va falloir remonter de ce putain de terrier si je veux revoir la Normandie et surtout Félicie ma chère femme de maman. Personne encore n'a réussi l'exploit. J'ai promis d'être le premier. Alors je vais être le premier, un point c'est tout, à la ligne !

En fin de journée, y a le rassemblement dans le fond du cratère pour attendre la drogue et la jaffe. C'est la drogue qui se pointe en premier et tu verrais ce rush, ma tendre fillette ! J'en suis honteux pour l'espèce humaine ; tous ces pauvres bougres démantelés, unis par le plus monstrueux des sorts, se bousculent, se battent, s'arrachent les tifs, se mordent, se piétinent, s'invectivent pour s'octroyer une dose d'évasion mentale. La bouffe, ils s'en moquent ; préférant se shooter plutôt que de s'alimenter. Yang Fou attend, à l'écart. Puis, soudain, ayant retapissé un escogriffe plus marle qui vient d'accaparer plusieurs doses, il lui bondit sur le poil :

— Donne-m'en une pour le Ricain ! ordonne-t-il.

Chose curieuse, son autorité est telle que le fripon ne cherche pas à se rebeller ; docile, il remet un petit sachet de papier brun au Chinetoque.

Yang le porte au Ricain qui est sur le point d'entrer en agonie. Il l'aide à s'enquiller sa farine dans les naseaux.

— O.K. ! soupire le malheureux.

Détendu, il ferme les yeux et s'abandonne aux effets de la drogue.

Après cette curieuse distribution, on descend la tortore. Je peux alors me rendre compte que le moribond n'exagérait pas quand il m'affirmait qu'elle était imbouffable.

Madoué, cette marmitée de merde ! De la sanie en sauce purin ! Où trouvent-ils une pareille abomination, là-haut ? C'est pas le tout d'oser la servir, auparavant, faut la dénicher. En quelles latrines, en quels charniers puisent-ils une telle verminerie nauséabonde ?

Rien que l'odeur me fait gerber ! Mes potes clapent cette épouvanterie sans sourciller. Juste Yang qui se livre à son petit manège annoncé. Il place la flamme d'une lampe sous sa gamzoule et attend que le brouet entre en ébullition.

— Vous devriez faire comme moi, puisque vous ne vous droguez pas, me conseille-t-il.

Je secoue la tête :

— Je n'ai pas suffisamment faim pour avaler cette saloperie, Yang.

— N'attendez pas d'être trop faible pour commencer à vous nourrir. Vous serez bien obligé de vous décider, à moins que vous ne choisissiez de mourir de faim.

— Je pourrai tenir jusqu'à mon évasion, promets-je.

Pas plus que la première fois, il ne marque un quelconque scepticisme. Il souffle sur sa pitance, à présent, afin de la refroidir.

— Yang, attaqué-je bille en tête, accepteriez-vous de m'aider ?

— À vous évader ?

— Parbleu !

Il touille dans sa gamelle avec une cuiller stérilisée à la flamme de la loupiote.

— Si vous trouvez le moyen…

— Je l'ai trouvé. Je ne suis pas sûr que ce soit le bon, néanmoins il peut comporter des chances de succès.

Plus je passe mon plan en revue, plus il me semble valable. Toujours est-il qu'il a un mérite qui annihile toutes les objections : il n'en existe pas d'autres.

Yang Fou fait comme Toto : il mange sa soupe.

Au bout de quelques cuillerées, il opine.

— Naturellement, je vous aiderai.

J'attends, acagnardé contre la paroi, essayant de faire le calme en moi, d'oublier l'enfer où je me trouve.

J'attends que l'Américain meure.

CHAPITRE XXI

Et cette mort, je l'attends avec espoir. Elle marquera la délivrance du Ricain et peut-être la mienne.

J'ai confiance. Je réussis si parfaitement ce que j'ai décidé de réussir !

Pour l'instant, il semble reposer, affalé sur le sol, la nuque contre une pierre plate. Dénuement extrême. Fin de vie, fin de tout. Animal homme en extrême abandon. Parvenu au bout de sa course, et retombant, faute de la pulsion géniale qui nous maintient à la verticale et en mouvement. Des gargouillis s'échappent de ses entrailles dévastées.

Les autres pioncent dans la galerie, poussant parfois des cris déchirants, des cris de fous endormis. À l'exception de Yang qui, comme moi, préfère roupiller à la vilaine étoile.

Tout là-haut, la nuit est une espèce de pâleur bleuâtre dans laquelle on croit discerner de vagues scintillements. Ce disque d'infini, si éloigné de nous, est l'ultime rappel de cet autre monde qui fut le monde pour les gens d'en bas.

La notion de temps bascule.

On m'a enlevé ma montre. Quelle heure peut-il être ? Je somnole parfois, mais en pointillé, terrassé par la fatigue. La faim et l'angoisse me réveillent. Quelques secondes d'incertitude comateuse et la réalité me bondit dessus, si monstrueuse, si désespérante que j'en suis chaque fois étourdi.

Yang, qui s'est forgé une discipline de survie, pionce calmement comme s'il se trouvait dans une suite du *Plaza Athénée*. Il a su se reconvertir à une philosophie qui me paraît inadmissible, mais dont je crois comprendre les grandes options. Il vit pour lui, pour l'unique bonheur d'être, de fonctionner, de penser. Il a, pour but, puisqu'il en faut un, la lointaine perspective d'atteindre l'extrémité de ce foutu tunnel.

Nouvelle zone de dorme pour moi.

Nouveau réveil combien amer.

Je me penche sur le Ricain. Il respire encore, mais je sens bien que c'est la fin. L'estimation de Fou était juste : il va bel et bien clamser aujourd'hui. Et cette fin guettée ne m'émeut pas. Elle me fait honte parce que je l'espère. J'attends. J'attends. Quel abominable espoir ! Quelle louche surveillance. Quel vénéneux désir…

Cette fois, je ne redors plus. Une touffeur de serre m'empêche de respirer normalement. Je ne suis pas encore habitué à l'odeur des lieux. Le bide pourri du mourant produit encore des bruits odieux. Je pose ma main sur son front. Il est emperlé d'une sueur glacée. Je tâte son pouls. Il n'y a plus d'abonné au numéro que je demande. Mort ! Ultime résonance de ce qui fut sa vie : les gargouillements du mal qui l'a tué. Rumeur organique…

J'appelle le Chinois :

— Eh, Yang !

Te dire qu'il ouvre les châsses, j'en suis incapable. Ces mecs, avec leurs lampions en code, on ne sait jamais quand ils te regardent, ou alors faut se mettre à genoux devant leurs yeux pour les mater en contre-plongée.

— Hé ! Yang, notre copain est mort !

— Oui, depuis un bon moment déjà, confirme le Chinois. Je vais pouvoir tenter la belle.

— À vous la chance !

— Le moment est venu de vous expliquer mon plan.

— Je crois l'avoir compris.

— Sans blague ?

— Vous allez prendre place au fond d'une benne. Je vous recouvrirai de terre et, par-dessus, je placerai le cadavre de l'Américain, O.K. ?

— Bravo !

— Quand ils verront le cadavre, ils feront comme d'habitude : ils le rejetteront dans la fosse. Grâce à cet incident, vous espérez qu'ils ne prendront pas garde au restant du contenu et qu'ils le videront dans le camion sans autre vérification ?

— Exact. Avant qu'on ne me descende, j'ai vu qu'ils se servaient d'un engin pour soulever la benne et la décharger sur le plateau des camions. Si le type qui manœuvre l'appareil est quelque peu distrait par le gag du cadavre, il ne me verra peut-être pas basculer.

— Peut-être, admet laconiquement Yang Fou. Seulement, il faut vous débarrasser de vos vêtements. Quand vous serez nu, je vous enduirai complètement de boue que vous laisserez sécher. On mettra de la terre au fond de la benne, de manière à ce qu'elle vous recouvre quand elle sera renversée. Il existe un autre danger aussi ; c'est que vous soyez écrasé dans le camion par les déchargements suivants dans le cas où l'on ne vous aurait pas remarqué. Rendez-vous compte que chaque benne doit contenir plus d'une tonne de terre ! D'autre part, il faudra opérer au bout d'une dizaine de charrois car si on tentait le coup au début, vous seriez enseveli par les suivantes. Je pense qu'un camion doit en contenir de douze à quinze. Il ne faut pas non plus risquer d'arriver en final au sommet d'une pyramide.

Il parle lentement, d'un ton précis, en chef.

Je pose ma main sur son bras.

— Merci, Yang, de votre collaboration. Sachez que si mon évasion réussit, vous ne demeurerez plus longtemps dans ce camp car le monde entier saura ce qui s'y passe !

Il reste un moment sans mot dire, puis il murmure :

— Le monde entier se moque de ce qui se passe ici et également de ce qui se passe ailleurs. Il n'y a pas de « monde entier ». Il n'y a que des morceaux de monde comme il y a trente-deux dents dans une bouche. Chacune ignore la carie de l'autre et, pourtant, elle finit par être contaminée par cette carie.

Il est beau dans la lueur faiblarde de la lampe, Yang Fou. Beau comme l'homme. Il est l'homme, au fond de ce trou immonde. L'homme régnant qui plie l'univers à sa volonté, mais qui subit sa propre loi.

— Ce n'est pas le monde entier qu'il faudra prévenir, *my friend*.

— Qui donc ?

— Les autres, là-bas, de l'autre côté de la Rivière des Perles. Il faudra leur dire ce qui se prépare ici. Et alors ils feront les relevés nécessaires et viendront à notre rencontre. Les descendants de ceux qui ont bâti la Grande Muraille ne mettront pas longtemps à percer les quelques milliers de pas qui nous séparent encore.

Je suis frappé par ses paroles.

— Je les préviendrai, Yang.

— Ameuter l'opinion publique ne ferait qu'induire nos geôliers à tout faire sauter par-dessus nous avant que la moindre commission internationale ne soit nommée.

Il se lève.

— Déshabillez-vous, je vais vous préparer. Mais auparavant, laissez-moi vous donner ceci.

Il écarte ses hardes et détache de son flanc une sorte de poignard grossier.

— Je l'ai taillé dans du silex, explique-t-il. Il est aussi redoutable qu'un vrai dont la lame serait en acier. Il pourra vous être utile.

— Mais… et vous ?

— J'ai le temps de m'en confectionner un autre, répond le Jaune, philosophe.

*
* *

La charge est écrasante et je ne puis plus remuer. Ma respiration est assurée par une cheminée constituée de pierres plates. Je n'entends plus rien, ne vois plus rien. Il me semble être enterré vivant. Le sol est froid comme l'est la mort qu'il finit toujours par héberger. Tenir ! Il faut tenir. Tout endurer. Rester moi-même, c'est-à-dire un être de volonté dynamisé par l'espoir le plus insensé !

Yang Fou est devenu mon destin. À lui de choisir le moment propice. Grâce à son emprise sur les autres, il décide de la manœuvre.

Le moment tant espéré arrive où je me sens balancé. L'opération Adjas est commencée.

Le pire, c'est que je ne sais rien de ce qui se passe. Ne peux rien en connaître. On me remonte, cela je le suis à ce mouvement continu, mais saccadé.

Et puis vient un choc sourd qui m'ébranle entièrement. Me voici immobilisé, donc la benne est parvenue sur les bords du cratère. Au bout d'un moment, la charge qui m'écrase se fait moins pesante. « Ils viennent d'enlever le corps du Ricain », songé-je. Tout va se jouer pour moi dans les minutes qui suivront. Des chocs encore. Les mâchoires de l'engin qui hisse les bennes se saisissent de ma nacelle. Attention ! Seigneur, ne soyez pas distrait : c'est à présent que Vous avez l'occasion de me montrer en quelle estime ou mésestime Vous me tenez ! Voilà, c'est parti. Je suis soulevé de terre. Je décris une orbe. Et tout à coup, c'est la basculade avalancheuse. Je reste en boule. La position fœtale est celle des grands secours. Adieu, Berthe ! Je suis criblé, roulé, malaxé, concassé, broyé. Enseveli ! J'étouffe, j'ai mal, mon cerveau clopine. Je ne pense plus, ou alors rien de valable. Je pense que je ne pense plus, voilà ! Un éboulement de ma viande et de mes os. Ne pas broncher, attendre. Se retenir de tout. Se minéraliser, terre parmi la terre. Ce sont les bruits qui me percutent le plus fort. Bruit de ferraille, cris humains. Rumeur du monde. Ronron de moteur. J'essaie de soulever mes paupières. J'ai de la terre plein les châsses, mais malgré tout, des fendillements me permettent d'apercevoir quelque chose, plus exactement quelqu'un. Ce quelque chose, ce quelqu'un c'est la frite du mec qui manœuvre l'escalator de bennes. À pas trois mètres ! Ma gueule est au niveau de la sienne. Il mate dans ma direction, mais sans me voir. Il suit son travail. J'échappe à sa détection. Je fais partie d'un ensemble familier. Grâce à Yang qui m'a crépi. Terre parmi la terre, oui, c'est bien cela. Non plus homme, mais humus !

Je referme mes paupières, pour ne pas capter les yeux de l'autre. Éviter que n'opère l'attraction classique d'un regard, que ne soit visible la brillance de mes prunelles. Immobile j'attends. Yang a admirablement calculé son coup parce que je suis la dernière benne chargée sur le camion. Je repose non pas au sommet de la pyramide, comme il était à craindre, mais au pied, mon flanc droit bloqué contre la ridelle du camion.

Ce dernier décarre en ahanant, poussif, exténué.

Bientôt, mon sens olfactif me revient, pour tenir compagnie à l'auditif. L'huile brûlée du moteur dégage vilain, espère, mais c'est du 5 de Chanel comparé aux miasmes de la fosse que je viens de quitter.

L'attelage cahote sur un chemin de terre. Puis s'arrête. J'entends échanger des paroles en chinois. Je rouvre les yeux sur le bras dressé d'une barrière peinte en rouge. On sort du camp !

Le véhicule roule sur une route goudronnée.

Dans la cabine, le conducteur possède une radio qui rugit une musique mélécassiste.

« Bien, me dis-je : première partie de l'opération réussie. L'avantage de ce tunnel c'est qu'une évasion, pour peu qu'elle réussisse, passe inaperçue puisque aucun contrôle n'y est effectué. Par conséquent, mes bourreaux ne sauront jamais que je leur ai faussé compagnie. »

Cette satisfaction enregistrée, je suis assailli par de nouveaux tourments chiément préoccupants. Où me drive-t-on ? Dans une zone de remblaiement, probable. Quand le plateau du camion se foutra à la verticale, je serai enseveli et broyé par des tonnes de terre. En admettant que je parvinsse à sauter avant l'avalanche, les gus travaillant sur le chantier me retapisseront, ça ma vieille, tu peux en être certaine. Or, je suis nu comme ta main quand elle emprisonne une belle bibite bien fraîche, chérie. Et que veux-tu qu'un gazier rigoureusement à poil s'en aille raconter pour expliquer sa présence et sa tenue ? Dès lors, je pense qu'il ne serait pas judicieux d'attendre le terminus pour me débiner. Alors, bien, fort de cette certitude, je pousse ma frime de théâtre au-dessus de la ridelle. Nous roulons sur une hauteur dominant la Rivière des Perlouzes. Quelques maisons lépreuses la bordent. Des gars chevauchant des espèces de motos à trois roues nous doublent en pétaradant. M'est avis, comme on disait dans les mauvaises traductions américaines des années 60, m'est avis que si je largue le camion au milieu de la circulation, ça fera un drôle de cri dans le Landerneau.

J'en suis là de ma perplexité quand le camion freine pour enquiller un chemin défoncé sur la droite. Direction, le fleuve.

« Eh bien, me dis-je en aparté – car je parle également cette langue –, tant va la cruche à l'eau qu'à la fin elle se casse. N'attendons (d'Achille) pas davantage, sinon nous nous casserions. »

Je me ramasse, prêt à enjamber la brouette. Un rideau d'arbustes, style acacias, isole provisoirement le chemin. Vas-y, mon kiki ! Hop !

Dur contact avec le sol poudreux. Je me jette sur la droite pour échapper au rétroviseur du chauffeur et me pointe pile dans les bras d'une vieille vieillarde d'au moins cent dix ans, tout de noir vêtue, et coiffée d'un chapeau de paille, large comme une roue avant de vélocipède (qu'il fallait être sacrément con, pour inventer un machin aussi saugrenu !).

J'emplâtre la mémé et on roule au pied du talus, elle et moi, dans une grande confusance. Cette chère ancêtre étant occupée à fumer une pipe au tuyau long de cinquante centimètres, voilà t-il pas qu'elle l'avale jusqu'au fourneau, la pauvrette, et qu'elle s'étouffe proprement, sans que j'y puisse mais, que tu croirais un accident de parcours du film *Gorge profonde*, dedans lequel une surdouée de la glotte gobe un paf modulé seigneur, big comme mon avant-bras. Bien que d'un calibre moindre, la pipe à Mammy Parasol lui carbonise propret le larynx, pharynx, sphinx, lynx, phœnix, etc. Elle fait des « arcr ! arrr ! » comme à l'aube de sa vie et casse sa pipe pour la deuxième fois.

Allons, bon ! Cent dix ans, ce n'est plus un âge pour mourir. À partir d'une certaine limite, on attend la fin du monde, non ? Je suis tout déconcerté, et on le serait à moins, pas vrai ? Là, tout nu, crépi de glaise (et non crépi de gendarme, comme un loustic me crie du fond de mon sub), enfouraillé dans la jupaille d'une vénérable Chinoise que Confucius ait son âme, je compte bien. Contusionné par la chute, par le transport en benne, par les coups de baguettes reçus la veille. Affamé. Tout, quoi ! Sans papiers, sans pognon. Traqué, tout, te répété-je. Mais du moins provisoirement libre !

Je mate alentour. Une cabane fume, très proche. Une chèvre basse est attachée près de la porte. Je ramasse la vieille et la coltine jusqu'à la maisonnette que je suppose être la sienne. Une jolie personne est en train de faire cuire du riz. La dix-huitaine, le regard vif, les yeux comme deux pierres précieuses, tiens, au diable la varice !

Elle glapit en voyant radiner Mémé clamsée avec sa bouffarde dans le fourreau à castagnettes. Elle causotte l'anglais, je lui explique que Mémère vient de se faire renverser par un camion. Elle se calme et répond que c'est la vie. Ensuite elle me demande qui je suis, d'où je viens, et pourquoi je me trouve nu avec un couteau de pierre attaché à la taille par un fil de fer. Je lui réponds que je suis un mec du paléolithique qu'on vient de dégager des entrailles de la Terre où il s'était fait coincer par une convulsion sismique en allant aux fraises ; mis en hibernation naturelle par un phénomène dont elle trouvera l'explication détaillée dans un prochain fascicule de *Science et Vie*, je me retrouve frais comme un gardon après une roupille de plusieurs millénaires, qu'il n'y a rien de tel (comme dirait Guillaume) pour rempailler un mec fourbu.

Comme elle a de l'humour et de l'exorcisme dans le slip, mes explications, bien que ne la convainquant pas, l'amusent, ce qui est l'essentiel. Je dépose grand-mère (en réalité, il s'agit de la grand-mère de sa grand-mère) dans la chambre contiguë, sur une natte râpée, et Kupi Dong (c'est le nom de la jeune fille) me sert un bol de riz cuit à point, qu'à côté, celui de l'uncle Ben's ressemblerait à de la colle d'affiches. Je l'engloutis. Elle m'en sert un second que je dévore, puis un troisième que je déguste et enfin un quatrième que je ne finis pas. Quelques tasses de thé au jasmin. Et voilà un homme neuf. La dégueulasserie humaine qui est la peau de notre âme me rend le souvenir du brave Yang Fou presque incertain. Je crois avoir rêvé. Ici, il fait doux. Kupi Dong est de plus en plus jolie. Tu sais qu'elle rosit en me regardant le bigoudoche folâtre ? Faut dire que des commaks, elle ignorait que ça pouvait exister, les Chinetoques étant membrés comme des écureuils. Elle me raconte qu'elle travaille dans un magasin de souvenirs où elle vend des conneries sur ivoire aux touristes. Je l'informe que j'en tiens un (de souvenir) à sa disposition. Un vrai, bien frémissant, dans les tons pastel qui se marieront parfaitement avec le jaune ambré de sa peau. Et voilà que je vais dégager la sur-arrière-grand-mère pour libérer la piaule. Je l'installe devant la cheminée, qu'elle n'aurait jamais dû quitter, vu le carat qu'elle trimbalait.

Ce qui se passe ensuite, ma chère enfant, tu le trouveras, raconté de plume de maître, au chapitre XXII du présent ouvrage.

Grand bien te fasse.

Et si ce n'est pas suffisant, viens me voir, je trouverai toujours le moyen de te recevoir entre deux clientes.

CHAPITRE XXII

Le deuil sied à Kupi Dong mieux encore qu'à Électre. C'est une veloutée. Une qui aime aimer et le fait avec conviction. Je vois des gerces, souvent, qui se laissent limer juste pour dire, parce qu'on est mammifère et qu'il faut bien s'accoupler. Elles trouvent que ça fait bien, comme une reproduction de Jean-Gabriel Domergue dans leur salle à manger. Y a également les tâcheronnes du turlutu, celles qui montent à la pointe, comme montaient en ligne les vaillants de Verdun, et puis les viceloques, dont les prunelles ressemblent à des frifris, ultra-polissonnes, salingues intégrales, qui te vous débitent le kangourou en un temps record, sont prêtes à tout et déplorent qu'on ne leur réclame pas davantage. Il existe également les intellectuelles du fion ; les pensives de la chagatte, celles qui décomposent leur sexualité à trop lui chercher de signifiance secrète. Des espèces de littéraires qui se racontent ce qu'elles font au lieu de bien le faire. T'as aussi les franches gourmandes, baiseuses consciencieuses, qui capitalisent la lonche et pour qui un coup c'est un coup. Et d'autres, bien beaucoup d'autres, frivoles, austères, mater, salopes, pompeuses en tout genre, hautes videuses de burnes. On peut pas croire, la multiplicité dans ce domaine. Cette foison de culs à emporter, ou à consommer sur place. Et sous emballage cadeau, parfois. Précieux ou bradés, proprets ou désinvoltes… J'en sais, j'en vois, en consomme tant que dure dur… Mais la jeune Chinoise appartient à une catégorie qui m'est encore inconnue : elle fait l'amour à ramage, kif les mignards zoziaux de paradis s'ébattant dans leur cage. Elle lisse ses plumes, quoi. Y compris celles de sa chattoune, duveteuses et floues. Une pure merveille ! Elle ne se donne pas, elle te reçoit ! Hôtesse d'accueil, voilà ! Tu piges ? Aimable à fourrer, gaie dans la troussée. Agile à en flanquer le tournis à mistress Zézette. Utilisant toutes ses ressources à la fois. Fille-orchestre du radada, super-grand prix du conservatoire ! Elle bondit, change de posture, de rythme, de main, de fourreau. Là que t'as son délicat berlingue, une volte et tu trouves sa bouche. Ou bien autre chose d'elle à quoi tu ne songeais pas. Qui te paraissait pas apte à participer. Des endroits non privilégiés de son corps qui semblaient réservés à son usage exclusif; tiens, je te prends un exemple : les hanches. T'as déjà fait l'amour avec tes hanches, toi, jolie gueuse ? Non, n'est-ce pas ? Eh bien, Kupi Dong, si. Tu la verrais me choper le module lunaire, se l'enquiller sous le bras, le rouler doucettement contre sa peau soyeuse, t'entrerais dans le coma, ma poule ! C'est féerique (qui vient de crier féerique d'art ? Je l'avais faite avant toi, bonne pomme !), des maniganceries pareilles. Bien plus beau que la Chapelle *Sixteen*, la baie d'Hong Kong ou que le concerto pour Sonotones de Beethoven ! Merde ! Et dire qu'il y a moins d'une plombe je commençais mon pourrissement dans la taupinière de ces vilains ! Et puis me voilà, gavé de riz, à me goinfrer une exquise femelle asiate, ingénue et ingénieuse, virtuose et discrète, omniprésente du fignedé, de la bazouze, et de la menteuse ! Le jour du décès postmaturé[1] de sa quadriaïeule ! Faut le faire, non ? Et tout cela avec une gentillesse ! Un entrain étourdissant ! Ah ! la chère, chère petite. C'est jaune et ça sait tout ! Que pourrais-je lui enseigner, moi, grand fat, tringleur émérite, certes, mais si piètrement occidental ? Lui montrer quoi, en dehors du calibre ? La technique, c'est elle. Et elle l'a naturelle, comme d'autres l'orthographe ou la foi. Je fournis la marchandise, c'est elle qui accommode le repas. Une môme de dix-huit printemps, presque encore une enfant ! Si délicate. La chatte en fleurs. Un miracle, non de l'amour, mais d'amour, avec un D apostrophe majuscule.

Je m'en mets jusque-là. Belote, rebelote ! Et le petit lapin ! Le chat, l'ablette et le petit tapin. Insoucieux d'après, l'ignorant même. Rien ne presse. J'ai le temps puisque je suis mortel. On serait immortels, là, pour sûr il ne faudrait pas perdre une seconde. Mais condamnés à disparaître, tu parles si on a le temps devant soi !

L'amour ne la fatigue pas. Les cannes en cerceau, connaît pas. Elle laisse ça aux Japs, Kupi Dong. Les yeux cernés ? Bon pour ceux qui préparent le bac. Fraîche après, mieux qu'avant. À croire qu'elle s'est purifiée dans la tringlette, je te jure !

Quand on a fini nos mignons exploits, je lui demande de quoi me débarrasser de ma boue, et elle me drive à un robinet extérieur qui se dresse au bout de son tube, comme un cobra auquel on interprète un solo de flûte. Je me lave minutieusement. Ensuite, elle me dégauchit des

1. *L'antonyme de prématuré est* tardif, *ce mot étant, à mon grand regret, trop faible pour appuyer ma pensée, j'invente postmaturé (mûr après) et le dédie à la faculté des lettres de Bordeaux en souvenir de l'époque où j'enseignais là-bas.*

San-A.

fringues masculines. Oh ! pas de quoi se rendre à la réception de la gentille baronne de Rothschild ! Figure-toi un costume de coutil noir, qui me serre un peu aux entournures (il appartient au papa de Kupi Dong, lequel est docker au port). Une paire de sandales, une large casquette mao, et me voilà qui rutile extrêmement. Un flacon de teinture d'iode me transforme, non pas en Chinois, mais en une espèce de métis consécutif à la rencontre d'une marchande de gaufres chinoise avec un adjudant de la Coloniale. Et tu sais que je ne suis pas vilain garçon, ainsi accoutré ? J'ai la beauté tenace, n'empêche. Je n'ose outrecuider jusqu'à lui demander un peu de fraîche, mais c'est elle qui me propose quelques pièces, comme quoi elle n'est pas mécontente de son partenaire, hein ?

Je lui file une prosternation, très Empire du Soleil Levantin, en guise de galoche, mode d'expression trop profane pour sa civilisation, et je m'esbigne.

Il fait un soleil magnifique. Cette paisible rumeur-là vient de la ville.

La situation va mieux, mais il me reste pas mal de problos à résoudre : sans papiers, sans argent, comment vais-je m'arracher à cette enclave portugaise perdue dans l'immense univers chinois ?

Si tu veux le savoir, fillette : suis-moi. Cette putain d'aventure est loin d'être terminée.

*
* *

Le plus grand casino de Macao a la forme d'une tiare gigantesque, blanche et dorée, plantée près de la mer. Il atteint (étant attenant) à l'hôtel *Lisboa et Macao*, flambant neuf également, et peut rivaliser pour le bon goût avec les meilleures réalisations de Disneyland.

Tu trouveras mon culot phénoménal, peut-être, quand je te dirai que c'est dans ce temple clinquant et quincaillesque que je porte mes pas, le plus délibérément possible, ayant au cœur, mon cher amour, un espoir à la mords-moi le nœud digne des abonnés à *Nostradamus.* En effet, je fais tinter la pincée de monnaie remise par Kupi, en prévoyant de la mettre à fructifier dans les appareils à sous. Puis, nanti d'un maigre pactole, d'aller risquer celui-ci sur le tapis vert, comptant bien y amasser suffisamment de blé pour me tirer d'affaire. N'étant pas recherché, il me suffit de ne pas être reconnu. Et qui donc pourrait me reconnaître en dehors des quelques poulardins entre les mains desquels je suis passé ? Mon nouvel accoutrement est suffisant pour me protéger. Ces messieurs m'ont oublié copieusement depuis hier matin. La vie coule vite. Lorsque j'aurai engourdi assez d'osier, je trouverai bien le moyen d'affréter un canot automobile susceptible de me ramener à Hong Kong.

Je pénètre dans l'immense casino en espérant que ma mise plus que modeste ne me fera pas refouler. Mais tout de suite je suis rassuré. C'est si vaste et si peuplé que tout le monde se fout de tout le monde, et moi j'aime ça.

Un vrai caravansérail bondé, où se bousculent les êtres les plus cosmopolites, de toutes races, toutes conditions. Des escaliers, des galeries marchandes, des comptoirs d'acajou où se pavanent des employés en uniforme, des colonnades de faux marbre, des divans criards, des lustres pareils à des archipels de lumière, des balustrades en stuc, des Anglaises en stock, des trucs en troc, des gonzesses bioutifoules de partout, des petits fripons louvoyeurs, des Indiens huppés, des rombiasses non ravalées, un bourdonnement qui évoque le grondement d'un cours d'eau souterrain. Je te livre pêle-mêle pour te faire sentir un peu l'ambiance. Sur la gauche, les salles de jeu en enculade (ou en enfilade pour les bêcheurs à la ligne). Je m'y pointe. Ici est le délire, la surcohue ! La grouillance ! Une ambiance hagarde, des lumières de films rétros, des visages crispés, des bruits mécaniques de roulette, des voix impassibles de croupiers, un intense froissement chiottique de papier-mornifle. Les joueurs au coude à coude, hypnotisés par les tables où caprice le hasard. Pognon ! Gagné ! Perdu ! Ratelé ! Va et vient ! Faites vos œufs ! Vos passes ! Vos manques à gagner ! Rien ne va plus, tout va bien ! Le rouge, le noir ! Si Stendhal m'était compté… Zéro ! Pourri : dans le culte de la balayette ! Tas de branques, connards en errance miséreuse ! Viande à loterie ! Vite, qu'ils paument tout, ces caves : leur artiche, leur culotte, leur vie de cons ! Y a gourance, maldonne ! Erreur sur la personne humaine. Souffler n'est pas jouer ! Ils cherchent quoi-ce, les pauvres frileux ? La fortune ou la faillite ? Poursuivent-ils un rêve, la chance ou la guigne ? Ils titubent de quel espoir, ces veaux internationaux ? Usent quelle durée excédentaire ? Sclérosés en plaques ! Pitié ! Pitié pour eux, Seigneur ! Que le zéro leur pète à la gueule, bordel ! Que ce casino de merde leur écroule sur le dos ! Les ensevelisse avec les tables, les brèmes, les roulettes, las talbins, jetons, toute la panoplie honteuse ! Fais-en un tas, Seigneur ! Je Te le supplille ! Un gros paquet de décombres, ça ne mérite pas mieux.

Un escadrin marmoréen descend aux appareils à sous. Tudieu, tu verrais ce turbin ! Encore des salles, et des salles, avec, alignés le long des murs, tels des robots à la parade, ces foutus engins gorgés de pièces. Un fracas de manettes nerveusement actionnées. Ronron dentelé des cylindres. Prunes, citrons, oranges, raisins, cric ! cric ! crac ! Mon cul ! Fume, c'est du belgium ! Une poule ça bouffe sans arrêt mais ça ne pond qu'un œuf par jour, et encore ! Ici : kif. Les robots chromés, lumineux, pimpants, bectent de la mornifle comme un gallinacé des grains, mais pour ce qui est de produire, zob ! Si pourtant, temps à autre, le bruit tant espéré se produit, la divine cascade qui fait bander et mouiller à la ronde. Qui acharne les autres crêpes. Leur donne à croire au miracle. Ça arrive ! Donc, ça va leur arriver ! L'homme qui croit perpétuellement que la mouscaille est pour autrui, ne doute pas un instant de sa chance. Elle a été créée pour sa pomme, compris ! Si un copain gagne, c'est accidentel, une gourance du sort. Pour lui, ça ne va pas traîner. Il est là, planté devant l'appareil, à le barrer comme un voilier, la main moite sur la manette déclencheuse. L'actionnant d'un coup sec, péremptoire, ou bien l'usinant avec délicatesse, façon clitoris, suave, sois gentille avec moi. Prenons notre joli panard ensemble. Tu y es. Vzzout ! Mais tiens : dans l'oigne, gamin ! Les citrons ne se groupent pas, les raisins non plus. Il reste à l'état de corbeille assortie, le tableau d'affichage.

Je soupire en continuant de soupeser mes quatre piécettes dans ma fouille. Ce qu'il y a de plus désagréable, lorsqu'on met les fringues d'un autre, ce sont les poches. Là subsiste son intimité. Même vides, elles continuent de porter témoignage de l'absent.

Quatre pièces. D'elles va dépendre mon futur. Je dois gagner ! Facile à dire. Tout le monde, ici, ces centaines de glandus, caressent la même certitude. Gagner ! Seulement, en ce qui me concerne, il ne s'agit pas d'une partie de plaisir. Nez cécité fêle oie, comme dit Maurice Druon dans sa préface aux *Pieds Nickelés*. Moi, je viens demander au sort de me sortir de la pestouille. Juste un dépannage. Ce que je vais arracher de ce casino, je le donnerai aux pauvres plus tard, j'en fais le serment, *in petto*, et quand on sermente en latin, ma vieille, tu peux y compter !

Me va falloir une tactique, non ? Je vais pas m'amener

comme un nœud volant sur le premier appareil venu pour lui introduire ma pauvre camelote et qu'il m'en remercie d'un pied de *nose*.

Je joue des méninges. Branche celles-ci sur mon compteur bleu. La seule manière de mettre un maxi de veine de mon côté, c'est de surveiller un joueur obstiné qui se sera servi longtemps et sans résultat du même appareil, pour, dès qu'il en a quine, prendre sa place. Calcul des probabilités, tu sais ? Le zigue qui aura mis vingt-cinq pièces sans tirer un fif aura en somme assumé une grosse partie de ma malchance potentielle. C.Q.F.D. !

Mais faut-il encore dégauchir l'oiseau rare. Je retapisse une grosse Asiate rondouillarde, aux cannes en cerceau et à la bouille découpée au compas. Frisottée, la mère, des gouzi-gouzettes dans les tifs, très *very* joli : chatons aux yeux de strasse, banane d'émail, plume en étain poli. Elle garde une de ses mains potelées en sébile. Y puise des nickels qu'elle introduit de l'autre dans la fente goulue. Une traction rapide. Le bastringue tournique. Rien ! Elle procède aussi vite qu'elle le peut, comme si elle était pressée d'en finir. À croire que son fric lui brûle la paluchette. Sa main réceptrice se vide rapidos. Quand elle est libérée, la gravosse ramène sur son ventre son sac qu'elle porte en bandoulière et y puise une nouvelle provise.

À son côté, il y a une espèce de ouistiti soucieux qui s'active de même. Lui aussi joue en pure perte depuis un bon moment. Je décide que je prendrai la suite du premier des deux qui lâchera. Ils continuent de semer à tout-va leur grisbi. Toujours rien. Ils doivent avoir mal au bras à force de tirer sur la commande. La gravosse achève sa seconde réserve.

Elle hésite et soupire. Le ouistiti d'à côté fouille ses vagues. Il est à sec de pièces. Les deux se regardent et échangent en chinois quelques considérations désabusées, genre : « Ong La Dan L'Ku. » Et puis, d'un accord commun, ils abandonnent. J'hésite. Quel appareil choisis-je ? Celui de la bonne dame, ou celui du ouistiti ? Bast, j'avais retapissé la grosse en premier, c'est donc que mon instinct me guidait. Un grand jeune glandu blond et rose, *made in Holland*, ça je t'en fous mon billet, radine à l'appareil du petit Jaunet. Ma pomme, je me recueille avant que de confier ma première pièce à la bouche pincée de mon appareil. Je la charge de toute ma détresse :

« Vas-y, ma mignonne gagneuse ! Et ramène du blé à ton julot ! »

Je vois valser prunes, raisins, oranges, citrons et cerises.

Deux raisins s'ajustent et puis le reste foire.

In the babe !

Seconde pièce !... Gling ! gling ! gling ! gling !

Nothing !

Un fracas s'opère à mon côté. C'est l'emmanché de grand Batave qui vient de décrocher la timbale. La toute vraie manne (d'osier). Il lui en dégueule plein les mains, sur les pieds. Ça n'arrête pas de flouzer.

Je m'arracherais la peau des burnes pour m'en faire un imperméable ! Une chance sur deux ! J'ai choisi la mauvaise place, car je sais que mon appareil sera impitoyable. Pauvre connard, va ! Sans joie, j'introduis mes deux dernières pièces. Les rouages ont un ton lugubre pour m'annoncer que je peux me l'arrondir vilain. Et, effectivement, j'inscris pas de bol à mon palmarès.

Vaincu par la malchance, j'essaie de me remonter le moral en me disant que quelques heures plus tôt, je moisissais au fond de la fosse. Tout de même, je suis fauché, mais libre ! Je vais trouver un autre moyen de m'en sortir.

J'ai commencé par le mauvais, il faut continuer par le bon. Ça aussi appartient aux lois des probabilités, non ?

Alors je regrimpe dans la zone des jeux « sérieux ».

Des fois que, parmi la populace, une belle âme aurait les poches débordantes, va-t'en savoir.

Au bout de quelques pas incertains, une forte émotion me saute à la gorge. Je reste abasourdi de surprise, si tu me permets l'expression, ma belle sans-culotte.

À la table qui se trouve face à moi, parmi les frénétiques de la plaque, une fille ensorcelante est assise. Sublime dans une robe vert émeraude, avec un col bordé d'argent.

Cette fille c'est « ma » Chinoise de l'hydroglisseur.

C'est-à-dire « mon » voleur. Ou mon violeur, si tu préfères.

CHAPITRE XXIII

Elle semble passionnée par le jeu. Je me tiens à deux mètres quarante-cinq d'elle, mais elle ne saurait m'apercevoir tant est total son intérêt pour la roulette. Elle n'est pas seule. Une grosse gonfle vieillardesque l'escorte. Un Asiatique déplumé, aux cheveux gris coupés court. Il est gras, bagué, adipeux (mais a dit bien), avec des lunettes d'écaille semblables à celles que portait le bon Marcel Achard.

Fringué de soie sauvage bleue, œillet à la boutonnière, cravate blanche ornée d'une forte épingle représentant une pattoune d'aigle crispée sur une perle noire, il fume un cigare qu'une mercière aurait du mal à se carrer dans l'oigne. Il a les deux mains posées sur les épaules de la belle Chinoise sublime, à laquelle on ne saurait reprocher (au physique s'entend !) que la paire de burnes accrochée à son entre-deux. La chérie joue gros jeu. Des plaques grandes comme des tuiles (et qui représentent des briques). Les virgule sur les finales. Son chiffre étant le 6, je me demande bien pourquoi, personne à ma connaissance ne montrant une prédilection pour ce 9 à l'envers, si ce n'est les marchands d'œufs.

Mon sang ne fait qu'un tour, mais parfait ! Sans rater un seul virage. Je suis simultanément effrayé et ravi. Effrayé parce qu'elle n'hésitera pas à me rebalancer aux matuches si elle me reconnaît, ravi parce qu'il est inestimable de retrouver si vite sur sa route un individu venant de vous infliger une crasse de cette envergure.

Je ne barguigne pas, n'ayant jamais appris à le faire. Dare-dare, ma décision est prise : la surveiller, la suivre et, à la première occase, me rappeler à son bon souvenir.

Voilà pourquoi je contourne sa table et vais me planter à quelques encablures du couple.

*
* *

La mère a perdu gros car elle paraît drôlement bougonne en quittant la table. Elle faille renverser sa chaise, comme dirait l'Inestimable. Son kroum lui trottine au fion, empressé, saliveur, alléché, à lécher.

Tous pareils les vieux marcheurs : regard allumé, jambes papattantes, ventre pointé. S'agit-il d'une conquête récente ou d'un protecteur attitré ? Sait-il que son égérie est un mec ?

Je les suis sans peine à travers la foule des joueurs. Ils ne quittent pas le casino, ce qui m'introduit à penser qu'ils logent à l'hôtel *Lisboa et Macao. Ils* se rendent au bar feutré, dont les fauteuils sirupeux et la musique emmitouflée sont propices aux tronches-à-tronches amoureux.

Je les regarde s'installer, depuis le couloir. Le barbon prend la main de sa compagne. Décidément c'est le grand bidule, eux deux.

Bien entendu, je m'abstiens de pénétrer dans le bar, n'ayant pas le moindre laranqué pour cigler une conso.

Il me faut donc encore poireauter. Non loin de l'entrée il y a une galerie marchande où l'on vend des objets de grandes marques qu'il est peut-être préférable de ne pas regarder trop attentivement. Je vais y musarder en attendant le bon vouloir du couple. J'ai des picotements dans ce que Béru appelle si aimablement la moelle pépinière. La partie devient capiteuse. Je caresse le poignard de silex si consciencieusement poli et affûté par le pauvre Yang Fou. Si je ne me retenais pas, j'irais droit le planter dans le bide de cet être vénéneux. Comme ça, en camarade, juste pour me passer un caprice.

Temps à autre, je quitte la galerie pour retourner à l'entrée du bar. Le couple continue de mignarder des doigts. Gouli goula. La papouille préalable. Promesse du crépuscule. Les Amants de Vérole : Ramollo et Juliette ! Salaud ! Je vais te dire, ce type a effectivement quelque chose d'irrémédiablement féminin : c'est UNE garce !

Quelqu'un m'écarte pour se faire livrer le passage. Geste agacé. Je m'efface. Il s'agit d'un autre couple. Ce dernier pénètre dans le bar sans m'accorder la moindre attention, ce qu'à Dieu merci, puisqu'il s'agit du couple d'Italiens.

Il marche droit à l'autre.

Congratulations. Tout le monde commande des *Pim's Number One* au champagne. Ça soûle sans faire tousser.

Donc, il y a rancart général à Macao ! *Very* interessinge.

Que mijotent-ils, ces forbans internationaux ? Probable que c'est Macao le point de départ de la drogue pour l'Europe. D'ici que part le brut à traiter dans les labos de Corvonero.

S'agit-il d'une réunion au sommet ?

C'est juste au moment que je pense le point d'interrogation de cette question qu'une voix chuchote derrière mon lobe :

— C'est pas pour m'éventer, mais l'monde est mignard !

Je m'oblige à ne pas me retourner.

— C'est vous, saint Michel archange ? murmuré-je.

Le rire gras de Tarass Poulbot me meurtrit les trompes.

— T'sais bien qu'j'sus plutôt ton chien-Bernard, fait-il.

Je retourne à la galerie marchande, le Mastard sur les savates, et c'est alors seulement que je me retourne.

Je manque m'anéantir de surprise.

J'ai face à moi un gros Chinois au regard sanguinolent. Teint jaune pâle, paupières bridées (au collodion), costume Mao, casquette Mao. Juste le pet de joie qu'il émet reste français, trahissant la vérité du personnage.

Sa Majesté gazeuse s'explique :

— J'm'ai réveillé tard dans la noye, biscotte ces fuselages horaires qui m'avaient chanstiqué le métal bolling nasal.

« Je me fous à ta recherche : personne. J'réclame après ta pomme : rien. T'avais évaporé. V'là qu'je pars à draguer d'ici, d'là dans l'hôtel. Et je m'avise qu'un bizet du coin me filait aux miches. Un gros vilain. Moi, les anges gardiens, j'ai l'mien et ça m'suffit au bonheur. J'm'arrange pour qu'il s'annonce à mon étage. Deux plombes du mat : personne à l'horizon. Juste comme j'arrive à ma turne, je chique au mec qu'a oublié sa carouble et j'fais demi-tour en courant. L'vilain s'écarte pou'm'laisser passer. Arrivé à son hauteur, ma droite lui part au plexiglas solaire. Vraoum ! Aux pieds, Médor !

« Une savate de Grenelle dans la gueule et il comptait ses moutons, kif Jehanne d'Arc à Do-ré-mi-en-Provence. J'le biche au col, le traîne jusqu'à ma turne où qu'c't'à son tour d'faire dodo, l'bel enfant. Mais auparavant – et tu peux ajouter chinois, s'lon ta belle habitude – j'l'ai un peu fait causer. L'hic c'est qu'il parlait qu'un très mauvais anglais dont j'ai eu du mal à m'débattre avec. Grosso module, j'ai pigé qu'il était payé pour nous surveiller et affranchir l'Italien de l'hôtel qui se nomme Avani. J'lu demande en c'dont il te concerne, et tout c'qui peut m'apprendre, c'est qu't'as été à Cacao.

Sachant que nous fûtes retapissés d'première, je chourave les loques du mec, le ligote et le cloque dans mon pucier. Et puis j'place su' ma lourde l'écriteau « Douze notes masturbent ». Au p'tit morninge, c'est moi qu'ai pris la planque à l'étage des Ritals. Je m'ai attaché à leurs pas, comme on dit, et j'y sus t'encore. Et toi, grand fou, d'où qu'tu sors ? »

— D'un puits, lui dis-je, comme la Vérité.

CHAPITRE XXIV

Macao, j'ignore si tu es de mon avis, c'est un patelin plutôt triste. Artificiel par le côté casinos, il fait délabré pour le reste, fin de civilisation, plus exactement. Il s'agit d'une sorte de no man's land où plus rien d'ancien n'est pris au sérieux, mais où rien de neuf n'est encore en place. La frite des gens est éloquente. Tu te croirais un peu dans ces pays de l'Est où l'on voit sur les visages que le bonheur fut et qu'il ne reviendra peut-être jamais. Vivre n'y est qu'une façon de subsister ; il y manque ce corollaire de l'humain : le rêve.

Je me dis tout cela et un peu plus en filant nos gens par les artères ensoleillées. Ils ont pris des pousses à deux places tractés par un vélo ; plus exactement, par une moitié de vélo, puisque le véhicule ne comporte que trois roues au total. Malgré l'énergie des pilotes, il ne nous est pas dur de les suivre à pied. Nous marchons vite, ce qui n'est pas du goût de l'Enflure. Le Gros a toujours considéré ses jambes comme un tabouret sur lequel faire asseoir une gueuse tétonnesque, ou comme un étau destiné à enserrer le jambon pour mieux le découper en tanches épaisses ; les actionner en cadence afin qu'un pied en précède un autre pour être aussitôt dépassé par ce dernier lui flanque vite des vapeurs.

— J'espère qu'ils vont pas à dache, renaude-t-il.

Je le rassure :

— À Macao, dache n'existe pas car c'est un minuscule territoire. En tout cas, si la distance à couvrir était importante, ils auraient pris une bagnole.

Effectivement, au bout de l'avenue, les deux cyclotaxis obliquent à droite pour emprunter une rue plus populeuse. Un instant, j'ai la raie culière qui fait l'accordéon, car il me semble que nous nous dirigeons vers l'hôtel de police où je fus initialement conduit. Mais non. On enquille une troisième voie, très déserte celle-là, pour stopper bientôt devant une construction neuve, éclairée par des briques de verre. C'est le style de nouvelle bâtisse fonctionnelle qu'on trouve dans tous les pays, sous toutes les latitudes.

Une porte de fer peinte en gris, à doubles battants. Dans l'un des vantaux s'ouvre une autre lourde plus petite. Une plaque émaillée, de forte dimension, vissée près de l'entrée annonce, en portugais, en anglais, en chinois et en sourd-muet : Coopérative *Pharmaceutique. Import-Export.* Les quatre passagers descendent de leurs mini-carrosses. Le gros vieux Chinois amoureux du travelo sort une clé de sa vague et ouvre la petite porte tandis que l'Italien cigle les pédaleurs. Ces dames font le pied de coquecigrue en attendant. Un, deux, trois, quatre, cinq, et tout ce petit monde est entré. La porte se referme.

— Tu croyes qu'y viennent pour une partouzette ? fait le Mastard.

— Un entrepôt pharmaceutique me paraît moins apte à héberger ce genre de cérémonie qu'une chambre d'hôtel.

— Alors ?

Je ne me marche pas longtemps sur la queue :

— Alors c'est le moment d'agir. Le fait que le Chinois

ait ouvert avec ses clés indique que l'entrepôt (de beaujolais)[1] est désert pour l'instant. *Good* occase !

— T'as ton sésame ?

— Zob !

— T'as un feu ?

— Re-zob !

— Moi non plus. Tu croyes qu'on sonne et qu'on dit gentillement « Bonsoir, m'sieurs-dames, c'est rapport à un trafic stupéfiant qu'on est dessus ?... »

— Viens !

— Où-ce-que ?

— Les accessoires, toujours travailler les accessoires. Comme à Rome. T'as du blé ?

— Bédame.

— Grouillons !

*
* *

Douze minutes plus tard... Comme dans les recettes culinaires télévisées. Tu mets un carton devant la marmite. *Douze minutes plus tard*, c'est écrit dessus. T'enlèves l'insert et dans la casserole tu peux mater le bon frichti doré qui fait saliver tous ces glandus sur leur tube catholique, comme dit le Gros.

Douze broquilles plus tard, or donc, nous sommes à nouveau laguches, portant l'un et l'autre une pyramide de cartons qui, pour être vides, n'en comportent pas moins un sévère emballage.

Les boîtes nous arrivent au ras des paupières. Je sonne impétueusement. Un bout d'instant passe comme une lettre à la poste, puis un fenestron s'ouvre dans la paroi

1. *J'hésitais à le faire, çui-là ; j'ai pu me dominer la première fois, mais je ne peux pas y tenir.*

de verre et un morceau supérieur du vieux Chinetoque apparaît.

— Qu'est-ce que c'est ? aboie-t-il, malgracieux, nasillard.

— Colis express en provenance de Hong Kong, objecté-je en m'efforçant de donner à mon anglais un accent chinois, ce qui est vachetement duraille pour un Français de Saint-Cloud.

— Revenez demain, c'est fermé aujourd'hui !

Sans doute que les pédégés causent ainsi aux employés dans ce pays.

Ma jugeote proverbiale est, une fois de plus, à l'honneur.

— Moi je veux bien, Sir, mais il y a marqué « Très urgent, denrées périssables » sur le paquet.

Il a les quelques secondes de flottement qui transforment mon palpitant en chicorée frisée. Puis il grommelle :

— O.K. ! je viens.

Il vient, le cher magot ! Il vient, cet estimable bonhomme.

Qu'effectivement, très peu après, cric ! crac ! la chevillette cherre.

Le Chinetoque s'écarte pour nous laisser entrer.

Tout se passe alors en un temps record, comme on dit je sais plus où, mais on le dit.

D'un commun accord, nous envoyons dinguer nos cartons vides. Je ferme la porte. Bérurier allonge un crochet de boucher au menton de l'adipeux qui, proprement foudroyé, tombe assis sur son cul bas, pareil à une grosse poire jaune, trop mûre, dont il a l'aspect gâté.

Nous nous trouvons dans un vaste hall d'arrivée servant de sas au dépôt. Il est muni à son extrémité de la même double porte permettant le passage des camions.

Mais sur la droite, il y a un guichet de réception, avec, tout contre, une entrée sommée du mot « Bureau ».

Des voix retentissant dans cette partie des locaux, c'est tout naturellement vers elle que nous nous dirigeons après avoir ligoté prestement le gros sagouin avec les ficelles de nos paquets bidons.

« Vitesse sans précipitation ! » telle est notre devise pendant cette phase de l'opé. Nous pallions notre manque d'armes par une grande rigueur d'exécution.

Tu verrais agir le commando suicide, ma poule, tu en aurais la chair de coq ! La pièce où se trouvent les trois pieds nickelés étant repérée, on se met en posture de jaguars regardant boire la biche à la source.

— *Go !* chuchoté-je.

Je fais de rares emprunts (à dix pour cent) au dialecte anglais, et seulement quand il s'agit de termes irremplaçables. Le mot « *go* » est de ceux-là. J'en use en qualité d'onomatopée, pour me nettoyer de ses miasmes originels. « Allez ! » comporte deux syllabes, ce qui est trop pour imprimer une idée de promptitude totale.

Au « *go* » (et Millau), c'est la ruée sauvage. Une horde de cosaques, un piqué de kamikazes (comme le sirop des Vosges), un lâcher de paras israéliens ne feraient pas davantage d'effet. On bondit en hurlant de guerre, le Mammouth et moi. Du jamais vu ! Du *never* entendu. Aux bons entendeurs, salut ! Aux bonzes en tendeur, sale U !

On arrive, on jaillit, on gicle, on bouscule, on dévaste. On administre, on bourre, cogne, rogne, cigogne, martèle, entête, tuméfie, stupéfie, démolit, neutralise. Mais que je te situe. Le travelo chinois est assis dans un fauteuil chromé faux cuir, les jambes sur l'accoudoir, une cigarette à bout argenté aux lèvres. Nonchalant, abandonné.

Devant lui, le couple de Ritals, presque nus. La secrétaire du *museo* est en coquin slip et soutien-loloches, l'ensemble dans les tons saumon. Lui, en slip tout ce qu'il y a de kangourou, et espère qu'il en coltine un beau pacsif dans le soutien-gorge à roustons.

Leurs fringues sont soigneusement disposées sur des sièges. Ils se tiennent à deux mètres l'un de l'autre en une attitude qui n'a rien d'équivoque. Juste la merveilleuse tantine qui chique les voyeurs met du graveleux dans l'affaire. Sinon on pourrait croire qu'Avani et sa potesse s'apprêtent à passer une visite prénuptiale.

Je mets le moulin en accéléré, de manière à te donner l'impression du ralenti.

Entrée foudroyante des deux féroces.

Regards stupéfiés des trois.

Béru commence par balancer un coup de talon dans la gueule du traveloche, lequel abandonne son fauteuil par le côté dossier et emplâtre le bureau. Sur sa lancée, le Gros est déjà devant la secrétaire à laquelle il administre une mandale qui foutrait bas une cheminée d'usine. Bien que la môme ne soit pas une cheminée d'usine (le doute n'est pas possible), elle est mise bas et on a vue saisissante sur son adorable fessier pour grandes personnes. Ma pomme, je suis allé droit au bel Italien. Tête-boule, rrran ! Dans le portrait. Ça me rappelle quand j'étais avant-centre dans l'équipe de foute du lycée ; un but-de-la-victoire que j'avais marqué de la tronche sous un angle impossible, comme dit Thierry Roland, que ça fait une pétée que j'l'ai pas revu, cézigue, tu crois qu'il donnerait seulement signe de vit avec ses bourrins de merde !

L'Italien s'effondre. On continue bellement d'investir. Faut que tout notre petit peuple soit colonisé bien à fond. Pas de guérilla possible. Je veux une situasse nette. Que le ménage soit bien fait, pas un grain de poussière sur une crosse quelconque de pétoire.

Alors on explore rapidos les hardes de tous. Ils n'ont

pas d'armes sur eux. Qu'en feraient-ils ? Qu'avaient-ils à redouter, ici ?

Ma présence les terrifie.

— Tu m'attaches tout ça selon ta manière, toi qu'as des nœuds marins plein ta giberne.

— À ton service, gars !

Il a une manière de ligoter les autruis, Alexandre-Benoît, pardon ! Il les veut inertes pour opérer sans risques de moindre bavure. Alors au prélavable, comme il dit, une légère manchette à la nuque, et, vlouffff ! ferme tes jolis yeux, car les heures sont brèves… Tout un chacun révulse de la prunelle et donne campo à ses nerfs. Sa Majesté agit avec célérité. Le Chinois retrouve son fauteuil et y reste soudé, pieds et bras. L'Italien demeure au sol, en longueur, momie soit Kémal y pense. La jolie secrétaire est invitée pour sa part à partager la rigidité d'un pilier de soutènement. Elle fait très victime de Peaux-Rouges criards qui l'auraient prise pour cible.

— Va récupérer le vieux dans le hall, Gros. Je veux une réunion au sommet !

Il va.

Ramène le gros paquet geignant qu'il laisse tomber sur le sol recouvert d'un tapis en coco.

Pendant ce temps, j'ai, par habitude, ouvert les tiroirs du burlingue et dégauchi dans celui du haut, à l'abri d'un double fond aussi discret et astucieux qu'un nez en carton, un pistolet de fort tonnage, à double canon, avec les yeux noirs. Arme de guerre qui ne plaisante pas.

Je l'examine avec intérêt, déboucle son crotsbigne de fourragité et le mets en évidence devant moi. De quoi tenir un siège, ce siège étant même un canapé, si ça se trouve.

Très bien. Les bonnes gens reprennent connaissance, en place pour le quadrille !

Rien n'est plus confortable, en pareille occurrence,

que d'avoir tout son temps à libre disposition, comme il est dit sur les dépliants de croisières. Tu peux détailler chacune et chacun, réfléchir, chercher tes mots, en exiger de très rares de tes interlocuteurs.

Bérurier qui a exploré les placards d'alentour revient fièrement, portant un assortiment de bouteilles variées, parmi lesquelles une de whisky et une d'alcool de riz. Il est ronflant d'allégresse, Mister Milord. Pimpant comme un édicule public neuf.

— Eh ben ! tu voyes, c't'ici qu'les Romains s'ramènent ! jubile mon joyeux complice. Faut venir aux ventripotes[1] pour discuter, mais on va l'faire à bâtons rompus.

Pour transformer cette affirmation banale en jeu de mots de qualité, il démasque un manche à balai passé dans sa ceinture comme un dérisoire sabre de bois.

En ma qualité de nouveau pédégé, reconnaissable à sa parfaite liberté de mouvements, je croise mes mains voyouses sur le beau buvard vert cerné de cuir.

— Je déclare la séance ouverte, dis-je. Et je donne la parole à la ravissante secrétaire du *signor* Parrucca, laquelle me doit toujours un dîner, soit dit en passant.

La donzelle ainsi invitée me décoche un long regard plein d'incertitude.

— Je vous écoute, *signorina*…

Elle prend un peu d'air pour le voyage et le transforme en phrase décevante.

— Je n'ai absolument rien à vous dire !

Elle soutient hardiment mon regard.

Allons, toujours ces classiques complications dont on n'a raison que par la contrainte. Va falloir sévicer ! Ça me court. Une partie perdue est perdue, non ? Pourquoi

1. 1. Béru veut probablement parler des antipodes.
Note de Susu

refusent-ils toujours de s'affaler après que je leur ai fait toucher les deux épaules ? Faut les bricoler, malmener, torturer même, osons les mots les plus rebutants. Leur arracher des aveux par les moyens les pirement expéditifs.

Bérurier renifle de trop de concentration.

— J'sens que c'te clientèle est pour ma pomme, soupire-t-il.

Comme il sait bien tout, l'Abominable homme des œufs à la neige. Comme il me renifle au plus creux de l'âme ! Extirpant de sa narine palpitante les sombres remugles de ma conscience il les roule entre le pouce et l'index et les chiquenaude à travers le burlingue.

— Un moment, le calmé-je.

À la môme :

— Puisque vous ne dites rien, moi je vais vous parler.

Et voilà que je me mets à leur raconter mon odyssée du tunnel. À leur décrire la vie effroyable des fouisseurs de fond, dans la fange et le désespoir, leur renoncement par la came, la manière dont ils crèvent et pourrissent. Je parle sans passion, sans âpreté, en homme qui a besoin de faire connaître à d'autres une iniquité insoutenable. Le plus curieux c'est qu'ils paraissent m'écouter avec intérêt. Je leur dis la manière dont je me suis évadé. Le hasard qui m'a permis de les retrouver. Et je conclus :

— Je suis venu jusqu'ici, j'ai vécu tout ce que je viens de vous raconter uniquement pour apprendre la vérité sur votre trafic. Cette vérité, vous allez me la dire, sinon nous vous arroserons d'essence et nous vous ferons griller avec ce dépôt.

— Êtes-vous flics ou assassins ? demande calmement l'Italien.

— Dératiseurs, réponds-je. Vous infestez la société par la drogue, à cause de vous des quantités d'individus deviennent des loques déshonorantes. Je vous considère comme des rats dont la destruction est de salubrité publique. Je n'ai pas qualité pour vous arrêter, mais je peux vous anéantir.

Il me sourit. Son sourire me trouble, crois-moi ou va te faire faire minette par le grand gendarme à moustache posté sur l'autoroute du Soleil. Et sais-tu pourquoi il me trouble ? Parce qu'il est celui d'un illuminé. Je pressens tout à coup que cet homme est autre chose qu'un bas trafiquant de came. Oui, cette idée me vient insidieusement, devant ses dents blanches. Drôle d'idée, hein ? Et qui débouche sur quoi ?

— T'as un' s'conde, qu' je t'cause ? requiert Alexandre-Benoît.

Il est déjà à la porte du couloir, je l'y rejoins. Il pisse contre le mur, très relaxe, sans se donner la peine de chercher les cagoinsses. Sa modulation de fréquence anale ponctue d'un solo de batterie.

— Jamais y n's'affal'ront si tu les sépar'ras pas, pronostique le loustic à tique. Moi, si t'es d'ac, je m'les biche un n'a un dans un' aut' pièce, et j'leur fais bonnir tant tell' ment d'trucs qu'ils tiendront pas tous dans c'bouquin à la con.

Je me gaffais bien que ça allait finir commako. Passage au concasseur. Mister Moulinex en action ! Fabrication de tartares maison ! Hamburgers à toute heure. Recours inévitable à la main souveraine de Bérurier, l'homme de Gros-Moignon !

— Oui, oui, bien sûr, balbutié-je ; mais je…

— T'as tes états d'âme ?

— Plus ou moins, mais une chose m'intrigue que j'aimerais résoudre avant de passer aux voies de faits.

— Ce sont celles de la raison, affirme le Cartésien, qui cartèse sur table. Qu'est-ce qu'intriguante, s'lon toi, mec ?

— Pourquoi les deux Italiens étaient-ils déshabillés ?

— Faut t'faire un dessin ? ricane le Gros. Maâme Félicie t'a rien dit, l'jour d'ta majoration ? Y v'naient donner un petit spectac' aux deux autres, bonne poire ! Ce cul est fadé[1]. Tu disais : une chambre d'hôtel est mieux pour, souate ! Mais p't'être qu'on ne partouze pas av'c l'amour dans c'bled, et que c'est interdit par la censure.

Il se remise zézette après sa copieuse miction.

— Un instant, j'sus z' à toi !

Il entre en coup de bourrasque dans le burlingue et va tirer deux trois mornifles de stentor au Chinois. Puis resserre sauvagement ses liens.

— L'père Mao qu'essayait un p'tit tour d'magie, explique-t-il en revenant. Bon, t'as décidé quelque chose de particulier, gars ?

— Prends les nippes de ces deux tourtereaux et examine-les centimètre par centimètre, avec des ciseaux !

— Toi, quand une idée t'travaille le cuir…

Il obéit cependant. Tandis qu'il s'acharne, je ne perds pas de vue nos prisonniers. J'ai l'œil. Ils ont les leurs. Or les leurs restent flegmatiques, je dirais même tranquilles.

Conclusion ? On gèle.

Le temps passe, en silence, juste coupé par le souffle encombré de Bérurier et le grignotement des ciseaux mordant dans l'étoffe comme un roquet dans les jarrets d'une vache.

Je bois un verre d'alcool de riz. Un lance-flammes me nettoie le gosier. L'arrière-goût est fécal. Bérurier tend la main dans ma direction. J'y place le flacon. Il s'en téléphone une douzaine de centilitres et pose la boutanche à ses pieds.

La secrétaire reste imperturbable.

1. *Béru a voulu dire : C.Q.F.D., très probablement.*
Note de Patrick

Le ravissant pédoque soupire en louchant sur le torse bronzé et peu velu de l'Italien. Quant au gros vieux Chine-chine, il semble s'emmerder à quarante dollars le baril. La situation serait-elle bloquée ?

« Pourquoi s'étaient-ils dévêtus ? » m'obstiné-je à me demander sans me proposer de réponse satisfaisante.

Leur attitude n'évoquait rien de porno, je le répète. Leurs gestes étaient… comment te dire ? fonctionnels. Ils avaient la mornitude du fonctionnel.

Je me mets à arpenter le bureau. Le couple est-il venu chercher de la drogue ?

Part-elle de ce dépôt pour, via Hong Kong, filer sur l'Italie ?

Bien trop risqué. Je suppose que les quantités traitées à Rome sont trop importantes pour être véhiculées sous les vêtements de deux personnes ?

Alors ? Pourquoi se sont-ils mis à poil, tonnerre de Zeus !

Pourquoi ? POURQUOI ?

Qui va éclairer ma lanterne bordélienne ?

Toi ?

Moi ?

Eux ?

Je regarde autour de moi ce bureau classique de manufacture. Nous pourrions être n'importe où dans le monde. À Lille ou à Abidjan, à Helsinki ou à Zagreb. A Tokyo ou à Sao Paulo[1].

On ne se déshabille que pour se coucher, baiser, essayer des fringues, se faire examiner par le corps médical, bronzer, faire de la gymnastique. Or, ce bureau archineutre

1. *Je pourrais t'écrire une pleine page de ce tonneau, mais ça ferait chasseur à la ligne, alors que je ne suis que pêcheur.*

San-Antonio
De l'Académie des Chibres et Belles Bites.

semble inapte à remplir l'une des conditions sus-énumérées.

Mon regard croise celui de la secrétaire.

— Je trouverai, lui dis-je, sans forfanterie ; j'ai toujours trouvé ce que je cherchais, et il m'est également arrivé de trouver ce que je ne cherchais pas.

Elle baisse les yeux.

Bon, ça.

Un point marqué !

Pourquoi baisse-t-elle les yeux ? Parce qu'elle craint (végétal) de laisser percer un début d'indice ou de je ne sais quoi. Peur de se trahir. Elle ne redoute pas qu'on mette ses vêtements en charpie, par contre elle redoute que je lise sa pensée dans ses mirettes.

Conclusion, Antoine ? Tu brûles.

Je m'approche d'elle et lui caresse la joue, lentement, tendrement, du revers de la main.

— Je trouverai, réaffirmé-je. Et si je ne trouve pas, ce sera l'un des plus beaux incendies jamais enregistrés à Macao.

Je prends son menton dans ma main, l'obligeant à dresser la tête.

— Donne voir ces jolis yeux, fillette ! Allons, donne, je lis dans les prunelles comme Mme Irma dans le marc de café.

Elle détourne son regard. Une vraie môme, voilà t-il pas. Elle a six ans, à peine, tout à coup. J'ai bien fait de l'appeler fillette.

L'inspiration ma bite. Je veux dire m'habite. Je suis porté par mon instinct.

Je pose ma bouche tout contre son oreille pour chuchoter à la limite de l'audible. Elle seule va m'entendre. Devant les autres, ses complices, cela prend une importance inflammatoire[1]. L'atmosphère devient épaisse comme ta pommade contre les hémorroïdes.

— Je vais trouver, ma belle. Je sais déjà que la clé de tout, c'est votre déshabillage. Je sais aussi que pour nous, le danger ne viendra pas de vos vêtements. Et pourtant tu as peur. Le secret est ici. Parmi nous. Il n'est pas encombrant. C'est un petit secret qui peut très bien se loger dans…

Je bloque son menton, elle ne parvient plus à dérober ses yeux traqués.

— … Dans un soutien-gorge, par exemple !

Un affaissement s'opère sur son visage. Moi, expert comme un orfèvre en la matière, je dégrafe sa gibecière à colombes. Les deux seins qui apparaissent ne sont hélas pas jumeaux puisque l'un d'eux est en matière plastique.

Il tient par ventouse, et aussi grâce au soutien-gorge. Ce dernier ôté, il ne me reste que d'appuyer le doigt sur la peau, à la lisière du faux nichemar pour qu'icelui s'abandonne. Je le recueille.

C'est de mon devoir puisqu'il est orphelin.

1. Bon, d'accord : mais pourquoi pas inflammatoire ? Les mots sont comme les hommes : tous se valent.

CHAPITRE XXV

La principale différence existant entre un homme et un Anglais, c'est qu'un homme, n'importe sa capacité de self-control, ne peut s'empêcher de se manifester quand le sort lui est néfaste.

Le *signor* Avani étant italien, c'est-à-dire le contraire de britannique, il ne peut réprimer sa nature latine et, me voyant en passe de réussir l'exploit, il tente le tout *for the all*, à savoir qu'il se livre à une gymnastique que pardon, oh ! oh ! il doit mûrement travailler ses deltoïdes, zigomatiques, et tutti frutti ! Un caïman qui chercherait noise.

Dans un élan superbe et généreux, il se soulève du sol, chope ma manche avec ses dents et m'entraîne. Je titube (d'aspirine), ne m'attendant pas à semblable charge, si impromptue, et tombe à genoux. Athlète consommé, il parvient à passer ses jambes liées par-dessus ma poitrine afin que je bascule et il cherche à m'assommer à coups de talons, non mais tu te rends compte, Alfredine ? Sont-ce des manières civilisées ? L'intervention opportune, prompte et efficace de Bérurier met fin à ces simagrées. Le Gros shoote dans les claouis de l'énergumène, lequel part à dame pour une durée indéterminée, mais nous demanderons à la poste de lui garder son courrier à disposition. J'espère que ses génitoires sont garanties pièces et main-d'œuvre.

— Qu'est-ce tu disais donc ? enchaîne l'Irrémédiable.

J'amène le faux nichon de la jeune femme sur le bureau, ce qui n'est pas tellement enthousiasmant, toute prothèse inspirant une légitime répulsion, puisqu'elle supplée, chose inerte, à une partie du corps qui devrait être vivante, donc, beaucoup plus dégueulasse si l'on y réfléchit bien. Mais les gens ne réfléchissent jamais bien, car ils sont trop occupés à penser n'importe comment pour se persuader qu'ils sont, autre erreur monumentale : ils ne sont pas, ou à peine. Attends, j'arrête car ce dérapage nous entraînerait trop loin et t'as horreur.

J'ouvre de la pointe des ciseaux la couture du sein bidon. Et dedans, tu sais quoi ? De minuscules gélules transparentes, pas plus grosses que des molaires d'enfant de chœur. Elles contiennent une poudre grisâtre. Il y en a presque une centaine dans la loloche de plastique.

— Boîte hésite ? questionne le Gros qui – c'est de notoriété publique –, parle anglais mais avec l'accent de Saint-Locdu-le-Vieux.

Personne ne répond, et sa question franco-britiche tombe à plat comme une bouse de vache.

Manière d'en avoir le cœur net, je saisis la première gélule venue entre le pouce et l'index, puis, m'emparant des ciseaux (en anglais *scissors*) je m'apprête à sectionner l'une de ses deux extrémités.

Mais trois cris admirablement modulés retentissent :

— Non ! No ! & / %[1].

Le vieux gros moche Chinetoque, le pédé ravissantissimo et la secrétaire sous sein privé ont quasiment hurlé en même temps.

Je suspends mon geste par la peau des fesses. Contemple

1. Ça, c'est « non » écrit en chinois avec un clavier universel français.

mon petit monde d'un œil qui a la forme d'un crochet à bottines à la renverse.

— Hé hé, lancé-je, c'est si grave que cela, mes amis ?

Ils mutisment comme ils ont gueulé : en chœur !

— Alors, là, fais-je, une explication est absolument inévitable.

— J'te demanderais une minute d'intention, mec, coupe Béru, mate un peu ce qu' j'aspers-je.

Il me désigne le slip d'Avani que son coup de tatane a malmené. Une poche en caoutchouc dépasse de la niche à burnes.

— Comme quoi, il est moins garni qu'on croivait, ricane le Majestueux.

Et de dégager le réticule.

Tout comme le faux robert, plusieurs chiées de gélules identiques aux premières.

— Que contiennent ces petites capsules ? interrogé-je à la ronde.

Silence maréchal[1].

Ils sont pas marrants, ces gaziers !

Dans mes jolies méninges à balustres tournés, un boulot fantastique s'effectue. Je viens de piger qu'il y a eu fausse donne, ma poule d'eau. Et comment ! Les Italoches ne viennent pas chercher de la came à traiter, en Asie. Chose paradoxale : ils *viennent en livrer* ! Quelle est donc cette denrée terrifiante, contenue dans les mignonnes gélules ?

Je fais couler mes petites capsules d'une main dans l'autre, comme des grains de riz, devant mon auditoire fou d'anxiété.

— Béru, il est temps que tu interviennes, décidé-je.

1. Ledit silence est si épais que de le déclarer « général » me paraît insuffisant.

Choisis l'une de ces trois personnes, et va discuter avec elle dans un autre local.

— La discussion jaillit d'la lumière, approuve-t-il.

Un bout de moment qu'il espérait mon feu vert !

Il passe le trio en revue et désigne le travelo.

— Je vais commencer avec Madame, décide-t-il.

*
* *

Je remercie chaleureusement l'imprimeur qui a bien voulu déposer les astérisques ci-dessus, m'évitant, par ce simple signe typographique, la chienlit de devoir tartiner sur mon attente pendant que le Gros « discute » avec le Chinois ensorceleur. Imagine ce gain de temps, de lignes et de conneries ! Il eût fallu que je te parle de mes pensées, déductions, considérations intimes ; du comportement des autres, des cris qui me parviennent de la pièce où se développe « l'entretien », tout ça... Et voilà que d'un coup de médius magique, mon cher imprimeur m'épargne ce texte fastidieux, et te l'épargne à toi aussi, lecteur et trice d'amour, faisant ainsi d'une paire deux couillons. Ah ! l'amour. Tu sais pas ? On devrait lui faire un cadeau pour le remercier. T'entends, le lino ? Écris-moi ton adresse on t'enverra une cravate, t'auras qu'à me dire la couleur.

Donc, mon pote de l'imprimerie Bussière (celle de l'élite, t'as remarqué ?) a placé avec une prodigieuse dextérité les astérisques précités, ce qui signifie qu'un laps de temps s'est écoulé. Et Béru revient, tenant en laisse la vamp safranée.

— Mademoiselle a pas voulu causer, fait-il, j'croye qu'on tirera rien de ces pieds-nickelés, mon loulou.

Tout en disant, il m'adresse un clin d'œil qui dément.

Je comprends qu'il s'est engagé à ne pas révéler devant ses complices la trahison de leur copain.

— Faudrait qu'on susse quoi fiche d'eux, poursuit l'Éloquent ; de manière qu'on pusse larguer les amarres sans bavure.

Toujours sur la brèche, actif et mystérieux, il part en quête d'une solution, et ne tarde pas à revenir avec. Chambre froide où sont conservés certains produits pharmaceutiques. Température zéro degré, ce qui est supportable. Ces gredins auront la possibilité de se rafraîchir les idées en attendant la réouverture de la taule, demain. Je pique les papiers du travelo, l'argent du Chinois, les gélules des Ritals, et bye-bye tout le monde !

On se casse de l'entrepôt une fois nos gus installés dans la pièce frigorifique. Généreux comme tu me sais, je les recouvre de paille d'emballage pour leur permettre de lutter plus ou moins contre le froid. Cela dit, si on les retrouve raides tant mieux !

— Alors, tu as pu faire parler le gars ? m'enquéré-je avec l'avidité que tu devines.

— Quel gars ? s'étonne Béru. Tu veux parler de la jolie Chinoise ?

— Oui.

Il me file un coup de coude coquin dans le baquet. Sa grosse ombre roule sur le trottoir, comique.

— Elle s'est affalée cinq sur cinq, espère ! Faut dire qu'j'lu ai réservé une séance pas banale.

— C'est-à-dire ?

— T'auras r'marqué qu'ell' m'bottait. Alors, j'm' l'ai payée sans sucre ni vaseline. M' dis pas qu' t'as pas entendu sa clameur, à mam'zelle ! Ell' jouait Les Hauts de Hurlement ! Dis, faut admettr' que là où l'chibraque à Béru passe, la volonté trépasse. Pour qu'é comprenne bien où j'voulais en viendre, elle a eu droit au bilboquet fantasque, mon pote ! Direction Lune, si tu vois l'trajet ? J' peux t'dire qu' son n'hangar à thermomètre a compris sa douleur ! Tout en actionnant d'la rapière à Charlemagne, j'lu posais des questions. Ell' répondait comme su' du velours, la garce. Elle n'songeait plus à berlurer, j'te prille d'agréer ! Faut dire qu'le fion y fumait, mam'zelle ! J'me demande à quelle date ell' pourra s'rasseoir ! Pour la prochaine moisson des ananas, probab'.

Il rit, orgueilleux de son paf surdimensionné comme d'un don rarissime, un présent de Dieu qui a toujours tenu les Bérurier en haute estime.

— Je ne voudrais pas jouer les rabat-joie, mais tu sais que la demoiselle en question s'appelle Gaston, en chinois ? C'est un gars, camarade ! Un monsieur de sexe masculin, quoi !

L'ombre rouleuse du Gros semble s'allonger dans le soleil déclinant comme le geste auguste du semeur.

— Tu me chambres ? balbutie Queue-d'âne.

— Parole… d'homme ! J'ai été bien placé pour le savoir. M'est avis que tu as agi avec trop de précipitation, l'ami ! Une pièce rare, faut toujours l'examiner pile et face avant de la cataloguer fleur de coin.

Le noble chibreur reprend pensivement sa marche.

Peu à peu, sa sagesse paysanne retrouve pleinement ses droits.

— Après tout, déclare le Magistral, ce qui compte, c'est pas les choses, mais l'idée qu'on s'en fait.

CHAPITRE XXVI

Il a noté l'adresse sur un bout de papelard qui a probablement servi à empaqueter des beignets. Ça se trouve en dehors de la ville, pas loin justement de la Rivière des Perlouzes, dans une propriété délabrée, de style colonial écroulé. Le genre de baraque vétuste que les promoteurs convoitent et qui les empêche de baiser leurs gerces d'une queue sereine (ou de serin), car ils imaginent du méchant buildinge vitre et béton à la place, et du bail commercial à faire pipi partout, les pauvres merlineurs du monde en mouvance.

Un idiot congénital d'une cinquantaine d'années, avec une tête hydrocéphale et des membres de pingouin prend l'ombre sous la véranda, dans une petite poussette d'enfant que t'achèterais un bon prix aux Puces pour en faire une jardinière dans ton *garden*. On lui dit bonsoir, mais il ne parle que crétin et se contente de nous flanquer un rire inhumain qui donne le cruel frisson d'espèce.

On pénètre dans la casa où ça renifle la morue frite et le lavement consommé. Un capharnaüm (et Pompéi) indescriptible, sache-le, si bien que je n'ai pas à te le décrire : à l'impossible nul détenu, comme on dit à la Santé.

Une dadame plus vioque que la maison se pointe en clopinant. Elle a les cheveux blancs, le dos à quarante-cinq degrés, et une cascade de gros boutons dégueulasses sur le pif.

— On vient pour les pigeons, de la part de M. Chi Pâ Olichi Hopô (c'est le blaze du directeur de la coop pharmaceutique).

Je tire de ma fouille une enveloppe de papier kraft contenant les mystérieuses gélules. Je brandis le contenu sous le nez à impériale de la dame.

Sans méfiance, elle nous désigne un escalier de bois qui fut ciré à l'époque où la maison exprimait un certain standing mais qui est devenu assez infâme, chacun des degrés étant surchargé des choses les plus insolites, insolentes et déphasées : bouquins dépenaillés, bouteilles vides, objets mutilés, hardes, etc.

Nous le gravissons en faisant du slalom.

Au premier étage il se rétrécit. On continue, guidés par le chahut en provenance des combles. Une porte baisse et c'est le vacarme que peuvent faire une cinquantaine de pigeons en cage. Certains poètes qualifieraient la chose de ramage, ces cons ; moi, terre à terre, j'appelle cela du boucan ; et je fais bien.

Open the door Richard! J'attrape sans difficulté un roucouleur à gorge de cantatrice allemande pour mater ses pattounes. La droite est équipée d'un mignon petit appareil, de la taille d'un dé à coudre, mais drôlement sophistiqué. Le truc en question comporte un alvéole dans lequel on insère l'une des gélules. Dans sa partie supérieure figure un minuscule mécanisme à remontoir chargé d'actionner une pointe d'acier pas plus grosse qu'une épine de rose socialiste. Je détache l'engin et le glisse dans ma fouille. Après quoi j'enjoins au Gros de libérer tous les pigeons et de les évacuer par la lucarne du toit.

Bientôt, un grand froufrou ailé retentit. Tous les oiseaux, sans exception, prennent la direction du nord.

Cela étant accompli, je choisis deux gélules parmi celles que nous avons piquées au couple rital, je les enveloppe dans du papier et les loge délicatement dans la poche supérieure de mon veston. Après l'ensuite de quoi, le Gros et ma pomme allons enterrer ce qui reste au fond du jardin de la vieillarde, très profondément, ce au pied d'un gougnafier sextuple caramélisé, dont le feuillage offre la particularité de ressembler à des fleurs, et les fleurs à des feuilles.

— C'est le meilleur moyen de les mettre en sécurité, dis-je. Si besoin est, ce sera possible de les récupérer. Et maintenant, Mister Gradube, on va essayer de regagner Hong Kong.

Je retourne saluer la vieille dame, fort occupée à cuire sa morue. Je lui dis que merci-bien-à-bientôt et comme quoi son grand garçon a bonne mine. Ce dernier nous congédie du même rire inhumain.

L'existence n'est pas toujours avenante, faut reconnaître. On est tellement de cons, de salauds et de malfoutus sut cette planète que, par instants, elle paraît tentée d'arrêter sa rotation et de se laisser choir dans le cosmos.

Tu veux parier qu'elle nous dira merde un jour !

CHAPITRE XXVII

Rome.

Ville éternelle, j'y compte bien. Son Colisée, ses Brigades rouges, son pape, ses spaghetti aux fruits de mer !

Ville sublime, ville ouverte.

Sang et soleil, ruines et cris. Poussière d'or des siècles à jamais incrustés sur les rives du Tibre.

Le Vieux, le Dabe, le Tondu, le Vénérable, le Big Boss, Achille, autrement dit môssieur le directeur, est venu nous y attendre. Il se tient dans un salon discret de l'ambassade de France, plein de tableautins, sièges Louis Zob, tapis d'Aubusson (Noël à Aubusson, Pâques aux tisons), tout le fromage officiel et qui se veut représentatif de l'élégance françouaise ; en compagnie d'un aimable Chinois au regard de penseur, loqué en Mao gris, et d'un vieux Romain, bon comme la romaine.

Le Dabuche se précipite.

— Ah ! mes amis ! Quel plaisir ! Excellences, permettez-moi de vous présenter deux de mes meilleurs collaborateurs, MM. San-Antonio et Bérurier, qui ont si brillamment sorti cette effarante histoire.

Il respire et poursuit à notre intention :

— Leurs Excellences, M. l'attaché d'ambassade de Chine Populaire, et le *dottor* Voxpopuli, mon homologue romain…

Poignées de cartilages, courbettes, murmures civils et militaires, saluts éternels, amen.

Le *Big Chief* continue :

— San-Antonio, vous allez résumer pour ces messieurs ce que vous m'avez raconté en P.C.V. au téléphone depuis Hong Kong. Soyez succinct, leur temps est précieux.

Cette recommandation enrogne Béru.

— Si vous voudriez qu'on soye tout à fait suce seins, patron, c'tait pas la peine qu'on vient, suffisait d'expédier un télégramme !

— Je vous en conjure, Bérurier : pas d'humour ! adjure M. Bon Dieu.

En parfait chef d'orchestre, il tend le bras vers moi et fait claquer les doigts qui se trouvent au bout.

Je plonge donc, narrant le départ de cette folle aventure : la voiture volée par deux petites salopes cupides trop arnaqueuses de nature pour pouvoir vivre vieilles.

— Le professeur Corvonero, barbon en folie, a accepté de commettre un crime contre l'humanité, messieurs. Le forfait était à ce point horrible qu'il prétendait, auprès de son égérie, se livrer à un trafic de drogue, ce qui lui paraissait anodin en regard de la vérité.

— Au fait, au fait ! impatiente le Vieux Glandu.

— Messieurs, demandé-je au trio, connaissez-vous la triste particularité de la République du Boukamba ?

Ils me décochent trois moues différentes mais qui toutes expriment la négative.

Alors, fort de leur ignorance, je passe outre le désir de concision exprimé par le Dabe et j'attaque :

— C'est au Boukamba qu'a été découverte la maladie de Smiremork dont les effets terribles rendent aveugles, sourds et muets tous ceux qui en sont frappés, sans préjudice – si je puis dire – de lésions au foie et à la moelle épinière. Smiremork, le savant scandinave qui a détecté ce mal épouvantable, a déterminé qu'il était causé par les marécages situés au sud de Boukanho, la capitale du Boukamba. La terre de ceux-ci contient à l'état endémique, arachnéen et calfeutré le terrible virus. Des travaux ont été entrepris pour la salubrité de la région évoquée, mais vous n'ignorez pas combien une entreprise de ce genre est hasardeuse et mollement exercée quand elle a lieu dans un pays sous-développé.

Poum ! Là, je respire. J'ai droit à une forte rasade d'oxygène. De champagne également, mais il ne semble pas prévu au programme.

— Une bande de terroristes internationaux a eu l'idée d'acheter à prix d'or cette terre viciée au Boukamba et de la faire traiter en laboratoire pour en dégager le virus et le concentrer sous faible volume. C'est l'ignoble Corvonero qui a accepté cette basse besogne. Grâce à – ou plutôt à cause de – lui le virus de Smiremork est enfermé dans ces gélules, dont une seule suffit, lorsque son contenu est à l'air libre, pour contaminer plusieurs milliers de personnes. Les terroristes ont décidé de s'en prendre à la Chine Populaire, Excellence. Pour cela, ils livraient les gélules à Macao. Une fois parvenues dans cette enclave, on les fixait aux pattes de pigeons voyageurs achetés à votre pays par des colombophiles portugais. Avant de lâcher le pigeon, on remontait le mécanisme que voici. Regardez… Après un laps de temps de plusieurs jours, ledit mécanisme enfonçait une pointe dans la gélule afin de libérer le virus.

— Je vois, déclare le Chinois, voilà pourquoi toute une région du centre est contaminée ! Il y a eu soixante mille décès entre Chop-Sa et Chop-Su.

— Si les choses avaient continué, le mal eût été irréparable, gazouille Achille. San-Antonio, dites merci à Son Excellence de lui avoir sauvé son pays. C'est un grand honneur, vous savez. Sauver la Chine millénaire, mazette ! Vous ne vous mouchez pas du coude, mon petit ami !

Magnanime, l'Excellence me fait signe que je suis tout excusé.

— Où est l'infâme Corvonero ? demande le directeur de la police romaine, celui qui est bon comme un Romain.

Je souris.

— Nous sommes passés le voir avant notre rendez-vous, mais il a refusé de nous ouvrir sa porte.

— Où est-il ?

— Dans la salle des coffres de la Banco di Roma, monsieur le directeur. Il s'est loué un compartiment géant et s'y est enfermé avec des vivres et de l'air comprimé car il sait bien que, depuis la trahison de sa maîtresse, sa vie ne tient qu'à un fil. Il a brouillé la combinaison avant de pénétrer dans le coffre, m'a expliqué le préposé, et a demandé qu'on ferme la porte sur lui. Il sera difficile de le joindre…

— Les noms des conjurés, commissaire ?

— Il y a le *signor* Avani, qui doit se trouver encore à Macao ou Hong Kong, sa maîtresse et complice qui travaillait en qualité de secrétaire au Museo di Santa Antonia dei Cosmetici, et, bien sûr, les gens de l'ambassade du Boukamba. Par eux, en les soudoyant, vous pourrez en apprendre davantage. Des types capables d'exporter de la terre contaminée ne doivent pas être des alliés très fiables…

« Du côté des relations d'Antonella Mariani, vous trouverez peut-être également des indices précieux, cette malheureuse fille a probablement fait des confidences, sinon elle ne serait pas morte. »

Le Vioque qui se languit de causer, et donc de s'imposer, demande :

— En somme, les documents volés dans la voiture de Corvonero étaient relatifs à quoi ?

— Ben voyons, patron : à tout ce trafic de terre, de gélules, etc. Corvonero avait écrit cela par précaution, pour se garantir, croyait-il, mais le *boomerang* lui est revenu sur la figure. En tout cas, il a causé, ce faisant, la mort de son intrigante maîtresse et de sa complice.

Achille caresse son admirable calvitie qui scintille comme la boule lumineuse des dancings au cours d'un tango.

— Il va falloir agir de concert, messieurs, et prévenir les autorités britanniques, portugaises…

Mais l'attaché d'effusion[1] s'agite ; fait signe que non point, inutile, surtout pas.

— Monsieur l'Illustre et Grandiose Directeur de l'Admirable Police Française, murmure-t-il, puisque cette histoire est dirigée contre nous, si vous voulez bien le permettre, avec la sérénité qui vous caractérise, nous la réglerons nous-mêmes pendant que vous nous construirez des usines atomiques…

Son regard en boutonnière de smoking reste indéchiffrable. Pépère, un instant déconfit, reprend vite son urbanité coutumière :

— Mais, cela va de soi, Excellence. Parfaitement. C'est l'évidence même ; comment donc…

L'Excellence joint ses mains bien à plat et amorce une prosternation qui met le comble à la mouillance du Vieux.

Après quoi, elle vient me saisir au coude, et m'entraîne dans l'embrasure de la fenêtre.

1. *Ici, San-A. est victime de ses propres calembours. En effet, il parle souvent « d'attaché d'embrassade », d'où la confusion.*
Note de Frey

— Grandissime Commissaire, Lumière de la Police, Flambeau de Vérité, me dit-elle familièrement, je suis certain (l'Excellence parle d'elle au masculin, y a pas de raison) que la Chine Populaire aura à cœur de vous témoigner sa reconnaissance pour l'éminent service que vous venez de lui rendre. Puis-je m'enquérir d'ores et déjà du genre de présent qui vous serait agréable ? Voyons, que peut-on vous offrir ?

— Un tunnel, dis-je. Un simple tunnel de quatre kilomètres de long. Allons chercher une carte de Macao, je vous indiquerai où il devra déboucher.

FIN

Un guide de lecture inédit élaboré
par Raymond Milési

REMONTEZ LE FLEUVE AVEC LE COMMISSAIRE SAN-ANTONIO

La première aventure du commissaire San-Antonio est parue en 1949. Peu à peu, ce personnage au punch et à la sincérité extraordinaires a pris dans le cœur des lecteurs de tous âges une place si importante qu'on peut parler à son sujet de véritable *phénomène*. Qu'il s'agisse de son exceptionnel succès dans l'édition ou de l'enthousiasme qu'il provoque, on est en droit de le situer — et de loin — au premier rang des « héros littéraires » de notre pays.

1. Bibliographie des aventures de San-Antonio

A) La série

Jusqu'en 2002, la série était disponible dans une collection appelée « *San-Antonio* », abrégée en « **S-A** », **avec une numérotation qui ne tenait pas compte – pour une bonne partie – de l'ordre originel des parutions**.

La collection garde le même nom mais, à partir de 2003, **sa numérotation va respecter l'ordre chronologique**.

Dès lors, la bibliographie ci-après se consulte de la façon suivante :

- En tête apparaît le numéro « chronologique », celui qui figure sur chaque roman réimprimé *à partir de 2003.*
- Après le titre vient, entre parenthèses, la date de première publication.
- Puis est indiquée la collection d'origine (Spécial Police de 1950 à 1972 et **S-A avec l'ancienne numérotation** : reprises et originaux de 1973 à 2002).
- O.C. signale que le titre a été réédité dans les Œuvres Complètes, le numéro du tome étant précisé en chiffres romains.

■■■■■■■■■■■■■■■

1. **RÉGLEZ-LUI SON COMPTE** (1949)
   (S-A 107) – O.C. XXIV
2. **LAISSEZ TOMBER LA FILLE** (1950)
   Spécial-Police 11 – **(S-A 43)** – O.C. III
3. **LES SOURIS ONT LA PEAU TENDRE** (1951)
   Spécial-Police 19 – **(S-A 44)** – O.C. II
4. **MES HOMMAGES À LA DONZELLE** (1952)
   Spécial-Police 30 – **(S-A 45)** – O.C. X
5. **DU PLOMB DANS LES TRIPES** (1953)
   Spécial-Police 35 – **(S-A 47)** – O.C. XII
6. **DES DRAGÉES SANS BAPTÊME** (1953)
   Spécial-Police 38 – **(S-A 48)** – O.C. IV
7. **DES CLIENTES POUR LA MORGUE** (1953)
   Spécial-Police 40 – **(S-A 49)** – O.C. VI

8. **DESCENDEZ-LE À LA PROCHAINE** (1953)
Spécial-Police 43 – **(S-A 50)** – O.C. VII

9. **PASSEZ-MOI LA JOCONDE** (1954)
Spécial-Police 48 – **(S-A 2)** – O.C. I

10. **SÉRÉNADE POUR UNE SOURIS DÉFUNTE** (1954)
Spécial-Police 52 – **(S-A 3)** – O.C. VIII

11. **RUE DES MACCHABÉES** (1954)
Spécial-Police 57 – **(S-A 4)** – O.C. VIII

12. **BAS LES PATTES !** (1954)
Spécial-Police 59 – **(S-A 51)** – O.C. XI

13. **DEUIL EXPRESS** (1954)
Spécial-Police 63 – **(S-A 53)** – O.C. IV

14. **J'AI BIEN L'HONNEUR DE VOUS BUTER** (1955)
Spécial-Police 67 – **(S-A 54)** – O.C. VIII

15. **C'EST MORT ET ÇA NE SAIT PAS** (1955)
Spécial-Police 71 – **(S-A 55)** – O.C. XIII

16. **MESSIEURS LES HOMMES** (1955)
Spécial-Police 76 – **(S-A 56)** – O.C. II

17. **DU MOURON À SE FAIRE** (1955)
Spécial-Police 81 – **(S-A 57)** – O.C. XV

18. **LE FIL À COUPER LE BEURRE** (1955)
Spécial-Police 85 – **(S-A 58)** – O.C. XI

19. **FAIS GAFFE À TES OS** (1956)
Spécial-Police 90 – **(S-A 59)** – O.C. III

20. **À TUE… ET À TOI** (1956)
Spécial-Police 93 – **(S-A 61)** – O.C. VI

21. **ÇA TOURNE AU VINAIGRE** (1956)
Spécial-Police 101 – **(S-A 62)** – O.C. IV

22. **LES DOIGTS DANS LE NEZ** (1956)
Spécial-Police 108 – **(S-A 63)** – O.C. VII

23. AU SUIVANT DE CES MESSIEURS (1957)
Spécial-Police 111 – **(S-A 65)** – O.C. IX

24. DES GUEULES D'ENTERREMENT (1957)
Spécial-Police 117 – **(S-A 66)** – O.C. IX

25. LES ANGES SE FONT PLUMER (1957)
Spécial-Police 123 – **(S-A 67)** – O.C. XII

26. LA TOMBOLA DES VOYOUS (1957)
Spécial-Police 129 – **(S-A 68)** – O.C. IV

27. J'AI PEUR DES MOUCHES (1957)
Spécial-Police 141 – **(S-A 70)** – O.C. I

28. LE SECRET DE POLICHINELLE (1958)
Spécial-Police 145 – **(S-A 71)** – O.C. III

29. DU POULET AU MENU (1958)
Spécial-Police 151 – **(S-A 72)** – O.C. V

30. TU VAS TRINQUER, SAN-ANTONIO (1958)
Spécial-Police 157 – **(S-A 40)** – O.C. V
(tout en pouvant se lire séparément, ces deux derniers romans constituent une même histoire en deux parties)

31. EN LONG, EN LARGE ET EN TRAVERS (1958)
Spécial-Police 163 – **(S-A 7)** – O.C. XIII

32. LA VÉRITÉ EN SALADE (1958)
Spécial-Police 173 – **(S-A 8)** – O.C. VI

33. PRENEZ-EN DE LA GRAINE (1959)
Spécial-Police 179 – **(S-A 73)** – O.C. II

34. ON T'ENVERRA DU MONDE (1959)
Spécial-Police 188 – **(S-A 74)** – O.C. VII

35. SAN-ANTONIO MET LE PAQUET (1959)
Spécial-Police 194 – **(S-A 76)** – O.C. IX

36. ENTRE LA VIE ET LA MORGUE (1959)
Spécial-Police 201 – **(S-A 77)** – O.C. IX

37. **TOUT LE PLAISIR EST POUR MOI** (1959)
Spécial-Police 207 – **(S-A 9)** – O.C. XIII

38. **DU SIROP POUR LES GUÊPES** (1960)
Spécial-Police 216 – **(S-A 5)** – O.C. II

39. **DU BRUT POUR LES BRUTES** (1960)
Spécial-Police 225 – **(S-A 15)** – O.C. IX

40. **J'SUIS COMME ÇA** (1960)
Spécial-Police 233 – **(S-A 16)** – O.C. VI

41. **SAN-ANTONIO RENVOIE LA BALLE** (1960)
Spécial-Police 238 – **(S-A 78)** – O.C. VII

42. **BERCEUSE POUR BÉRURIER** (1960)
Spécial-Police 244 – **(S-A 80)** – O.C. IV

43. **NE MANGEZ PAS LA CONSIGNE** (1961)
Spécial-Police 250 – **(S-A 81)** – O.C. XI

44. **LA FIN DES HARICOTS** (1961)
Spécial-Police 259 – **(S-A 83)** – O.C. X

45. **Y A BON, SAN-ANTONIO** (1961)
Spécial-Police 265 – **(S-A 84)** – O.C. VIII

46. **DE « A » JUSQU'À « Z »** (1961)
Spécial-Police 273 – **(S-A 86)** – O.C. XII

47. **SAN-ANTONIO CHEZ LES MAC** (1961)
Spécial-Police 281 – **(S-A 18)** – O.C. VII

48. **FLEUR DE NAVE VINAIGRETTE** (1962)
Spécial-Police 293 – **(S-A 10)** – O.C. I

49. **MÉNAGE TES MÉNINGES** (1962)
Spécial-Police 305 – **(S-A 11)** – O.C. IX

50. **LE LOUP HABILLÉ EN GRAND-MÈRE** (1962)
Spécial-Police 317 – **(S-A 12)** – O.C. X

51. **SAN-ANTONIO CHEZ LES « GONES »** (1962)
Spécial-Police 321 – **(S-A 13)** – O.C. V

52. **SAN-ANTONIO POLKA** (1963)
Spécial-Police 333 – **(S-A 19)** – O.C. V

53. **EN PEIGNANT LA GIRAFE** (1963)
Spécial-Police 343 – **(S-A 14)** – O.C. II

54. **LE COUP DU PÈRE FRANÇOIS** (1963)
Spécial-Police 358 – **(S-A 21)** – O.C. XI

55. **LE GALA DES EMPLUMÉS** (1963)
Spécial-Police 385 – **(S-A 41)** – O.C. V

56. **VOTEZ BÉRURIER** (1964)
Spécial-Police 391 – **(S-A 22)** – O.C. I

57. **BÉRURIER AU SÉRAIL** (1964)
Spécial-Police 427 – **(S-A 87)** – O.C. III

58. **LA RATE AU COURT-BOUILLON** (1965)
Spécial-Police 443 – **(S-A 88)** – O.C. I

59. **VAS-Y BÉRU** (1965)
Spécial-Police 485 – **(S-A 23)** – O.C. VIII

60. **TANGO CHINETOQUE** (1966)
Spécial-Police 511 – **(S-A 24)** – O.C. VI

61. **SALUT, MON POPE !** (1966)
Spécial-Police 523 – **(S-A 25)** – O.C. X

62. **MANGE, ET TAIS-TOI !** (1966)
Spécial-Police 565 – **(S-A 27)** – O.C. XII

63. **FAUT ÊTRE LOGIQUE** (1967)
Spécial-Police 577 – **(S-A 28)** – O.C. X

64. **Y'A DE L'ACTION !** (1967)
Spécial-Police 589 – **(S-A 29)** – O.C. XIII

65. **BÉRU CONTRE SAN-ANTONIO** (1967)
Spécial-Police 613 – **(S-A 31)** – O.C. XII

66. **L'ARCHIPEL DES MALOTRUS** (1967)
Spécial-Police 631 – **(S-A 32)** – O.C. XI

67. **ZÉRO POUR LA QUESTION** (1968)
Spécial-Police 643 – **(S-A 34)** – O.C. XIII

68. **BRAVO, DOCTEUR BÉRU** (1968)
Spécial-Police 661 – **(S-A 35)** – O.C. XIV

69. **VIVA BERTAGA** (1968)
Spécial-Police 679 – **(S-A 37)** – O.C. XIV

70. **UN ÉLÉPHANT, ÇA TROMPE** (1968)
Spécial-Police 697 – **(S-A 38)** – O.C. XIV

71. **FAUT-IL VOUS L'ENVELOPPER ?** (1969)
Spécial-Police 709 – **(S-A 39)** – O.C. XIV

72. **EN AVANT LA MOUJIK** (1969)
Spécial-Police 766 – **(S-A 89)** – O.C. XIV

73. **MA LANGUE AU CHAH** (1970)
Spécial-Police 780 – **(S-A 90)** – O.C. XV

74. **ÇA MANGE PAS DE PAIN** (1970)
Spécial-Police 829 – **(S-A 92)** – O.C. XV

75. **N'EN JETEZ PLUS !** (1971)
Spécial-Police 864 – **(S-A 93)** – O.C. XV

76. **MOI, VOUS ME CONNAISSEZ ?** (1971)
Spécial-Police 893 – **(S-A 94)** – O.C. XV

77. **EMBALLAGE CADEAU** (1972)
Spécial-Police 936 – **(S-A 96)** – O.C. XVI

78. **APPELEZ-MOI CHÉRIE** (1972)
Spécial-Police 965 – **(S-A 97)** – O.C. XVI

79. **T'ES BEAU, TU SAIS !** (1972)
Spécial-Police 980 – **(S-A 99)** – O.C. XVI

80. **ÇA NE S'INVENTE PAS** (1973)
(S-A 1) – O.C. XVI

81. **J'AI ESSAYÉ, ON PEUT** (1973)
(S-A 6) – O.C. XVII

82. **UN OS DANS LA NOCE** (1974)
(S-A 17) – O.C. XVII

83. **LES PRÉDICTIONS DE NOSTRABÉRUS** (1874)
(S-A 20) – O.C. XVII

84. **METS TON DOIGT OÙ J'AI MON DOIGT** (1974)
(S-A 26) – O.C. XVII

85. **SI, SIGNORE** (1974)
(S-A 30) – O.C. XVIII

86. **MAMAN, LES PETITS BATEAUX** (1975)
(S-A 33) – O.C. XVIII

87. **LA VIE PRIVÉE DE WALTER KLOZETT** (1975)
(S-A 36) – O.C. XVIII

88. **DIS BONJOUR À LA DAME** (1975)
(S-A 42) – O.C. XVIII

89. **CERTAINES L'AIMENT CHAUVE** (1975)
(S-A 46) – O.C. XIX

90. **CONCERTO POUR PORTE-JARRETELLES** (1976)
(S-A 52) – O.C. XIX

91. **SUCETTE BOULEVARD** (1976)
(S-A 60) – O.C. XIX

92. **REMETS TON SLIP, GONDOLIER** (1977)
(S-A 64) – O.C. XIX

93. **CHÉRIE, PASSE-MOI TES MICROBES !** (1977)
(S-A 69) – O.C. XX

94. **UNE BANANE DANS L'OREILLE** (1977)
(S-A 75) – O.C. XX

95. **HUE, DADA !** (1977)
(S-A 79) – O.C. XX

96. **VOL AU-DESSUS D'UN LIT DE COCU** (1978)
(S-A 82) – O.C. XX

97. **SI MA TANTE EN AVAIT** (1978)
(S-A 85) – O.C. XXI

98. **FAIS-MOI DES CHOSES** (1978)
(S-A 91) – O.C. XXI

99. **VIENS AVEC TON CIERGE** (1978)
(S-A 95) – O.C. XXI

100. **MON CULTE SUR LA COMMODE** (1979)
(S-A 98) – O.C. XXI

101. **TIRE-M'EN DEUX, C'EST POUR OFFRIR** (1979)
(S-A 100) – O.C. XXII

102. **À PRENDRE OU À LÉCHER** (1980)
(S-A 101) – O.C. XXII

103. **BAISE-BALL À LA BAULE** (1980)
(S-A 102) – O.C. XXII

104. **MEURS PAS, ON A DU MONDE** (1980)
(S-A 103) – O.C. XXII

105. **TARTE À LA CRÈME STORY** (1980)
(S-A 104) – O.C. XXIII

106. **ON LIQUIDE ET ON S'EN VA** (1981)
(S-A 105) – O.C. XXIII

107. **CHAMPAGNE POUR TOUT LE MONDE !** (1981)
(S-A 106) – O.C. XXIII

→ À partir du 108e roman ci-dessous, la numérotation affichée auparavant sur les ouvrages de la collection « *San-Antonio* » correspond à l'ordre chronologique. Le numéro actuel et le précédent sont donc identiques. Mais, pour éviter toute équivoque, nous continuons tout de même à les mentionner l'un et l'autre jusqu'au bout.

108. **LA PUTE ENCHANTÉE** (1982)
(S-A 108) – O.C. XXIII

109. **BOUGE TON PIED QUE JE VOIE LA MER** (1982)
(S-A 109) – O.C. XXIV

110. **L'ANNÉE DE LA MOULE** (1982)
(S-A 110) – O.C. XXIV

111. **DU BOIS DONT ON FAIT LES PIPES** (1982)
(S-A 111) – O.C. XXIV

112. **VA DONC M'ATTENDRE CHEZ PLUMEAU** (1983)
(S-A 112) – O.C. XXV

113. **MORPION CIRCUS** (1983)
(S-A 113) – O.C. XXV

114. **REMOUILLE-MOI LA COMPRESSE** (1983)
(S-A 114) – O.C. XXV

115. **SI MAMAN ME VOYAIT !** (1983)
(S-A 115) – O.C. XXV

116. **DES GONZESSES COMME S'IL EN PLEUVAIT** (1984)
(S-A 116) – O.C. XXVI

117. **LES DEUX OREILLES ET LA QUEUE** (1984)
(S-A 117) – O.C. XXVI

118. **PLEINS FEUX SUR LE TUTU** (1984)
(S-A 118) – O.C. XXVI

119. **LAISSEZ POUSSER LES ASPERGES** (1984)
(S-A 119) – O.C. XXVI

120. **POISON D'AVRIL ou la vie sexuelle de Lili Pute** (1985)
(S-A 120) – O.C. XXVII

121. **BACCHANALE CHEZ LA MÈRE TATZI** (1985)
(S-A 121) – O.C. XXVII

122. **DÉGUSTEZ, GOURMANDES !** (1985)
(S-A 122) – O.C. XXVII

123. **PLEIN LES MOUSTACHES** (1985)
(S-A 123) – O.C. XXVII

124. **APRÈS VOUS S'IL EN RESTE, MONSIEUR LE PRÉSIDENT** (1986)
(S-A 124) – O.C. XXVIII

125. **CHAUDS, LES LAPINS !** (1986)
(S-A 125) – O.C. XXVIII

126. **ALICE AU PAYS DES MERGUEZ** (1986)
(S-A 126) – O.C. XXVIII

127. **FAIS PAS DANS LE PORNO...** (1986)
(S-A 127) – O.C. XXVIII

128. **LA FÊTE DES PAIRES** (1986)
(S-A 128) – O.C. XXIX

129. **LE CASSE DE L'ONCLE TOM** (1987)
(S-A 129) – O.C. XXIX

130. **BONS BAISERS OÙ TU SAIS** (1987)
(S-A 130) – O.C. XXIX

131. **LE TROUILLOMÈTRE À ZÉRO** (1987)
(S-A 131) – O.C. XXIX

132. **CIRCULEZ ! Y A RIEN À VOIR** (1987)
(S-A 132)

133. **GALANTINE DE VOLAILLE POUR DAMES FRIVOLES** (1987)
(S-A 133)

134. **LES MORUES SE DESSALENT** (1988)
(S-A 134)

135. **ÇA BAIGNE DANS LE BÉTON** (1988)
(S-A 135)

136. **BAISSE LA PRESSION, TU ME LES GONFLES !** (1988)
(S-A 136)

137. **RENIFLE, C'EST DE LA VRAIE** (1988)
(S-A 137)

138. **LE CRI DU MORPION** (1989)
(S-A 138)

139. **PAPA, ACHÈTE-MOI UNE PUTE** (1989)
(S-A 139)

140. **MA CAVALE AU CANADA** (1989)
(S-A 140)

141. **VALSEZ, POUFFIASSES** (1989)
(S-A 141)

142. **TARTE AUX POILS SUR COMMANDE** (1989)
(S-A 142)

143. **COCOTTES-MINUTE** (1990)
(S-A 143)

144. **PRINCESSE PATTE-EN-L'AIR** (1990)
(S-A 144)

145. **AU BAL DES ROMBIÈRES** (1990)
(S-A 145)

146. **BUFFALO BIDE** (1991)
(S-A 146)

147. **BOSPHORE ET FAIS RELUIRE** (1991)
(S-A 147)

148. **LES COCHONS SONT LÂCHÉS** (1991)
(S-A 148)

149. **LE HARENG PERD SES PLUMES** (1991)
(S-A 149)

150. **TÊTES ET SACS DE NŒUDS** (1991)
(S-A 150)

151. **LE SILENCE DES HOMARDS** (1992)
(S-A 151)

152. **Y EN AVAIT DANS LES PÂTES** (1992)
(S-A 152)

153. **AL CAPOTE** (1992)
(S-A 153)

154. **FAITES CHAUFFER LA COLLE** (1993)
(S-A 154)

155. **LA MATRONE DES SLEEPINGES** (1993)
(S-A 155)

156. **FOIRIDON À MORBAC CITY** (1993)
(S-A 156)

157. **ALLEZ DONC FAIRE ÇA PLUS LOIN** (1993)
(S-A 157)

158. **AUX FRAIS DE LA PRINCESSE** (1993)
(S-A 158)

159. **SAUCE TOMATE SUR CANAPÉ** (1994)
(S-A 159)

160. **MESDAMES VOUS AIMEZ « ÇA »** (1994)
(S-A 160)

161. **MAMAN, LA DAME FAIT RIEN QU'À ME FAIRE DES CHOSES** (1994)
(S-A 161)

162. **LES HUÎTRES ME FONT BÂILLER** (1995)
(S-A 162)

163. **TURLUTE GRATOS LES JOURS FÉRIÉS** (1995)
(S-A 163)

164. **LES EUNUQUES NE SONT JAMAIS CHAUVES** (1996)
(S-A 164)

165. **LE PÉTOMANE NE RÉPOND PLUS** (1995)
(S-A 165)

166. **T'ASSIEDS PAS SUR LE COMPTE-GOUTTES** (1996)
(S-A 166)

167. **DE L'ANTIGEL DANS LE CALBUTE** (1996)
(S-A 167)

168. **LA QUEUE EN TROMPETTE** (1997)
(S-A 168)

169. **GRIMPE-LA EN DANSEUSE** (1997)
(S-A 169)

170. **NE SOLDEZ PAS GRAND-MÈRE, ELLE BROSSE ENCORE** (1997)
(S-A 170)

171. **DU SABLE DANS LA VASELINE** (1998)
(S-A 171)

172. **CECI EST BIEN UNE PIPE** (1999)
(S-A 172)

173. **TREMPE TON PAIN DANS LA SOUPE** (1999)
(S-A 173)

174. **LÂCHE-LE, IL TIENDRA TOUT SEUL** (1999)
(S-A 174)
(ces deux derniers romans sont à lire à la suite car ils constituent une seule histoire répartie en deux tomes)

175. **CÉRÉALES KILLER** (2001) – parution posthume
(original non numéroté : v. ci-dessous)

B) Les Hors-Collection

Neuf romans, de format plus imposant que ceux de la « série », sont parus depuis 1964. Tous les originaux aux éditions FLEUVE NOIR, forts volumes cartonnés jusqu'en 1971, puis brochés. Ces ouvrages sont de véritables feux d'artifice allumés par la verve de leur auteur. L'humour atteint souvent ici son paroxysme. Bérurier y tient une place « énorme », au point d'en être parfois la vedette !

Remarque importante : outre ces neuf volumes, de nombreux autres « Hors-Collection » – originaux ou rééditions de *Frédéric Dard* – signés **San-Antonio** ont été publiés depuis 1979. Ces livres remarquables, souvent bouleversants *(Faut-il tuer les petits garçons qui ont les mains sur les hanches ?, La vieille qui marchait dans la mer, Le dragon de Cracovie...)* ne concernent pas notre policier de choc et de charme. Sont mentionnés dans les « Hors-Collection » ci-dessous uniquement les romans dans lesquels figure le *Commissaire San-Antonio !*

- **L'HISTOIRE DE FRANCE VUE PAR SAN-ANTONIO**, 1964 – réédité en 1997 sous le titre **HISTOIRE DE FRANCE**
- **LE STANDINGE SELON BÉRURIER**, 1965 – réédité en 1999 sous le titre **LE STANDINGE**
- **BÉRU ET CES DAMES**, 1967 – réédité en 2000
- **LES VACANCES DE BÉRURIER**, 1969 – réédité en 2001
- **BÉRU-BÉRU**, 1970 – réédité en 2002
- **LA SEXUALITÉ**, 1971 – réédité en 2003
- **LES CON**, 1973 – réédité en 2004
- **SI QUEUE-D'ÂNE M'ÉTAIT CONTÉ**, 1976 (aventure entièrement vécue et racontée par Bérurier) – réédité en 1998 sous le titre ***QUEUE D'ÂNE***
- **NAPOLÉON POMMIER**, 2000

→ Paru en 2001 dans un format « moyen » non numéroté, **CÉRÉALES KILLER** est bien le 175e roman de la série *San-Antonio*. Réédité en poche en 2003.

2. Guide thématique de la série « San-Antonio »

Les aventures de San-Antonio sont d'une telle richesse que toute tentative pour les classifier ne prêterait – au mieux – qu'à sourire si l'on devait s'en tenir là. Une mise en schéma d'une telle œuvre n'a d'intérêt que comme jalon, à dépasser d'urgence pour aller voir « sur place ». Comment rendre compte d'une explosion permanente ? Ce petit guide thématique n'est donc qu'une « approche », partielle, réductrice, observation d'une constellation par le tout petit bout de la lorgnette. San-Antonio, on ne peut le connaître qu'en le lisant, tout entier, en allant se regarder soi-même dans le miroir que nous tend cet auteur de génie, le cœur et les yeux grands ouverts.

Dans les 175 romans numérotés parus au Fleuve Noir, on peut dénombrer, en simplifiant à l'extrême, 10 types de récits différents. Bien entendu, les sujets annexes abondent ! C'est pourquoi seul a été relevé ce qu'on peut estimer comme le thème « principal » de chaque livre.

Le procédé vaut ce qu'il vaut, n'oublions pas que « simplifier c'est fausser ». Mais il permet – en gros, en très gros ! – de savoir de quoi parlent les *San-Antonio,* sur le plan « polar ». J'insiste : gardons à l'esprit que là n'est pas le plus important. *Le plus important, c'est ce qui se passe entre le lecteur et l'auteur, et qu'on ne pourra jamais classer dans telle ou telle catégorie.*

Avertissement

Comme il serait beaucoup trop long de reprendre tous les titres, seuls leurs *numéros* sont indiqués sous chaque rubrique. ATTENTION : ce sont les numéros de la collection « *San-Antonio* » référencée **S-A** dans la bibliographie ! En effet, les ouvrages de cette collection sont et seront encore disponibles pendant longtemps.

Néanmoins, ces numéros sont chaque fois rangés dans l'ordre chronologique des parutions, du plus ancien roman au plus récent.

A. Aventures de Guerre, ou faisant suite à la Guerre.

Pendant le conflit 39-45, San-Antonio est l'as des *Services Secrets.* Résistance, sabotages, chasse aux espions avec actions d'éclat. On plonge ici dans la « guerre secrète ».

→ S-A **107** (reprise du tout premier roman de 1949) • S-A **43** • S-A **44** • S-A **47**

Dans les années d'après-guerre, le commissaire poursuit un temps son activité au parfum de contre-espionnage (espions à identifier, anciens collabos, règlements de comptes, criminels de guerre, trésors de guerre). Ce thème connaît certains prolongements, bien des années plus tard.

→ S-A **45** • S-A **50** • S-A **63** • S-A **68** • S-A **78**

B. Lutte acharnée contre anciens (ou néo-)nazis

La Guerre n'est plus du tout le « motif » de ces aventures, même si l'enquête oppose en général San-

Antonio à d'anciens nazis, avec un fréquent *mystère à élucider.* C'est pourquoi il était plus clair d'ouvrir une nouvelle rubrique. Les ennemis ont changé d'identité et refont surface, animés de noires intentions ; à moins qu'il s'agisse de néo-nazis, tout aussi malfaisants.

→ S-A **54** • S-A **58** • S-A **59** • S-A **38** • S-A **92** • S-A **93** • S-A **42** • S-A **123** • S-A **151**

C. San-Antonio opposé à de dangereux trafiquants

Le plus souvent en mission à l'étranger, San-Antonio risque sa vie pour venir à bout d'individus ou réseaux qui s'enrichissent dans le trafic de la drogue, des armes, des diamants... Les aventures démarrent pour une autre raison puis le trafic est découvert et San-Antonio se lance dans la bagarre.

→ S-A **3** • S-A **65** • S-A **67** • S-A **18** • S-A **14** • S-A **110** • S-A **159**

D. San-Antonio contre Sociétés Secrètes : un homme traqué !

De puissantes organisations ne reculent devant rien pour conquérir pouvoir et richesse : *Mafia* (affrontée par ailleurs de manière « secondaire ») ou *sociétés secrètes* asiatiques. Elles feront de notre héros un homme traqué, seul contre tous. Il ne s'en sortira qu'en déployant des trésors d'ingéniosité et de courage.

→ S-A **51** • S-A **138** • S-A **144** • S-A **160** • S-A **170** • S-A **171** • S-A **172** • S-A **173**

Certains réseaux internationaux visent moins le profit que le chaos universel. San-Antonio doit alors défier lors d'aventures échevelées des groupes *terroristes* qui cherchent à dominer le monde. Frissons garantis !

→ S-A **34** • S-A **85** • S-A **103** • S-A **108**

E. Aventures *personnelles* : épreuves physiques et morales

Meurtri dans sa chair et ses sentiments, San-Antonio doit *s'arracher à des pièges mortels.* Sa « personne » – sa famille, ses amis – est ici directement visée par des individus pervers et obstinés. Jeté aux enfers, il remonte la pente et nous partageons ses tourments. C'est sans doute la raison pour laquelle plusieurs de ces romans prennent rang de *chefs-d'œuvre.* Bien souvent, le lecteur en sort laminé par les émotions éprouvées, ayant tout vécu de l'intérieur !

→ S-A **61** • S-A **70** • S-A **86** • S-A **27** • S-A **97** • S-A **36** • S-A **111** • S-A **122** • S-A **131** • S-A **132** • S-A **139** • S-A **140** • S-A **174** • **175**

F. À la poursuite de voleurs ou de meurtriers

Pour autant, on peut rarement parler de polars « classiques ». Ce sont clairement des *enquêtes,* mais à la manière (forte) de San-Antonio !

• Enquêtes « centrées » sur le vol ou l'escroquerie

Les meurtres n'y manquent pas, mais l'affaire tourne toujours autour d'un vol (parfois chantage, ou fausse monnaie…). Peu à peu, l'étau se resserre autour des malfaiteurs, que San-Antonio, aux méthodes « risquées », finit par ramener dans ses filets grâce à son cerveau, ses poings et ses adjoints.

→ S-A **2** • S-A **62** • S-A **73** • S-A **80** • S-A **10** • S-A **25** • S-A **90** • S-A **113** • S-A **149**

• **Enquêtes « centrées » sur le meurtre**

À l'inverse, ces aventures ont le meurtre pour fil conducteur. San-Antonio doit démêler l'écheveau et mettre la main sur le coupable, en échappant bien des fois à la mort. Vol et chantage sont encore d'actualité, mais au second plan.

→ S-A **55** • S-A **8** • S-A **76** • S-A **9** • S-A **5** • S-A **81** • S-A **83** • S-A **84** • S-A **41** • S-A **22** • S-A **23** • S-A **28** • S-A **35** • S-A **94** • S-A **17** • S-A **26** • S-A **60** • S-A **100** • S-A **116** • S-A **127** • S-A **128** • S-A **129** • S-A **133** • S-A **135** • S-A **137** • S-A **143** • S-A **145** • S-A **152** • S-A **161** • S-A **163**

• (Variante) **Vols ou meurtres** ***dans le cadre d'une même famille***

→ S-A **4** • S-A **7** • S-A **74** • S-A **46** • S-A **91** • S-A **114** • S-A **141** • S-A **148** • S-A **154** • S-A **165**

G. Affaires d'enlèvements

Double but à cette *poursuite impitoyable* : retrouver les ravisseurs et préserver les victimes !

→ S-A **56** (porté à l'écran sous le titre *Sale temps pour les mouches*) • S-A **16** • S-A **13** • S-A **19** • S-A **39** • S-A **52** • S-A **118** • S-A **125** • S-A **126** • S-A **136** • S-A **158**

H. Attentats ou complots contre hauts personnages

Chaque récit tourne autour d'un attentat – visant souvent la sécurité d'un état – que San-Antonio doit à tout prix empêcher, à moins qu'il n'ait pour mission de… l'organiser au service de la France !

→ • S-A **48** • S-A **77** • S-A **11** • S-A **21** • S-A **88** • S-A **96** • S-A **33** • S-A **95** • S-A **98** • S-A **102** • S-A **106** • S-A **109** • S-A **120** • S-A **124** • S-A **130**

I. Une aiguille dans une botte de foin !

À partir d'indices minuscules, San-Antonio doit *mettre la main sur un individu, une invention, un document* d'un intérêt capital. Chien de chasse infatigable, héroïque, il ira parfois au bout du monde pour dénicher sa proie.

→ S-A **49** • S-A **53** • S-A **57** • S-A **66** • S-A **71** • S-A **72** • S-A **40** • S-A **15** • S-A **12** • S-A **87** • S-A **24** • S-A **29** • S-A **31** • S-A **37** • S-A **89** • S-A **20** • S-A **30** • S-A **69** • S-A **75** • S-A **79** • S-A **82** • S-A **101** • S-A **104** • S-A **105** • S-A **112** • S-A **115** • S-A **117** • S-A **119** • S-A **121** • S-A **134** • S-A **142** • S-A **146** • S-A **147** • S-A **150** • S-A **153** • S-A **156** • S-A **157** • S-A **164** • S-A **166** • S-A **167**

J. Aventures aux thèmes entremêlés

Quelques récits n'ont pris place – en priorité du moins – dans aucune des rubriques précédentes. Pour ceux-là, le choix aurait été artificiel car aucun des motifs ne se détache du lot : ils s'ajoutent ou s'insèrent l'un dans l'autre. La caractéristique est donc ici *l'accumulation des thèmes.*

→ S-A **32** • S-A **99** • S-A **1** • S-A **6** • S-A **64** • S-A **155** • S-A **162** • S-A **168** • S-A **169**

SANS OUBLIER…

Voilà donc répartis en thèmes simplistes *tous* les ouvrages de la série. Mais les préférences de chacun sont multiples. Plus d'un lecteur choisira de s'embarquer dans un « San-Antonio » pour des raisons fort éloignées de la thématique du polar. Encore heureux ! On dépassera alors le point de vue du spécialiste, pour ranger de nombreux titres sous des bannières différentes. Avec un regard de plus en plus coloré par l'affection.

Note

Contrairement à ce qui précède, certains numéros vont apparaître ici à plusieurs reprises. C'est normal : on peut tout à la fois éclater de rire, pleurer, s'émerveiller, frissonner, s'émouvoir… dans un même *San-Antonio !*

• ***Incursions soudaines dans le fantastique***

Au cours de certaines affaires, on bascule tout à coup dans une ambiance mystérieuse, avec irruption du « fantastique ». San-Antonio se heurte à des faits *étranges :* sorcellerie, paranormal, envoûtement...

→ S-A **28** • S-A **20** • S-A **129** • S-A **135** • S-A **139** • S-A **140** • S-A **152** • S-A **172** • S-A **174**

• ***Inventions redoutables et matériaux extraordinaires***

Dans plusieurs romans, le recours à un attirail futuriste entraîne une irruption soudaine de la *science-fiction.* Il arrive même qu'il serve de motif au récit. Voici un échantillon de ces découvertes fabuleuses pour lesquelles on s'entretue :

Objectif fractal (un grain de beauté photographié par satellite !), réduction d'un homme à 25 cm, armée tenue en réserve par cryogénisation, échangeur de personnalité, modificateur de climats, neutraliseur de volonté, lunettes de télépathie, forteresse scientifique édifiée sous la Méditerranée, fragment d'une météorite transformant la matière en glace, appareil à ôter la mémoire, microprocesseur réactivant des cerveaux morts, et j'en passe... !

→ S-A **57** • S-A **12** • S-A **41** • S-A **23** • S-A **34** • S-A **35** • S-A **37** • S-A **89** • S-A **17** • S-A **20** • S-A **30** • S-A **64** • S-A **69** • S-A **75** • S-A **105** • S-A **123** • S-A **129** • S-A **146**

• ***Savants fous et terrifiantes expériences humaines***

→ S-A **30** • S-A **52** • S-A **116** • S-A **127** • S-A **163**

• ***Romans « charnière »***

Sont ainsi désignés les romans où apparaît pour la première fois un nouveau personnage, qui prend définitivement place aux côtés de San-Antonio.

S-A **43** : Félicie (sa mère), *en 1950.*
S-A **45** : Le Vieux (Achille), *en 1952.*
S-A **49** : Bérurier, *en 1953.*
S-A **53** : Pinaud, *en 1954.*
S-A **66** : Berthe (première apparition physique), *en 1957.*
S-A **37** : Marie-Marie, *en 1968.*
S-A **94** : Toinet (ou Antoine, le fils adoptif de San-Antonio), *en 1971.*
S-A **128** : Jérémie Blanc, *en 1986.*
S-A **168** : Salami, en *1997.*
S-A **173** : Antoinette (fille de San-Antonio et Marie-Marie), en *1999.*

Mathias, le technicien rouquin, est apparu peu à peu, sous d'autres noms.

• ***Bérurier et Pinaud superstars !***

Le Gros, l'Inénarrable, Béru ! est sans conteste le plus brillant « second » du commissaire San-Antonio. Présent dans la majorité des romans, il y déploie souvent une activité débordante. Sans se hisser au même niveau, le doux et subtil Pinaud tient aussi une place de choix...

· *participation* importante *de Bérurier*
→ S-A **18** • S-A **10** • S-A **11** • S-A **14** • S-A **22** • S-A **88** • S-A **23** • S-A **24** • S-A **27** • S-A **28** • S-A **32** • S-A **34** • S-A **37** • S-A **89** • S-A **90** • S-A **93** • S-A **97** •

S-A **1** • S-A **20** • S-A **30** • S-A **33** • S-A **46** • S-A **52** • S-A **75** • S-A **101** • S-A **104** • S-A **109** • S-A **116** • S-A **126** • S-A **145** • S-A **163** • S-A **166**

N'oublions pas les « Hors-Collection », avec notamment *Queue d'âne* où Bérurier est seul présent de bout en bout !

· *participation* importante *de Bérurier* et *Pinaud*
→ S-A **12** • S-A **87** • S-A **25** • S-A **35** • S-A **96** • S-A **105** • S-A **111** • S-A **148** (fait exceptionnel : San-Antonio ne figure pas dans ce roman !) • S-A **156**

- ***Marie-Marie, de l'enfant espiègle à la femme mûre***

Dès son apparition, Marie-Marie a conquis les lecteurs. La fillette malicieuse, la « Musaraigne » éblouissante de *Viva Bertaga* qui devient femme au fil des romans est intervenue dans plusieurs aventures de San-Antonio.

· *Fillette espiègle et débrouillarde :*
→ S-A **37** • S-A **38** • S-A **39** • S-A **92** • S-A **99**

· *Adolescente indépendante et pleine de charme :*
→ S-A **60** • S-A **69** • S-A **85**

· *Belle jeune femme, intelligente et profonde :*
Il ne s'agit parfois que d'apparitions intermittentes.
→ S-A **103** • S-A **111** • S-A **119** • S-A **120** • S-A **131** (où Marie-Marie devient veuve !) • S-A **139** • S-A **140** • S-A **152**

· *Femme mûre, mère d'Antoinette (fille de San-Antonio) :*
→ S-A **173** • S-A **174** • **175**

• ***Le rire***

Passé la première trentaine de romans (et encore !), le *rire* a sa place dans toutes les aventures de San-Antonio, si l'humour, lui, est *partout,* y compris au cœur de la colère, de l'amour et de la dérision. Mais plusieurs aventures atteignent au délire et nous transportent vraiment d'hilarité par endroits. Dans cette catégorie décapante, on conseillera vivement :

→ S-A **10** • S-A **14** • S-A **87** • S-A **88** • S-A **23** • S-A **25** • S-A **2** • S-A **35**

Y ajouter, là encore, tous les « Hors-Collection ». Qui n'a pas lu *Le Standinge, Béru-Béru* ou *Les vacances de Bérurier* n'a pas encore exploité son capital rire. Des romans souverains contre la morosité, qui devraient être remboursés par la Sécurité Sociale !

• ***Grandes épopées planétaires***

San-Antonio – le plus souvent accompagné de Bérurier – nous entraîne aux quatre coins de la planète dans des aventures épiques et « colossales ». Humour, périls mortels, action, rebondissements.

→ S-A **10** • S-A **87** • S-A **88** • S-A **24** • S-A **37** • S-A **89**

• ***Les « inoubliables »***

Je rangerais sous ce titre quelques romans-choc (dont certains ont déjà été cités plusieurs fois, notamment dans les épopées ci-dessus). On tient là des *chefs-d'œuvre,* où l'émotion du lecteur est à son comble. Bien sûr, c'est subjectif, mais quel autre critère adopter pour ce qui relève du coup de cœur ? Lisez-les : vous serez vite convaincus !

→ S-A **61** • S-A **70** • S-A **83** • S-A **10** • S-A **87** • S-A **88** • S-A **24** • S-A **25** • S-A **37** • S-A **111** • S-A **132** • S-A **140**

POUR FINIR...

Il ne me reste plus qu'à souhaiter à tous ceux qui découvrent les aventures de San-Antonio (comme je les envie !) des voyages colorés, passionnants, émouvants, trépidants, surprenants, pathétiques, burlesques, magiques, étranges, inattendus ; des séjours enfiévrés ; des rencontres mémorables ; des confidences où l'intime se mêle à l'épopée.

Quant aux autres, ils savent déjà tout ça, n'est-ce pas ?

Ce qui ne les empêche pas de revisiter à tout instant la série *San-Antonio,* monument de la littérature d'évasion, pour toujours inscrit à notre patrimoine.

Raymond Milési

Correspondance entre l'ancienne numérotation de la collection « San-Antonio » et la nouvelle numérotation chronologique *portée sur chaque roman réimprimé à partir de 2003.*

S-A	→	*chrono*	S-A	→	*chrono*
S-A 1	→	***80***	**S-A 29**	→	***64***
S-A 2	→	***9***	**S-A 30**	→	***85***
S-A 3	→	***10***	**S-A 31**	→	***65***
S-A 4	→	***11***	**S-A 32**	→	***66***
S-A 5	→	***38***	**S-A 33**	→	***86***
S-A 6	→	***81***	**S-A 34**	→	***67***
S-A 7	→	***31***	**S-A 35**	→	***68***
S-A 8	→	***32***	**S-A 36**	→	***87***
S-A 9	→	***37***	**S-A 37**	→	***69***
S-A 10	→	***48***	**S-A 38**	→	***70***
S-A 11	→	***49***	**S-A 39**	→	***71***
S-A 12	→	***50***	**S-A 40**	→	***30***
S-A 13	→	***51***	**S-A 41**	→	***55***
S-A 14	→	***53***	**S-A 42**	→	***88***
S-A 15	→	***39***	**S-A 43**	→	***2***
S-A 16	→	***40***	**S-A 44**	→	***3***
S-A 17	→	***82***	**S-A 45**	→	***4***
S-A 18	→	***47***	**S-A 46**	→	***89***
S-A 19	→	***52***	**S-A 47**	→	***5***
S-A 20	→	***83***	**S-A 48**	→	***6***
S-A 21	→	***54***	**S-A 49**	→	***7***
S-A 22	→	***56***	**S-A 50**	→	***8***
S-A 23	→	***59***	**S-A 51**	→	***12***
S-A 24	→	***60***	**S-A 52**	→	***90***
S-A 25	→	***61***	**S-A 53**	→	***13***
S-A 26	→	***84***	**S-A 54**	→	***14***
S-A 27	→	***62***	**S-A 55**	→	***15***
S-A 28	→	***63***	**S-A 56**	→	***16***

S-A 57	→	***17***
S-A 58	→	***18***
S-A 59	→	***19***
S-A 60	→	***91***
S-A 61	→	***20***
S-A 62	→	***21***
S-A 63	→	***22***
S-A 64	→	***92***
S-A 65	→	***23***
S-A 66	→	***24***
S-A 67	→	***25***
S-A 68	→	***26***
S-A 69	→	***93***
S-A 70	→	***27***
S-A 71	→	***28***
S-A 72	→	***29***
S-A 73	→	***33***
S-A 74	→	***34***
S-A 75	→	***94***
S-A 76	→	***35***
S-A 77	→	***36***
S-A 78	→	***41***
S-A 79	→	***95***
S-A 80	→	***42***
S-A 81	→	***43***
S-A 82	→	***96***
S-A 83	→	***44***
S-A 84	→	***45***
S-A 85	→	***97***
S-A 86	→	***46***
S-A 87	→	***57***
S-A 88	→	***58***
S-A 89	→	***72***
S-A 90	→	***73***
S-A 91	→	***98***
S-A 92	→	***74***
S-A 93	→	***75***
S-A 94	→	***76***
S-A 95	→	***99***
S-A 96	→	***77***
S-A 97	→	***78***
S-A 98	→	***100***
S-A 99	→	***79***
S-A 100	→	***101***
S-A 101	→	***102***
S-A 102	→	***103***
S-A 103	→	***104***
S-A 104	→	***105***
S-A 105	→	***106***
S-A 106	→	***107***
S-A 107	→	***1***

À partir du n° **108**, les numéros de la collection « **S-A** » coïncident exactement avec les numéros ***chronologiques***.

R. Milési

Fleuve Noir
- Téléchargez des premiers chapitres
- Soyez au courant des dernières parutions
- Retrouvez toute l'actualité des auteurs
- Détendez-vous avec les jeux-concours
Restez à la page sur
www.fleuvenoir.fr